गुलरा के बाबा

मार्कण्डेय

जन्म : 1930, बराँई (जौनपुर जिले का एक गाँव) वहीं गाँव की प्राइमरी पाठशाला में, जिसकी मिट्टी की इमारत वर्षों पहले बरसात में ढह गयी थी और पण्डितजी झिलँगा चारपाई महुए के पेड़ के नीचे बिछाकर बच्चों को पढ़ाते थे। तब से जीवनपर्यन्त इलाहाबाद रहे। सन् 1936 में प्रेमचन्द की मृत्यु के बाद हिन्दी कहानी नगर केन्द्रित हो गयी थी। मार्कण्डेय ने अपने कथालेखन की शुरुआत ग्रामीण परिवेश को केन्द्र में रखकर की और यही उनकी मुख्य कथाभूमि थी। एक अन्तराल के बाद ग्रामीण कथा स्थितियों की माटी की महक पाठकों के लिए ताज़ा हवा के झोंके की तरह आयी थी। मार्कण्डेय को अपने पहले कथा-संग्रह 'पानफूल' से ही प्रचुर ख्याति मिली यद्यपि, इस संग्रह की कहानियाँ वामपन्थी विचारधारा के स्तर पर मुखर नहीं थी।

प्रारम्भिक कहानी **गुलरा के बाबा**, थी जिसने उन्हें पर्याप्त ख्याति दिलायी। ऐसे ही बाबा के जीवन से अनुप्रेरित होकर लिखी गयी थी।

गुलरा के बाबा पूरे पचहथे जवान, भीट ऐसी छाती और हाथी की सूँड़ जैसे हाथ, बड़ी-बड़ी तेज आँखें, लोग हनुमान कहते थे बाबा को, हनुमान! बड़ी गम्भीर और बुलन्द आवाज थी उनकी, अनजान आदमी तो एक बार डर जाये और चिरई-चुनमुन भी पेड़ों से उड़ पड़े। लेकिन अब वह शरीर शिथिल पड़ गया था, चमड़े झूल गये थे और उन पर बेशुमार झुर्रियाँ पड़ गयी थीं।

निधन : 18 मार्च, 2010

गुलरा के बाबा

मार्कण्डेय

चयन एवं भूमिका
वीरेन्द्र यादव

लोकभारती पेपरबैक्स

लोकभारती पेपरबैक्स में
पहला पेपरबैक संस्करण : 2016
दूसरा संस्करण : 2024

लोकभारती पेपरबैक्स : उत्कृष्ट साहित्य के लोकप्रिय संस्करण

लोकभारती प्रकाशन
पहली मंजिल, दरबारी बिल्डिंग, महात्मा गांधी मार्ग,
प्रयागराज-211 001
द्वारा प्रकाशित

वेबसाइट : www.lokbhartiprakashan.com
ईमेल : info@lokbhartiprakashan.com

शाखाएँ : 1-बी, नेताजी सुभाष मार्ग, दरियागंज, नई दिल्ली-110 002
अशोक राजपथ, साइंस कॉलेज के सामने, पटना-800 006
1, अनमोल सोराबजी संतुक लेन, धोबी तलाव, मरीन लाइंस, मुम्बई-400 002

बी.के. ऑफसेट
नवीन शाहदरा, दिल्ली-110 032
द्वारा मुद्रित

मूल्य : ₹ 199

GULARA KE BABA
by Markandey

ISBN : 978-93-5221-124-1

अनुक्रम

भूमिका

मार्कण्डेय की कहानियाँ हिन्दी की उस कथापरम्परा की सशक्त कड़ी हैं जिसकी शुरुआत प्रेमचन्द ने की थी। प्रेमचन्द ने हिन्दी कहानी को जहाँ छोड़ा था मार्कण्डेय ने अपनी कहानियों को वहीं से उठाया था। स्वाधीनता-प्राप्ति के तुरन्त बाद जब हिन्दी कहानी में आधुनिकता और नगरीय बोध एक चलन के रूप में स्वीकृत किया जा रहा था तब मार्कण्डेय ने अपनी कहानियों को मूल देशज संवेदना के साथ सायास रूप से जोड़ा। यही कारण है कि किसान, दलित, स्त्री और हाशिये का समाज मार्कण्डेय की कहानियों में उतनी ही शिद्‌दत के साथ प्रस्तुत होता है जितना प्रेमचन्द के कथासंसार में। मार्कण्डेय स्वाधीन भारत के कथाकार थे लेकिन उनकी कथा संवेदना भारतीय ग्रामीण समाज में रची-बसी थी। प्रेमचन्द की परम्परा से मार्कण्डेय का रिश्ता महज ग्रामीण यथार्थ का ही न होकर उस ताने-बाने का भी था जिसके बिना न तो किसी परम्परागत समाज को समझा जा सकता है और न जिसके भविष्य की आहटें सुनी जा सकती हैं। मार्कण्डेय देश के राजनीतिक जनतन्त्र का उत्सवीकरण करने के बजाय अपनी कहानियों में उसका सामाजिक और आर्थिक क्रिटीक रचते हैं। मार्कण्डेय सामाजिक परिवर्तन की आहट उतनी ही दर्ज करते हैं जितनी वह यथार्थ जगत् में थी। यानी यहाँ सामन्तवाद के पराभव और प्रतिरोध की काल्पनिक विजयगाथा न होकर सामन्ती सदाशयता के व्यावहारिक वृत्तान्त की सहज मानवीय कथा भी है। यहाँ समाज का पारम्परिक ताना-बाना एक झटके से समाप्त न होकर सह-अस्तित्व और सदाशयता की बुनियाद पर क़ायम तो रहता है लेकिन वह सह-अस्तित्व और सदाशयता जिस पोली सामाजिक भूमि पर टिकी है मार्कण्डेय अपने कथालेखन में उसे भी अत्यन्त शिद्‌दत के साथ दर्ज करते हैं।

मार्कण्डेय की जनपक्षधरता वर्गसंघर्ष की सैद्धान्तिकी में रची-पगी होने के साथ-साथ भारतीय सामाजिक संरचना को भी उसकी सम्पूर्णता में रेखांकित करने की कायल थी। उनकी जन-प्रतिबद्ध कथादृष्टि ग्रामीण और नगरीय यथार्थ के स्थूल विभाजन की भी पक्षधर नहीं थी। उनका कहना था कि, "गाँव की कहानी लिखना ही कलात्मक माध्यम की नयी खोज नहीं कहा जा सकता, बल्कि गाँव के जीवन में नयी दृष्टि का

समावेश करना तथा वहाँ के जीवन की परिवर्तित दिशा को पुरानी पीठिका में देख पाना ही नयी कहानी के सृजन में सहायक हो सकता है।'' स्त्री-पराधीनता को लेकर मार्कण्डेय की निगाह वहाँ तक जाती है जहाँ कई लोग नही देख पाते हैं। दरअसल मार्कण्डेय अपनी यथार्थवादी कथादृष्टि के चलते स्त्री को उस अग्रगामी भूमिका में रूपान्तरित होते देखना चाहते थे जो उसे सीता, सावित्री या भोग्या की छवि से मुक्त कर 'मन, प्राण और शरीर' से स्वतन्त्रचेता व्यक्तित्व के रूप में प्रस्तुत कर सके।

कहना न होगा कि लगभग अर्धशताब्दी का विस्तार लिये अपने विपुल कथासंसार में मार्कण्डेय ने जितने दलित, स्त्री, किसान, अल्पसंख्यक और हाशिये के समाज के पात्रों को उनकी सामाजिक पृष्ठभूमि और सजग चेतना के साथ प्रस्तुत किया है वह प्रेमचन्द की कथापरम्परा का नवीनीकरण और विस्तार है। मार्कण्डेय की चुनी हुई कहानियों का यह संग्रह हिन्दी समाज की वह मुकम्मल तस्वीर पेश करता है जिसमें साहित्य और समाज अन्योन्याश्रित हैं। आस्वादपरकता के बरक्स ये कहानियाँ महज सफलता की ही नहीं बल्कि सार्थकता की कसौटी की भी माँग करती हैं। इन कहानियों का पढ़ा जाना मार्कण्डेय के कथा सरोकारों के साथ-साथ उनके समय और समाज को जानना भी है। दमकते भारत के बरक्स ये कहानियाँ अँधेरे के भारत का साक्ष्य भी हैं।

वीरेन्द्र यादव

गुलरा के बाबा

"कवन है रे वह सरपत काट रहा?" बाबा ने अमिलहवा के नीचे खड़े होकर अपनी लाठी कन्धे से उतारते हुए कहा। आवाज सारी गुलरा में गूँज गयी। बड़ी गम्भीर और बड़ी बुलन्द आवाज थी वह; अनजान आदमी तो एक बार डर जाये और चिरइ-चुरमुन भी पेड़ों पर से उड़ पड़ें। गुलरा की इस आमों की बगिया का एक-एक जीव, एक-एक पत्ता बाबा के इस गर्जन से परिचित है। क्यों न हो, बाबा रात-दिन इन्हीं पेड़ों की सेवा-सत्कार में तो लगे रहते हैं।

पर बाबा की पुकार का कोई असर नहीं हुआ। उन्होंने एक बार नीचे सिर किया और अपने उघरे शरीर को देखा, चमड़े झूल गये थे और उन पर बेशुमार झुर्रियाँ पड़ गयी थीं। पूरे पचहथे जवान, भींट ऐसी छाती और हाथी की सूँड़ जैसे हाथ, बड़ी-बड़ी तेज़ आँखें; लोग हनुमान कहते थे बाबा को, हनुमान! मेले-ठेले में अपने पिता गंजन सिंह के लिए रास्ता बनाने का काम बाबा ही करते थे। बड़ी-बड़ी भीड़ को पानी की काई की तरह इधर-उधर कर देना उनके लिए कोई विशेष बात न थी। बखरी में खाने घुसते समय बिटियों-पतोहुओं को जता देना तो जरूरी होता न! बाबा दालान ही में से खाँसते और सारी बखरियों के कुत्ते मारे डर के भागकर बाहर हो जाते।

बाबा के दिल को धक्का लगा। वे गुलरा के बाबा कहे जाते हैं; इतना बड़ा जंगल और बाग उनके ही ऊपर तो छोड़ रखा है परिवारवालों ने, और यहाँ दस कोस में कौन नहीं जानता इसे....उनका आहत अभिमान नयी भाषा में बोला—बुढ़ापे के एहसास के कारण-और क्रोध की हल्की गर्मी उनके शरीर में दौड़ गयी। उन्होंने बगल में देखा, लेहसुनवाँ में नये गोंफे आ गये थे, शायद इस साल इसमें बौर भी आ जायें, और फिर धीरे-धीरे उस हिलती सरपत की ओर चल पड़े।

चैतू अहीर था—पूरा चेलिक; करीब चौबीस-पचीस का, काला मजीठ शरीर, जैसे कोल्हू की जाट। इसी ने तो बनारस के मशहूर पहलवान झगगा को पटक दिया—केवल दो ही मिनट में।

चैतू बाबा को देखकर रुक गया।

"सलाम ठाकुर!"

"खुश रहो चैतू; लेकिन तुम यह क्या कर रहे हो?"

"सरपत काट रहे हैं ठाकुर!"

"अच्छा कल से मत काटना!"

"ऐसे ही काटूँगा।" और चैतू लटककर हँसिया चलाने लगा।

"यह बात नहीं चैतू!" बाबा सागर की-सी गहराई से कहते गये, "मैं तुम्हारी बातें समझ रहा हूँ। अपने दो-एक संगी-साथियों और बूढ़-पुरनियों को भी बुलाये आना—यहीं; यदि तुम मेरा गट्टा टेढ़ा कर दोगे, तो मैं कभी ज़बान नहीं खोलूँगा और यदि नहीं, तो तुम कल से यहाँ दिखायी न पड़ना?"

चैतू कटी-कटाई सरपत छोड़कर चला गया। दूसरे दिन बाबा सभी भाई, कुछ गाँव के तमाशबीन और चैतू के अपने संगी-साथी; खासी भीड़ हो गयी थी। बाबा ने बाँह फैला दी--बीते भर नीचे तक झुर्रीदार चमड़ा लटक गया और चैतू ने दाँत पीस-पीसकर जोर लगाया--माथे पर पसीना हो आया, पर बाबा का हाथ टस-से-मस न हुआ।

किसी ने कहा, "बस चैतू, अब तुम अपना हाथ फैलाओ!" चैतू ने हाथ फैलाया और बाबा ने बच्चे की तरह उसे मरोड़कर दबा दिया। चैतू चिचिया उठा। बाबा ने छोड़ दिया।

बाबा के छोटे भाई देवी सिंह बड़े लठैत थे। उनसे चैतू की यह धृष्टता देखी नहीं जा रही थी, पर बाबा ने कहा, "ऐसा मत करो।" और अब, जब वह हार गया, तो वे एकाएक उबल पड़े, "कहो तो दे दूँ दो बाँस साले की पीठ पर!" बाबा ने देवी सिंह को डाँटा। वे सिटपिटा गये। चारों ओर बाबा के पौरुष की तारीफ़ें होने लगीं, पर वे जैसे उदास हो गये थे।

फागुन के दूसरे पखवारे के थोड़े ही दिन बाक़ी थे--दिन को सुनहली धूप, शाम को अबीरी आकाश और रात को रुपहली, टहकी चाँदनी--खलिहान जौ-गेहूँ के डाँठ से खचाखच भरे हुए। हवा भी चिबोला करती है न! बकरिदिया ठाकुर के घर से नह काटकर लौट रही थी—फगुनहट का झोंका आया और आँचल उड़ाकर चला गया—"शरमा गयी बकरीदा! इसमें क्या बात है जी, फागुन में बाबा देवर लागें!" देवकी पण्डित ने आज खूब छान ली थी!

"भौजी ने मेरी सिलिक की कमीज़ रद्द कर दी।" नन्हकुआ मुस्कराता जा रहा था और हाथ से कमीज़ सुखा रहा था।

"जीताबों आज खूब फँसी। बड़ी उस्ताद बनती थी न! आज पड़ गया सुधुआ से पाला, कलाई मरोड़कर रंग का लोटा छीन लिया और खूब नहलाकर गालों पर ऐसी रोली मली कि बच्ची को छट्ठी का दूध याद आ गया।"

"बड़ा बुरा किया—राम! राम!! कुनरू-ऐसे गाल इतने जोर से मलने के लिए थोड़े ही हैं।" रामदीन खाँसते हुए बोले और खटिया पर करवट बदल ली। पारस ने मुँह बनाते हुए जवाब दिया, "बुढ़ापा आ गया, लेकिन लत न छूटी। मरते-मरते जीभ में कीड़े पड़ जायेंगे बाबा!—अब तो मान जाओ, आखिरी समा में!"

गुलरा के पलासों पर तो फागुन उतर आया था, अजब का फूल होता है—लाल टेस; और टहनियाँ काली या चितकबरी—बे-पत्तियों की। शाम की किरणें रोज उन पर थम जाती हैं और आम की बगिया की साँवरी छाँह जैसे उसकी ललछहट में एक खैरी-मटमैली रेखा से बँट जाती है। बाबा एकटक नीचे देख रहे हैं—गोमती की तलहटी में—पछुवा का वेग, पानी की लहरें और उसमें पड़ती हुई सुनहली रेखाएँ और पलास की छायाएँ। बसहटा चारपाई, हुक्का-चिलम, फरसा-कुदार, गगरी और बाँस की पुरानी लाठी—सब एक नन्हीं-सी मड़इया में। सुखई चिलम भर देता जा रहा है—बाबा का चेला है, अखाड़े का—बड़ा गठीला ज्वान। बाबा ने अपनी सब पेंच इसी को सिखायी—पट्ट तो इतना रवाँ है कि एक बार गामा को भी उठाकर फेंक दे।

सुखई ने चिलम पर दम लगाते हुए कहा, "बाबा! आज मनकिया भी आ गयी। अब तो छै रण्डियाँ हो गयी, मुदा चमेलिया जैसी गानेवाली...." बाबा की आँखें जैसे पलास के फूलों में धँस गयीं हों। दिन की उदासी जैसे घनीभूत होकर गुलरा के झपसे आमों की डाल पर बैठ गयी हो।

चमेलिया बचपन से आती। इस गाँव में फागुन के छै दिन ठाकुर के चबूतरे पर तबला ठनकता ही रह जाता। एक नहीं दस-दस रण्डियाँ आतीं।

उस समय बाबा बच्चे थे। बड़े ठाकुर के चौथे-पाँचवें पुत्र थे शायद और ठाकुर के साथ महफिल में बैठते! एक दिन खेलते-खेलते गये और पतुरिया की नन्हीं बच्ची के कुर्ते की छोर पकड़कर खींचने लगे, "अभी से सीख रहा है!" किसी ने ठहाका मारा और लड़की चिल्लाकर रोने लगी। चमेलिया बाबा के साथ ही जवान हुई और उसने अपनी माँ की गद्दी को जगाये रखा।

उसका स्वर, उसका रूप और उसके पाँवों की थिरकन लोगों को मोह लेती थी, और जब बाबा होते, तब क्या पूछना! जैसे उसके पैरों में पंछियोंवाले पँख जुड़ गये हों। वह पुरानी कहानी बाबा भी जानते थे और चमेलिया भी, पर बाबा की भौंहें कभी टेढ़ी नही हुईं और चमेलिया कभी हारी नहीं।

जाते समय इनाम के बाद भी बाबा से रुपये माँगना—जरूरत न रहने पर भी। "रुपये ले जा चमेली! पर इसे कर्ज समझना!" चमेलिया एक तीखी हँसी हँसती, जैसे वासना का जीवित स्वर उसके कण्ठ में उतर आया हो। उसकी आँखें, चेहरा, सब दमदमा उठते पर बाबा स्थिर और गम्भीर! उनके उन्नत वक्षःस्थल पर बनी हुई, कड़ी-कड़ी मांसपेशियाँ और बलिष्ठ भुजाएँ, जैसे सींक से छू दो तो खून आ जाये, और चमेलिया उसे देखती-देखती चली जाती।

उस साल वह जा ही तो रही थी, पर रास्ते के लिए इतना सिंगारपटार, जैसे मेनका धरती पर उतर आयी हो। लम्बा, छरहरा, सुडौल बदन और कुल बीस वर्ष की उमर; चमेलिया बाबा का क़र्ज़ चुकाना ही चाहती थी। गुलरा केराकत स्टेशन के रास्ते में पड़ता है। 'समाजी' घाट पर चले गये और चमेलिया बगिया में घुसी। बाबा कसरत करके पसीना सुखा रहे थे। खटिया रेत पर पड़ी थी। रोशनी सँवरा गयी थी। थोड़ी ही देर में रात होगी और बाबा घर खाने जायेंगे पर एकाएक नूपुर की आवाज़—बाबा ने गरदन घुमायी, "चमेलिया, तुम यहाँ!"

"हाँ, क़र्ज़ चुकाने आयी हूँ।" आम्रपाली आम की बगिया में उतर आयी, पर बुद्ध का वहाँ कोई शिष्य नहीं था वर्ना आँख पर पट्टी बाँध लेने के लिए कह देते। "मैं कभी तगादा किया था!"

"फिर भी वह क़र्ज़ तो है!" कहकर वह मुस्कुरायी—एक मोहभरी मुस्कान की रोशनी बिखर गयी। बाबा कपड़े नहीं पहने थे। एकाएक ध्यान गया। बढ़कर धोती उठाना चाहते थे पर उसने लपककर धोती उठा ली और कसकर सीने में दबोचकर एकटक बाबा की ओर देखने लगी—बड़ी तेज आँखें थीं—कटार की तरह।

"मुझे देखने भी न दोगे!"

नीचे से ऊपर तक जैसे साँचे में गढ़ा शरीर—मँसें भीन ही रही थीं, एक अजीब कसाव और ऐंठन!

"मैंने ऐसा शरीर नहीं देखा है।" उसने अपनी आँखें तिरछी करते हुए कहा। अचूक आँखें थीं ये—नेह से छलछलायी हुई।

बाबा नीचे सिर किये ही हँसे, "ऐसे उरिन नहीं होने की चमेली!"

चमेलिया के चेहरे पर पराजय की हिंसा चमकी। एक तेज़, एक जोश उसकी आँखों में उतर आया—बिलकुल अनदेखा; वह सारी शक्ति लगा देगी।

बढ़कर बाबा के पैरों के पास बैठ गयी। नंगी, तेल की चुपड़ी-चिकनी जाँघों पर नरम-नरम गाल घिस दिये। हाथों सें कमर पकड़ ली। गरम कड़ी-कड़ी छातियों में

पिण्डलियाँ कस लीं, पर बाबा चुप तो चुप। उनके तीसरा नेत्र नहीं था वरना शंकर की तरह आज काम को जला देने की ठान लेते, पर चमेलिया स्त्री थी, स्त्री पर हाथ उठाना? यह बाबा से नहीं हो सकता था।

"जा चमेलिया तेरी आँखों का दोष मिट जायेगा।" बाबा ने बड़ी उदासी से कहा। चमेलिया की आँखें चकरा गयीं। उसका रोयाँ-रोयाँ काँप गया। आँखों का दोष मिट जायेगा? वेश्या की आँखों का दोष?

और चमेलिया उसी साल अन्धी हो गयी।

सुखई ने मौन तोड़ा।

"अब तो देर हो रही है बाबा!"

"हाँ रे, मैं तो भूल ही गया था कि घर भी चलना है।" बाबा ने एक फीकी हँसी हँसते हुए कहा।

रात काफी बीत चुकी थी। बगिया में घना अँधेरा छा गया था। एकाएक बाबा को आम की सोर से ठोकर लग गयी।

—बाबा को ठोकर कभी नहीं लगती थी गुलरा में, सुखई सोचते-सोचते कहने लगा, "बाबा! यह वही पेड़ है, याद है न?"

"याद है सुखइया। गजब की सिल्ली थी इसकी, अभी तक इसकी खुत्थियाँ बची ही रह गयी हैं!"

कई वर्ष पहले की बात है, जब बड़की बखरी बन रही थी। गर्मी का महीना—आराकस लगे थे। अकेलवा आम कटा था। काँड़ियाँ चीरी जाने को थीं। सिल्ली अहारकर ठीक कर ली गयी थी। गढ़ा खोदकर तैयार था। दस आराकस और आठ चरवाहे-और लोहार—कुल मिलाकर अठारह। हलाकान हो गये बेचारे-एड़ी का पसीना चोटी पहुँच गया, पर सिल्ली टस- से-मस न हुई। आखिर थककर बैठ गये। बाबा रस-दाना करके गुलरा आ रहे थे—पूछा, "क्या रे, पेड़िया नहीं चढ़ी?"

"यह जुम्मिस भी नहीं खा रही है बाबा! आओ, आपके साथ भी जोर लगाकर देख लें।"

सब उठ खड़े हुए। बाबा के साथ यही सुखइया था—कुल सोलह वर्ष का और एक बारह वर्ष का छोकरा गड़ेरिया?

बाबा ने बड़ी स्थिरता से कहा, "अब तुम लोग बैठो ही। देखो हम तीनों कुछ कर सकते हैं?"

बाबा ने सिल्ली का माथा थामा। ऊपर को उठाया और झटका देकर उसे हाथों पर रोक लिया, दोनों लड़के इधर-उधर; एक बार और जोर लगा। बाबा ने कहा, "जीओ

मेरे बेटो!" और दूसरे झटके में सिल्ली खड़ी हो गयी।

आराकस सन्न रह गये। बाबा को भी कुछ पसीना हो आया। उन्होंनें कहा, "आड़ लगाकर चीरो!" और तनिक दूर हटकर लेहसुनवाँ की छाया में बैठ गये। दोनों लड़के भी वहीं छहाँने लगे।

सब-के-सब--आराकस और लोहार बाबा के पास पहुँचे। उनमें एक लोहार था--लड़ता-भिड़ता भी था। कहने लगा, "बाबा, बड़ा ज़ोर है आपके गट्टे में!"

बाबा हँसे, "अरे, यह मेरा ज़ोर नहीं, यह तो सुखइया और नगइया का है।"

बच्चे हँस पड़े। लोहार ने कहा, "नहीं बाबा, ये सब बच्चे हैं, क्या जोर लगायँगे।"

बाबा ने कहा, "बात मानो, यह उन्हीं का ज़ोर है।"

फिर लोहार ने हँसते हुए सिर हिलाया।

"अच्छा, तो फिर तुम उससे कुश्ती लड़कर देख लो!" बाबा ने वैसे ही कहा और दोनों की कुश्ती हो गयी। हाथ मिला और फिर दूसरे ही क्षण सुखइया लोहार के सीने पर था।

बाबा हँसे। लोहार शरमा गया। "सचमुच इन सबों में जोर है।" लोहार फुसफुसाया और उठकर सब काम पर चले गये। बाबा देर तक हँसते रहे।

बाबा चौके में चले गये थे। थाली परसी जा चुकी थी, तब तक देवी सिंह एकाएक घर में घुसे।

बाबा ने उनकी ओर देखा, "क्या नाच बन्द हो गयी?"

"नहीं तो। अरे चैतुआ साले की टाँग टूट गयी। ख़बर लगी, हम लोग उठकर पता लगाने चले गये।"

"क्या कहा?" बाबा जैसे भौचक्के-से हो गये।

"अरे गरूर का नतीजा यही होता है। गट्टा टेढ़ा करने आया था न ठाकुर का! अब इन कमीनों की हिम्मत इतनी हो गयी?" देवी सिंह ने मुँह बनाते हुए कहा।

बाबा बिगड़ गये, "तुम्हें जिन्दगी-भर तमीज नहीं होगी, आख़िर कैसे टूटी टाँग?"

"जाके देख क्यों नहीं आते बड़ी मोह है तो, वह तो टूटनी ही थी। आज अखाड़े में टूटी, कल हम लोगों की लाठी से टूटती। गुलरा से सरपता न काटने गया था!"

थाली परसी रही; पर बाबा रुके नहीं। वे यह काम तो जानते हैं--कितनी दूर-दूर के लोग उनके यहाँ हड्डियाँ बैठवाने आते हैं? और दौड़कर मन्ना साव की दुकान पर पहुँचे--"अम्माहल्दी, चोट मुसब्बर, सेलखरी"--पुड़िया बँध गयी। बाबा लेकर दौड़े। चाँदनी पिघलकर धरती पर पसर गयी थी। हवा के झोंके इस ओर से उस ओर चले

जाते थे—बुढ़ाई का समय, अब कहाँ है बह चाल?—बाबा सोचने लगे—कितना अच्छा लड़ैत है। उस दिन कितना जोर लगाता था। झग्गा कोई मामूली पहलवान थोड़े ही है—दो मिनट में उसे दे मारा। अब तो गाँव का नाम यही रखे है।

चैतू का घर आ गया। बाबा थककर चूर हो गये थे। साँस बढ़ गयी थी। तनिक थमकर देखने लगे—लोग घेरे थे और चैतू ज़मीन पर पड़ा तड़फड़ा रहा था। टाँग कमर के पासवाले जोड़ से सरक गयी थी। सब लोग हट गये। बाबा ने हाथ लगाया—"थोड़ा तेल तो लाओ और यह दवाई ज़रा पीस लेना।" उन्होंने देखा, चोट बड़ी बेतुकी थी। चैतू को पट्ट सुला दिया, फिर तेल लगाकर माँजते-माँजते एकाएक पैर लगाकर उन्होंने चैतू की टाँगें हाथ से उठा दीं। चट की आवाज़ हुई और चोट ठीक हो गयी, हड्डी बैठ गयी! बाबा ने दवा गरम करवायी और चोट पर बाँध दिया।

चैतू होश में आ गया था, उसकी माँ और बीवी दोनों एकटक बाबा को देखकर रो रही थीं--ख़ुशी के मारे। चैतू ने भी देखा—आँखें मुलमुलायीं, फिर एकाएक बोल उठा, "बाबा!" और उसकी आँखों से आँसू बहने लगे। बाबा ने उसका सिर अपनी जाँघ पर टिका लिया। इधर-उधर देखा। चैतू का छप्पर टूटा पड़ा था। बखरी का ओसार भी छान्ह का ही बना था—वह भी सड़ गया था।

बड़े सवेरे जब पलाशों की लाली पर सूरज की किरणें एक-एक कर उतर रही थीं—गुलरा की सरपत में पच्चीस मजदूर लगे थे—कटाई हो रही थी।

सुखई ने पूछा, "क्या होगी सरपत, बाबा?"

"चैतुआ की छान्ह टूट गयी है रे!" बाबा ने उत्साह से कहा।

●

कल्यानमन

इधर-उधर, चारों ओर बेल और झरबेरी के झाड़-झंखाड़, बीच-बीच में शीशम-नीम और कहीं-कहीं इक्के-दुक्के आम के बड़े-बड़े पेड़ों से घिरे सोलह बीघे के इस तालाब को कल्यानमन कहते हैं। कुल एक-डेढ़ गज पानी ही ठहरता होगा इसमें, और वह भी तब, जब साधारण हमवार खेत भी पानी में डूबे रहते हैं, वर्ना पानी आया और गया, फिर हर जगह एक-सा समतल, थिर और निर्मल जल। एक ओर भींट के पास नरई के हरे, शाखविहीन, नुकीले डण्ठलों की बारात और दूसरी ओर सिंघाड़े के गहरे-हरे और बीच में लाल धब्बोंवाले सुहावने छत्ते। कोई दिलवाला आँखें डाल दे, तो शोभा की इस अनबूझी वंशी में फँसे बिना न रहे।

इसी कल्यानमन की पूरब दिशा में एक ऐसा टीला है, जिस पर घास का एक तिनका भी नहीं उगता। मंगी की झोंपड़ी इसी पर है। तीन ओर सरकण्डे और सरपत का टट्टर, सामने का हिस्सा खुला हुआ। मंगी इसी जगह बोरसी में आग और चिलम-हुक्की लिये, बैठी रहती है।

उसकी दृष्टि केवल दो जगह रहती है; कभी राख से भरी, सामने रखी बोरसी पर, तो कभी सिंघाड़े के छत्तों पर। लेकिन एक पनारू है कि उसे सुध-बुध ही नहीं। मेरे मरने पर क्या होगा! यह सब कौन दिखेगा—यही एक बात उसके दिमाग को कभी-कभी कीड़े की तरह चालने लगती है।

—किसका बच रहा है। जगई खाली डराने-धमकाने से स्टीपा देकर भाग गया और मुसई ने सौ रुपये लेकर माँ-बाप की धरती पर से पाँव उठा लिये। बस वही तो एक बच रही है, और उसके साथ भी क्या कम किया ठाकुर ने! कितनी बार पटवारी को धमकाया, कितनी बार उसे रुपये देने की लालच दी। एक बार तो यहाँ तक कहा, "तुम मंगी का नाम कल्यानमनवाले खेत से काटकर, अपना चढ़ा लो! मैं आधा तुम्हें ही दे दूँगा पर कुछ तो बचाओ!"

लेकिन पटवारी के मरे बाप की रूह तक मंगी के नाम पर काँप जाती है, पटवारी की क्या हस्ती! जाने कब, क्या कर बैठे? उसका कोई भरोसा है।

मंगी है एक ही अपने गाँव में कान की बहिर-ठेंठ, किन्तु आवाज़ की इतनी कड़ी कि नया आदमी सहसा डर जाये। आँधी की तरह पैर के पँजो के सहारे लुढ़कती हुई भागती चलती है। घर में एक भड़सायँ, दो घर में पानी की भराई और वही कल्यानमन के सिंघाड़ों की खेती है, उसके पास। पनारू दो घरों में पानी क्या भरता है, अपनी जिन्दगी ही पट्टा कर दी है, उसने। उसे जैसे यही सब अच्छा लगता है, बाँस की लचीली काँवर में पानी के बड़े-बड़े मटके लटकाये, पसीने से लथपथ, वह सारे दिन कुएँ से घर और घर से कुएँ के चक्कर लगाया करता है। कोई भर मुँह बोल दे, फिर पनारू उसका अपना बन जाता है। सयाना, हट्टा-कट्टा पर घरों की बूढ़ी औरतें कहती हैं, 'लैमर है, लैमर, भला कौन ऐसी करम की खोटी होगी जो इसकी गाँठ बँधेगी। जब इतनी उमिर तक मँगिया की मार सहता है तो वह बेचारी तो भर पेट खाना भी नहीं पायेगी।''

लेकिन जवान लड़कियाँ और गुलाब रंग से भींगे नाखूनोंवाली बहुएँ उसे बहुत चाहती हैं। जी भर उन्हें नहलायेगा, सवेरे आते समय दतुअन तोड़ता आयेगा, और काम पड़ा तो कहीं दौड़ा हुआ चला जायेगा।

मंगी फूटी आँख से भी यह सब नहीं देखना चाहती। जब तक बड़े मालिक जीवित थे, मंगी काम करने बड़की बखरी आती थी, पर लोग कहते हैं, जब वे बिगड़ते, तो जितना मालिक बोलते, उसका दूना बोलती, मंगी। क्या मजाल जो जबान बन्द हो। लोग दाँतों तले अँगुली दबा लेते,—कैसी मुँह-जोर है, राम! भला जिसे देखकर लोग रास्ता बचा जाते हैं, उससे बात लड़ाती है।

मंगी को क्या डर! कहती, ''कोई सेंत का खाती हूँ जो लात-गारी सहूँ। रात-दिन छाती पर बज्जर जैसा गगरा-बाल्टी ढोती हूँ। बन्न कर दूँ तो सरने लगें रानी लोग। का हमरी देहियाँ माटी की है! का हमके देखेवाले की अँखिया घुमची की हैं। हमहूँ हाथ-पाँव में मेंहदी रचाय के बैठ सकती हैं।''

मंगी तब तक बोलती रहती, जब तक ठाकुर उसके आगे से हट न जाते।

ठाकुर के मरते ही मंगी ने बखरी छोड़ दी थी। कहती, ''का धरा है अब उस मनहूस घर में। अब न वह बात रही, न बात करनेवाला। लवँडे-लपाड़ियों का कोई भरोसा। कभी कुछ कह ही दें, कोई बदजबान ही निकाल दें!''

मंगी सवेरे, रहट्ठे का खरहरा लेकर निकलती, सारे बगीचे की पत्तियाँ बटोर डालती, उन्हें इकट्ठाकर के बड़े-बड़े गाँज बना देती और सालभर उसी से भाड़ के ईंधन का काम चलाती।

बरसात के चार महीने वह सिंघाड़ों के पीछे लगती। उस बियाबान, जंगली सिवान में जब लोग पाँव रखते थरथराते तो वह कमर-कमरभर पानी में बिना किसी रोशनी,

बिना किसी डर के चली जाती और कल्यानमन के भींटे पर उसकी चिलमवाली चिमटी की खरोंच से फुर-फुर उड़नेवाली चिनगारियों का मजाक, जैसे सारी अँधेर-गुप सृष्टि की छातीरूपी पत्थर पर बच्चों के छुर्री छोड़ने जैसा लगता रहता।

आज सवेरे से मंगी उदास है। उसे बार-बार यही लगता है कि वह कब तक जीयेगी। कब तक इस पोखरी के पानी में सती होगी। सिंघाड़े की पत्तियों में कीड़े भी तो लग रहे हैं। शरीर में रक्त मांस होता तो वह पनारू का मुँह देखती। कछाना मारकर आधे-आधे दिन घिन्नई पर बिता देना उसके लिये मामूली बात थी, लेकिन वह समय की बात थी। तब तो उसने अपने ब्याहते को भी कभी आदमी नहीं समझा। उसकी कभी परवाह नहीं की।

इस एक विचार से मंगी जाने किस लोक में चली गयी। उसकी नसें जैसे सिकुड़कर टूट गयीं और अशक्त शरीर में प्राण नाम का पंछी तड़फड़ाने लगा।

बड़े ठाकुर के मरने के बाद की बात है,—माघ की बदरी पैर तोड़कर आसमान में बैठ गयी थी। घर की काठ की किवाड़ें भी ठारी के बाण से काँप-काँप उठती थीं। पशु-पक्षी शीत में ऐसे जम गये थे कि उनका कोई अस्तित्व ही नहीं जान पड़ता था। चारों ओर सूना—घर-बाहर, पेड़-पालव सब एक से। कहीं तो जीवन की एक रेखा दीखती और उसी में मंगी के घर का ईंधन चुक गया। पत्तियाँ भींग गयीं। मंगी ने लग्गा सँभाला और बाग की ओर हो रही। आम के बण्डे तोड़ते-तोड़ते साँझ हो गयी। किसी तरह उन्हें लाद-फाँदकर घर लायी, आग पर रखा और आँच बनाकर पनारू की सेंक-साँक की। उसे फुसलाकर सुलाया पर भूख का मारा लड़का, कहाँ सोनेवाला! नींद भी कहीं भूखे का साथ देती है। बड़की बखरी की चार लिट्टियों की आशा लिये वह इतनी देर बैठी रही पर बंगा का कहीं पता नहीं। अन्त में ऊबकर उसने बोरसी में आग भरी और उसे चारपाई के नीचे रखकर, कथरी में घुस गयी। जाने कब, शायद रात का दूसरा-तीसरा पहर रहा होगा, बंगा ने किवाड़ भुड़कायी।

मंगी ने उठकर दरवाजा खोला तो वह पानी में भींगकर सिकुड़ा, भींगे पिल्ले की तरह थर-थर काँप रहा था, पर उसकी अँगुलियाँ दरवाजे के ऊपरी हिस्से में फँसी हुई थीं "खो..दो...इसे! इऽस्से...देखो...'मैंऽ...कितना बड़ा हूँ...कैसी...कैसी छोटी है दुवार, मैं अन्नर कइसे आऊँ....कइसे....कइ....."

उसकी जबान टूटती जा रही थी। वह लड़खड़ा रहा था। मंगी का कलेजा जलकर रह गया। बच्चे की भूख, अपनी परेशानी और बंगा की नशाखोरी, उसे लगा, जैसे कोई भूत ठहाका लगाकर बत्तीसों दाँत बाये खड़ा हो। जैसे किसी ने उसके पेट में कसकर

एड़ी मार दी हो। उसने झटके से दरवाजा बन्द कर दिया और भूखी सियारिन की तरह तिलमिलाकर बच्चे की तरफ झपटी--क्यों न दबा दूँ इसका गरदन और इस नसेड़ी को लात मारकर कल दूसरे घर बैठे जाऊँ। देखूँ यह दाढ़ीजार किस बूते पर सराब पीता है।

पर जाने क्यों, वह रुकी रही। कुछ भी करते नहीं बना, उससे। न होता कुछ तो उसे खपरैल के साये ही में कर लेती, पागल! लेकिन वह अशक्त हो गयी थी--चेतनाविहीन, निष्प्राण।

सवेरे तक तो बंगा को चला जाना चाहिए था इस दुनिया से परे, जहाँ केवल आत्मा का वास है। वहाँ शरीर की दुर्दशा की कोई गुंजाइश नहीं। इतनी पीड़ा के लिए कोई अवसर नहीं, पर वह जीता रहा, साँस के पतले तारों में बँधा हुआ, लेकिन ये तार अब तक बेसुरे हो चुके थे घरऽर्र्...घोंऽ...घोंऽऽ...।

वैद्य जी ने बतलाया--शीतांग हो गया है।

मंगी ने सुना, देखा, दवा-दारू में लगी, पर जाने क्यों तब तक वह सूख गयी थी। जैसे उसे तो मालूम ही था। उसी ने तो किया है, यह सब।

वैद्य जी की नाड़ी की धराई के सोलह आने के लिए उसे फिर बड़की बखरी की बहू का दरवाजा झाँकना पड़ा। वे चवन्नियाँ सूद पर रुपया चलाती थीं, पर मंगी को देखकर पुराना पँचरा ले बैठीं, "सब दिन एक समान नहीं होता मंगी। राजा हरिचन्न पर भी बिपत पड़ गयी थी। तब तो लगा, तू चौखट भी नहीं लाँघेगी। बड़े मालिक क्या गये, तेरी सेवा के लायक कोई रहा ही नहीं, मुदा हमसे 'जस-अपजस से का सरोकार! राम-राम कहो! यही दवा है। काहे रुपया पानी में फेंक रही हो।"

उन्होंने आँचल के खूँट से दो अठन्नियाँ छोड़कर, छन्न से उसके आगे फेंक दीं। मंगी पैसा उठा ही रही थी कि बड़की बहू कँहरकरबोलीं, "बीस आना हो जायेगा अगिले माघ में, चेत रखना!" तभी पनारू रोता-रोता आया। वह बता ही क्या पाता? और मंगी दौड़ती-भागती घर पहुँची। पण्डित-बो बंगा को खटिया से उतारकर, तुलसी और पानी उसके मुँह में डाल रही थीं।

मंगी यही सब सोच रही थी कि चारपाई के नीचे कुछ खुरखुराया और कल्यानमन के सिंघाड़ों के बीच एक छपाक् की आवाज हुई, शायद कोई पहिना उछला था और जाने क्यों मंगी का सारा रोयाँ बिनबिनाकर खड़ा हो गया। उसने सामने दूर तक कल्यानमन की छाती पर फैले, अपने सिंघाड़ों के छत्तों पर निगाह डालनी चाही पर अँधेरे का भार इतना बढ़ गया था कि उसकी पुतलियाँ, बरौनियों के पार कुछ न देख सकीं। बस पानी की हल्की टिपू-टिपू उसे सुनायी पड़ी, जो झींगुरों की झनकार और मेंढकों के पाठ-दोष में घुमड़ी और टूटकर खो गयी। तभी उसकी झिलँगा चारपाई के नीचे जोर की चें-चें

की आवाज हुई। उसने जल्दी से घिन्नई में बाँधे जानेवाले एक बाँस के टोटे को खींचना चाहा कि जोर की फों-फों की फुफकार ने उसके प्राणों की शक्ति ही छीन ली। उसने जल्दी से आग में कुछ सूखे खरपात डालकर रोशनी की तो एक भयानक सर्प को क्रोध में फन काढ़े झूमते देखकर, उसका हलक सूख गया। पल भर वह सोच भी नहीं पायी कि वह क्या करे! लेकिन जैसे ही आग बुझी, वह झोंपड़ी से बाहर निकल आयी और पानी में भींगती, देर तक खड़ी रही।

ऐसा नहीं कि साँप उसके लिए कोई नयी चीज है। पल मारते साँप के फन पर डण्डा रख देना, उसके बायें हाथ का काम था, पर इस अँधेरे और मन की प्रबल निराशा ने उसे भयातुर बना दिया था। वह घर तो लौट ही सकती थी पर कहीं दूसरी ओर से पनारू न आ जाये! उसे क्या मालूम कि मड़ैया में क्या है? कहीं उसी खाट पर जा बैठे, तो!

वह बड़ी देर तक पानी में भींगती यही सोचती रही। कई बार उसके मन में आया, वह अभी चलकर ठाकुर के सामने इस्तीफे के कागज पर अँगूठे का टीप लगा दे। लेकिन तभी बादलों में चमक हो जाती, सारे प्रान्तर का तिनका-तिनका उजागर हो जाता और कल्यानमन के विस्तृत सीने पर मोटे कवच की तरह कसे हुए सिंघाड़े के छत्ते, उसे धरती की माया में जकड़कर बाँध लेते।

दो साल हुए जब उसने सुना था कि जिसकी जोत होगी, भूँय उसी की हो जायेगी। तब उसे लगा था, न तालाब धरती है, न सिंघाड़ा खेती। कहाँ हल चलाती हूँ, मैं? कहाँ मेरी जोत है? लेकिन इतना ही नहीं, उसे तो अभी इस बात पर भी शक था कि सुराजी लोगों का राज हो गया है। बंगा सुराजियों की सभा में जाया करता था। कभी खुश रहता तो लौटकर मंगी से अपने सारे मन्सूबे कहता, पर मंगी उसे डाँटकर चुप करा देती, "ऐसी ही राजपाट छोड़कर चला जायेगा तो राजा रामचन्नर और मलिच्छ लोग में फरक क्या हुआ?" लेकिन बंगा उसे बार-बार समझाता कि सब तो सब, यह कल्यानमन अपना हो जायेगा। चाहे पानी की भराई में ही क्यों न मिला हो, पर सिंघाड़े की काश्त तो वही करता है। लेकिन मंगी इसे नहीं मानती थी और उस दिन तो उसको अपने पर ध्रुव विश्वास हो गया था, जब बंगा के मरते ही घर में एक ओर लाश पड़ी थी और दूसरी ओर प्यादा बेदखली का हुकुमनामा उसे दे गया था, फिर कितनी मुश्किल से उसने अपना नाम चढ़वाया था, कितनी परेशानियाँ सही थीं, क्योंकि उसका पनारू तब नाबालिग था।

मंगी इसी असमंजस में पड़ी रही। उधर पानी की बूँदें भी कड़ी हो गयीं, हवा भी धीरे-धीरे सुरसुराने लगी, उसे कुछ सिहरन भी मालूम होने लगी पर उसका मन साँप की माँद में हाथ डालने को न हुआ और लुढ़कती-पुढ़कती घर की ओर चल पड़ी।

पनारू घर भी नहीं मिला।—बखरी रोटी लेने तो नहीं चला गया, कहीं कल्यानमन न चला जाये!

इसी बीच वह झपटकर बड़की बखरी पहुँच गयी। पनारू दहलीज में एक बड़े तखत पर गहरी नींद में सोया था। मंगी ने उसे झकझोरकर जगाना चाहा पर ठाकुर के नौकर ने उसे डाँटा, "क्यों बेचारे को जगाती हो। जाकर कल्यानमन पर ठण्डी हवा खाओ! मरने-खपने को तो अच्छा है, गरीब। जैसे यहाँ नौकर, तैसे अपने घर में नौकर। उसका है क्या तुम्हारे घर में?"

मंगी की खोपड़ी ठनकी।—कहीं ठाकुर हमारे ही घर में आग तो नहीं डाल रहे हैं। सब तरह से हारकर यह एक अच्छा उपाय हो सकता है, उनके लिए। उसने झकझोरकर पनारू को जगा दिया। मंगी को देखते ही पनारू एक बार तो खिसिआया फिर जैसे जल-भुन गया।

"यहाँ भी खाने पहुँच गयी। मैं तेरी सब चाल समझता हूँ। मेरे परान न खा, जाकर मर उसी कल्यानमन को छाती पर रखकर! जब बाबू की तुम नहीं।"

पनारू का वाक्य पूरा भी नहीं हुआ था कि मंगी के झापड़ों से उसकी कनपटियाँ झनझना उठीं। "यहीं सीखने बैठा रहता है यहाँ, जानता नहीं कि ये लोग जमीन के लिए, आदमी की गरदन भी काट सकते हैं। पहले यही घर थे कि काम करने पर खेत मिलते थे, आम के पेड़ मिलते थे, शादी-ब्याह पर लकड़ी-फाटा गहना-कपड़ा मिलता था, हरजी-गरजी अनाज-पानी मिलता था। मालिक लोग तनी-तनी बात पर मुँह जोहते थे। अब तो हर की जोताई एक खेत मिलेगा। बेचारा मजूर उसे खाद-पानी देकर जोतने लायक बनाये कि दूसरी साल उसे कोई दूसरा ऊसर-पापर बताकर, बना-बनाया खेत हथिया लिया जायेगा। कहीं उसका नाम न चढ़ जाये खेत पर! अँखिया त फूट गयी हैं सुरजियन की कि यह अन्हेर भी नहीं देखते। खेती चमरू करेगा, परताल ठाकुर के नाम से होगी। बीच में पटवारी इधर से भी खायेगा, उधर से भी खायेगा। अब तो बेभूँय का किसान, खाद हो गया है, खाद। बस वह खेत बनाता है।

"बड़ा कनून सीख के बैठा तो है, भला बची है एक बिस्सा भूँय किसी मजूर-धतूर के पास? सभी तो खेत जोत रहे थे। कोई मार खाकर इस्टीपा लिख गया, तो किसी को बहकाकर सादे कागद पर अँगूठे की टीप ले ली, इन लोगों ने। किसी को सौ-दो सौ देकर सादे कागज पर अँगूठे की टीप ले ली, इन लोगों ने। किसी को सौ-दो सौ देकर टरकाया। कहीं रह गया है, कुछ? वह तो कहो मुझे, जो बैठी हूँ बज्जर की तरह छाती पर।..."

"तो मुझसे क्या मतलब...?" पनारू जैसे कुछ कहते-कहते रुक गया।

"तुमसे सरोकार ही नहीं.....?" मंगी दाँत पीसती हुई तखत पर चढ़ गयी और पनारू का कान पकड़कर झकझोरना ही चाहती थी कि ठाकुर का बड़ा लड़का खड़ाऊँ चटकाता बखरी से निकला।

"क्या शोरगुल मचा रखा है!" उसने दूर ही से डाँटा, "बेचारा लड़का सयाना हो गया और अब तक जगह-जमीन पर हर जगह अपना नाम चढ़वा रखा है। उसका न घर से मतलब, न दुआर से। क्या वह तुम्हारा नौकर है! वह तुम्हारी सारी होशियारी समझता है।"

"ठाकुर हमारा घर नास कर रहे हो।" मंगी दुख की कराह से आज पहली बार जैसे टूटकर बोली, पर पनारू अब क्यों चुप रहता! सहारा पाकर काँपते हुए कहने लगा, "बहनोई जो तीसरे दिन दुवार खनते रहते हैं। क्या हमें पता नहीं कि क्यों इतना चक्कर काट रहे हैं। उन्हीं को लिखना चाहती हो तो जाकर लिख दो! मेरे पास भगवान का दिया इस बखरी में सब-कुछ है।"

मंगी की समझ में सब-कुछ आ गया। घृणा से तिलमिलाकर, वह पनारू के बालों में बर्रे की तरह चिपट गयी, न जाने कितनी देर तक लात-घूँसे चलाती रही और जब थककर पसीने से लथपथ हो गयी, तो जाने कब की बँधी आँसुओं की धारा उसकी आँखों से बह निकली—रिस-रिसकर, हिचक-हिचककर, वह रोती रही और ठाकुर को कोसती रही, फिर सहसा उठी और बड़े लड़के से कहने लगी, "जब मैं अपने सराबी आदमी की नहीं हुई और उसे ठारी में गलाकर मार डाला तो इस भोंदे लड़के को कल्यानमन नहीं दे जाऊँगी। मँगाओ अपना कागद-पत्तर, ले लो, मेरे अँगूठे का टीप!"

फिर जैसे किसी गहरी पीड़ा में डूबी हुई कहने लगी, "मैं जानती थी कि यह सँभाल नहीं पायेगा। इसे तुम लोग फँसा लोगे.... और हुआ भी तो वही।"

वह पागल-सी बकने लगी, "जल्दी करो, मँगाओ कागद! नहीं तो मैं जाती हूँ। मेरी झोंपड़ी में मेहमान बैठे हैं। उन्हें अकेला छोड़कर आयी हूँ।"

कागज़ पर अँगूठे का टीप देने वह बढ़ी ही थी कि पनारू का सारा शरीर काँपकर रह गया। उसके जी में आया, बढ़कर माँ का हाथ थाम ले, पर उसे याद आ गया,—झोंपड़ी में मेहमान बैठे हैं, उन्हें अकेला छोड़कर आयी हूँ।—और वह हँसकर रह गया।

"कल्यानमन लेना है न, क्यों न बैठे होंगे?" वह बुदबुदाया पर मंगी जैसे आँधी की तरह कल्यानमन की ओर भागी।

कौन जाने मेहमान अब भी फन काढ़े बैठे हों, कल्यानमन जो लेना है, उन्हें।

●

हंसा जाई अकेला

वहाँ तक तो सब साथ थे, लेकिन अब कोई भी दो एक साथ नहीं रहा। दस-के-दसों अलग-अलग खेतों में अपनी पिण्डलियाँ खुजलाते, हाँफ रहे थे।

"समझाते-समझाते उमिर बीत गयी, पर यह माटी का माधो ही रह गया। ससुर मिलें, तो कसकर मरम्मत कर दी जाये आज।" बाबा अपने फूटे हुए घुटने से खून पोंछते हुए ठठाकर हँसे।

पास के खेत में फँसे मगनू सिंह हँसी के मारे लोट-पोट होते हुए उनके पास पहुँचे।

"पकड़ तो नहीं गया ससुरा? बाप रे....भैया, वे सब आ तो नहीं रहे हैं?" और वह लपककर चार कदम भागे, पर बाबा की अडिगता ने उन्हें रोक लिया। दोनों आदमी चुपचाप इधर-उधर देखने लगे।

सावन-भादों की काली रात, रिम-झिम बूँदें पड़ रही थीं।

"का किया जाय, रास्ता भी तो छूट गया। पता नहीं कहाँ हैं, हम लोग।"

"किसी मेंड़ पर चढ़कर, इधर-उधर देखा जाय। मेरा तो घुटना फूट गया है।"

"बुढ़वा कैसे हुक्का पटक के दौड़ा था।"

"अरे भइया, कुछ न पूछो।" मगनू हो-हो करके हँसने लगे। इसी बीच गाने की आवाज सुनायी पड़ी—

हंसा जाई अकेला, ई देहिया ना रही।
मल ले, धो ले, नहा ले, खा ले
करना हो सोकर ले,
ई देहिया...

दस-एक बीघे के इर्द-गिर्द, अँधेरे और भय में धँसी हुई पूरी मण्डली सिमट आयी। चेहरे किसी के नहीं दिखायी पड़े, पर हँसी के मारे सबका पेट फूल रहा था। उसी बीच थूक घोंटने की-सी आवाज करता हुआ, वह आया और जोर से हँसने लगा।

"होई गयी गलती भइया। मैं का जानूँ कि मेहरिया है। समझा, तुममें से कोई रुक गया है।"

मगनू ने कहा, "सरऊ, साँड़ हो रहे हो, अब मरद-मेहरारू में भी तुम्हें भेद नहीं दिखायी पड़ता?"

"नाहीं, भाय, जब ठोकर खाकर गिरने को हुए न, मैंने सहारे के लिए उसे पकड़ लिया। फिर जो मालूम हुआ, तो हकबका गया। तभी बुढ़वा ने एक लाठी जमा दी। खैर कहो निकल भागा।" उसने झुककर अपनी टाँगों पर हाथ फेरा। नीचे से ऊपर तक झरबेरी के काँटे चुभे हुए थे।

"ससुरे को बीच में कर लो।" बाबा ने कहा।

मगनू कहने लगे, "चलो मेहरारू तो छू लिया, ससुरे की किस्मत में लिखी तो है नहीं।"

उसे लोग हंसा कहते हैं, काला-चिट्टा बहुत ही तगड़ा आदमी है। उसके भारी चेहरे में मटर-सी आँखें और आलू-सी नाक, उसके व्यक्तित्व के विस्तार को बहुत सीमित कर देती हैं। सीने पर उगे हुए बाल, किसी भींट पर उगी हुई घास का बोध कराते हैं। घुटने तक की धोती और मारकीन का दुगजी गमछा उसका पहनावा है। वैसे उसके पास एक दोहरा कुर्ता भी है, पर वह मोके-झोंके या ठारी के दिनों में ही निकालता है। कुर्ता पहनकर निकलने पर, गाँव के लड़के उसी तरह उसका पीछा करने लगते हैं, जैसे किसी भालू का नाच दिखानेवाले मदारी का।

"हंसा दादा दुलहा बने हैं, दुलहा।" और नन्हें-नन्हें चूहों की तरह उसके शरीर पर रेंगने लगते हैं। कोई चुटइया उखाड़ता है, तो कोई कान में पूरी-की-पूरी अँगुली डाल देता है। कोई लकड़ी के टुकड़े से नाक खुजलाने लगता है, तो कोई उसकी बड़ी-बड़ी छातियों को मुँह में लेकर, हंसा माई, हंसा माई का नारा लगाने लगता है। इसी बीच एक मोटा सोटा आ जाता है, वह हंसा के कन्धे से सटाकर लगा दिया जाता है और हंसा दो-एक बार उस पर अँगुलियाँ दौड़ाकर, अलाप भरते-भरते रुककर कहता है, "बस न।"

लड़के चिल्ला पड़ते हैं, "नहीं, दादा। अब हो जाय।" कोई पैर से लटक जाता है, तो कोई हाथ से। फिर वह मगन होकर गाने लगता है, "हंसा जाई अकेला, ई देहिआ ना रही..."

उस दिन बारह बजे रात को गाँव लौटकर, हंसा सीधे बाबा के दालान आया। लालटेन जलायी गयी। हंसा अपनी पिण्डलियों में धँसे झरबेरी के काँटों को चुनने लगा। जैसे जाड़े में चिल्लर पड़ जाते हैं, उसी तरह हंसा के टाँग में काँटे गड़े थे।

बाबा ने कहा, "कहाँ जायेगा ठोंकने-पकाने इतनी रात को, यहीं दो रोटी खा ले।" और झरबेरियों के काँटे देखे, तो उन्हें जैसे आज पहली बार हंसा की भीतरी जिन्दगी

की झाँकी दिखायी दी।—इतनी खेत-बारी, ऐसा घर-दुआर, पर एक मेहरारू के बिना बिलल्ला की तरह घूमता रहता है। बाबा उठकर हंसा की पिण्डलियों से काँटे बीनने लगे।

उसे रतौंधी का रोग है। इसीलिए रात को वह गाँव से बाहर नहीं जाता। वह तो मजगवाँ का दंगल था, जो उसे खींच ले गया। बाबा सरताज हैं पहलवानों के, भला क्यों न जाते। बेर डूब गयी वहीं, चले तो अँधेरा घिर आया था। पाँच मील का रास्ता था। हंसा दस लोगों की टोली के बीच में चल रहा था। कई बार उसके पाँव लोगों से लड़े, तो लोगों ने गालियाँ दीं और उसे पीछे कर दिया। हंसा गालियों का बुरा नहीं मानता। वह बहुत-सारे काम गाली सुनने के लिए ही करता है। गाँव के बूढ़ों-बुजुर्गों की इस दुआ से उसे मोह है।

वह पीछे-पीछे आ रहा था। रास्ते में एक गाँव आया, तो गलियों के घुमाव-फिराव में वह जरा पीछे रह गया। एक झोंपड़ी के आगे एक बूढ़ा बैठा हुक्की गरमाये था। उसकी जवान बहू किसी काम से बाहर आयी थी, दस आदमियों की लम्बी कतार देखकर बगल में खड़ी हो गयी। फिर हंसा के आगे से वह निकल जाने को हुई, तो संयोग से हंसा के पाँव उससे लड़ गये और अँधेरे में गिरते-गिरते वह हंसा के बाजुओं में आ गयी। बहू चीख उठी। बूढ़ा हुक्की फेंककर डण्डा लिये दौड़ा। लेकिन हंसा निकल गया। दूसरा डण्डा उसकी बहू की ही पीठ पर पड़ा। यह गये, वह गये और सारी मण्डली रात के अँधेरे में खो गयी। सबकी आँखें साथ दे रही थीं पर हंसा खाइयों-खन्दकों में गिरता-पड़ता भागता रहा।

बाबा काँटा बीनते जा रहे थे। हंसा अपनी मटर-सी आँखों को बार-बार अपने भालू के-से बालों में धँसाता—हाथ को काँटे मिल जाते, पर आँखें न खोज पातीं। रह-रहकर रास्ते की वह घटना उसके सामने नाच जाती।—क्या सोचती होगी बेचारी? और वह बाबा की ओर देखने लगता।

"बड़ी चूक हो गयी, भइया। समझो, निकल भागे किसी तरह नहीं तो जाने का कहती दुनिया? हमें तो यही सोचकर और लाज़ लग रही थी कि तुम भी साथ थे।"

"अरे, यह क्या कहता है, हंसा।"

"यही कि आपके साथ ऐसे लोग रहते हैं। कितना नाव-गाँव है। कितनी हँसाई होती।"

हंसा कभी कोई बात सोचता नहीं पर आज बार-बार उसका दिमाग उलझ जाता था। अगर भइया चाहें....तो....

इसी बीच आजी पूड़ियाँ थाल में परसे बाहर आयीं। हंसा हड़बड़ाकर उठ गया। बहुत दिन पर भउजी को देखा था। रात न होती, तो वह बाहर क्यों आतीं। उसने सलाम

किया। थाल थामने ही जा रहा था कि उन्होंने मजाक कर दिया; "कहीं डँड़वार डाके रहे का बबुआ, जो काँटा विनाय रहा है।"

"कुछ न कहो भउजी।" हंसा कह ही रहा था कि बाबा बोल उठे, "फँसी गया था हंसवा आज, वह तो खैर मनाओ, बच गया, नहीं तो वह पड़ती कि याद करता! एक औरत को इसने..."

"अब हँसी-ठिठोली छोड़कर, बियाह करो। जब तक देह कड़ी है, दुनिया-जहान है, नहीं तो रोटी के भी लाले पड़ जायेंगे! कहते क्यों नहीं अपने भइया से? गूँगे-बहरे, कुत्ते-बिल्ली सबका तो बियाह रचाते रहते हैं, पर तुम्हारा धियान नहीं करते। खेत-बारी, जगह-जमीन सब तो है।"

बाबा कुछ नहीं बोले, लगा सेंध पर धरे गये हों। आजी जाने लगीं, तो बाबा ने तेल भेजने को कहा।

तेल कटोरी लेकर हंसा बाबा के पैताने जा बैठा।

"अपने पैरों में लगाओ न हंसा! दरद कम हो जायेगा।"

"गजब कहते हो, भइया। अरे लगाया भी है कभी तेल।"

और वह बाबा की मोटी रान पर झुक गया।

"मनों तेल पी गयीं ये रानें। कितने तो तेल ही लगाकर पहलवान हो गये..." हंसा कहने लगा।

बाबा चुप पड़े रहे। ओरउती से लटकी हुई लालटेन में गुल पड़ गया था, धुएँ से उसका शीशा काला पड़ चुका था और कालिख ऊपर उड़ने लगी थी।

हंसा उठा और बत्ती बुझाकर लेट गया।

भउजी की बात हंसा के कानों में गूँज रही थी,—जब तक देह कड़ी है...हंसा ने करवट लेते-लेते बूढ़े के डण्डे की चोट का हाथ से अन्दाज लिया और भुनभुनाने लगा, "जान-बूझकर तो कुछ नहीं किया। हम तो भइया की तरह मेहरारू को आँख उठाकर भी नहीं देखते। यह रतौन्धीं साली जो न कराये।" उसने इधर-उधर आँख चलायी, पर कुछ नहीं—सब मटमैला, धुन्ध।

पाला पड़े चाहे पत्थर, काम से खाली होकर हंसा बाबा के पास जरूर आयेगा। कभी देश-विदेश की बात, कभी महाभारत-रामायण की बात। लेकिन 'गन्ही महत्मा' की बात में उसे बड़ा मजा आता है। किसी ने उसे समझा दिया है कि गाँधी जी अवतारी पुरुष थे।

उस दिन दालान में कोई नहीं था। शाम का वक्त था। बाबा की चारपाई के पास बोरसी में गोहरी सुलग रही थी। जानवर मन मारे अपनी नाँदों में मुँह गाड़े थे। रिम-झिम पानी बरस रहा था। कलुआ पाँवों से पोली जमीन खोदकर, मुकुड़ी मारे पड़ा था। बीच-बीच में जब कुटकियाँ काटतीं, तो वह कूँ...कूँऽ करके, पाँवों से गर्दन खुजाने लगता। इसी समय एक आदमी पानी से लथपथ, कीचड़ में अपनी साइकिल को खींचता आया और जैसे ही साइकिल खड़ी करके दालान में घुसने लगा, हंसा ने कहा, "जै हिन्न की, गनेश बाबू।"

"जै हिन्द हंसा भाई, जै हिन्द।"

उसने अपने झोले से नोटिसों का पुलिन्दा निकालकर, बाबा के आगे रख दिया। हंसा बाबा की गोड़वारी बैठ गया। बाबा नोटिस पढ़कर बोले, "कैसे होगा, बरखा-बूदी का दिन है।"

हंसा कुछ समझ नहीं सका। जब उसका पेट फूलने लगा, तो वह बोल बैठा, "का है भइया।"

"कोई सुशीला बहिन आज यहाँ गाँधी जी का सन्देश सुनाना चाहती हैं। जिला कमेटी की नोटिस है।"

"का लिखा है नोटिस में!" हंसा मुँह बाकर उसे देखता बोला, "तनी बाँच दो, भइया। गवनई भी न होगी।"

"अरे वही, जागा हो बलमुआ गाँधी टोपीवाले..."

हंसा ने खूँटी पर टँगी ढोलक उतारकर गले में लटका ली और एक ओर पड़े फटहे झण्डे को लेकर लाठी में टाँग लिया। दो बार ढोलक पीटी। फिर,—जागा हो बलमुआ गन्हीं टोपीवाले आय गइलैं....टोपीवाले आय गइलैं...गाकर, ढोलक पर धड़म्-धड़ाम् घुम्-घुम्...धड़म-धड़ाम घुमघुम्...

मिनटों में ही पचासों लड़के आ जुटे। चल पड़ा हंसा का जुलूस।

"सुसिल्ला की गवनई, जौने में बीर जवाहिर की कहानी है..."

"दल-के-दल लरिका-बच्चा सब...बोलो, बोलो, गन्ही बाबा की जय!"

और फिर, जागा हो बलमुआ...और हंसा की ढोलक गमकती रही।

क्षणभर में ही जैसे सारे गाँव को हंसा ने जगा दिया हो। जिधर से देखो, लोग चले आ रहे हैं। लड़के गाँधी बाबा को क्या जानें, उनके लिये तो हंसा ही सब-कुछ था। एक उनके आगे झण्डा तानकर कहता, "बोलो, हंसा दादा की...!"

कुछ कहते, 'जै', और कुछ 'छै', फिर जोर की हँसी चारों ओर छा जाती।

कुछ बूढ़े नाक फुलाते हुए, सुरती की नास ले, अपने सुतलियों के ढेरे पर चक्कर देकर कहते, "मिल गया ससुर को एक काम। गन्ही बाबा का पायक काहे नहीं हो

जाता। कौनों कँगरेसी जात-कुजात मेहरारू मिल जाती। गन्ही को कोई विचार थोड़े है, चमार-सियार का छुआ-छिरका तो खाते हैं।"

हंसा को फुरसत नहीं है। बाबू साहब का तकरपोस और बाबू राम का चमकउआ चादर तो आना ही चाहिए।

बाबा चुपचाप बैठे हैं। धीरे-धीरे गाँव सिमटता आ रहा है। दालान भरता जा रहा है। अँधेरे की गाढ़ी चादर फैलती जा रही है। रिम-झिम पानी बरस रहा है। चार लालटेनें जल रही हैं।

"बुला तो लिया पानी-बूनी में। हल्ला भी पूरा मचा दिया। पर ठहरेंगी कहाँ सुशीला? कुछ खाना-पीना..."

"आने पर देख लेंगे। अपना घर तो खाली ही है। खाने की भी चिन्ता न करो। घी है ही, पूड़ी-ऊड़ी बन जायेगी।" कहता हुआ हंसा बाहर निकला।

हंसा सँभाल-सँभालकर चल रहा था—अँधेरे की वही धुन्ध, वही मटमैलापन। आखिर वह क्या करे कि उसे दिखायी पड़ने लगे। वह एक बच्चे की सहायता से किसी तरह बाबूसाहब के दलान के सामने पहुँच गया। पहाड़ से तख्त की सिर पर बिड़ई रख, उठा लिया और किसी तरह रेंगता-रेंगता बाबा के दालान आ पहुँचा।

बाबा बहुत बिगड़े, "ससुरा मरने पर लगा है।"

हंसा को यह जानकर बड़ी खुशी हुई कि सुशीला जी आ गयी हैं। वह बाबा के पास बैठ, उनकी बातें बड़े ध्यानपूर्वक पीने लगा।

सुशीला जी हंसा के ठीक सामने बैठी थीं। लालटेन जल रही थी, पर वह देख नहीं पाता था कि कैसी हैं!

—आवाज तो कड़ी है और यह गन्ने के ताजे रस-सी महक कहाँ से आ रही है?

हंसा खो गया। सुशीला का साल भर पहले का गाना, 'जागा हो बलमुआ गन्ही टोपीवाले आय गइलैं... उसके होठों पर थिरक उठा। साँवला-साँवला-सा रंग था, लम्बा छरहरा बदन, रूखे-रूखे-से बाल और तेज आँखें। कैसी अच्छा गाती थीं!—हंसा सोचता रहा।

इसी बीच कीर्त्तन-प्रवचन हो गया। सुशीला जी ने भाषण भी दिया और सारी ग्राम-मण्डली, (बिन विधा के भारत देश, दिन-दिन होती है तेरी ख्वारी रे।' गुनगुनाती वापस जाने लगी। हंसा खोया बैठा रहा। खँजड़ी की डिम्-डिम् और झाँझ की झन्कार उसके कानों में गूँजती रही। सुशीला का पैना स्वर उसके हृदय को बेधता रहा, और दंगल की शामवाली घटना का भी उसे बार-बार ध्यान आता रहा।—देखो तो इन आँखों की जो न करा दें।—उसकी नसों में रक्त की झनझनाहट भर जाती। एकाएक, "गन्ही महात्मा की..." सुनकर, वह चौंक पड़ा और जोर से चिल्ला पड़ा, "जय...जय..."

बहुत रात बीत चुकी है। हंसा के घर में पूड़ियाँ छानने की तैयारी हो रही है। आटा गूथा जा रहा है। तरकारी कट रही है। आग जल रही है। पर भीतर के कमरे की भण्डरिया से घी कौन निकाले? हंसा वहीं इधर-उधर डोलता है। उसकी आँखें सुशीला जी की आवाज का पीछा कर रही हैं। सुशीला जी कभी-कभी संकोच में पड़ती हैं, पर हंसा के चौड़े सीने पर उगे हुए बालों के जंगल में वह खो जाती हैं। कितना पौरुषी आदमी है।

लेकिन हंसा के आगे वह एक छायामात्र हैं, जिसका बस रूप नहीं है आगे, और सब-कुछ है।—मीठी-मीठी, थकनभरी आवाज और डाल के ताजे फल जैसी सुगन्ध। वह बड़ा खुश है। एक औरत के रहने से घर कैसा हो जाता है। कितना अच्छा लगता है। ...वह सोच ही रहा है कि घी की माँग होती है। हंसा उठता है पर चारपाई से ठोकर खाकर गिर पड़ता है। सुशीला जी दौड़कर उसे उठाती हैं। हंसा मारे लाज के डूब जाता है।

धत् तेरी आँखों की। और वह जल्दी से उठ खड़ा होता है।

सुशीला जी उसका हाथ पकड़े थीं, "चोट तो नहीं आयी।"

घुमची की तरह की आँखें मुलमुलाकर हंसा हँसता है। उसके रोएँ भभर आते हैं। उसका कलेजा धड़कने लगता है।

कहार कहता है, "हंसा दादा को रतौन्ही है, रतौन्ही।"

"रतौंधी! तो बताओ, कहाँ है घी? मैं चलती हूँ, साथ।"

मेनका के कन्धे पर विश्वामित्र के उलम्ब बाहु। सावन की अँधियारी और बादलों की रिम-झिम। बीच-बीच में हवा का सर्द झोंका।

दोनों आँगन पार करते बूँदों में भींगते हैं। पीछे से आवाज आती है, लालटेन दूँ?

"एक ही तो है। रहने दो, काम चल जायेगा।"

घर की अँधेरी भण्डरिया। दोनों भटकते हैं। हंसा कुछ बताता है।

सुशीला जी कुछ सुनती हैं। आँख कुछ देखती है। हाथ कुछ टटोलते हैं। बहरहाल, पता नहीं कहाँ क्या है?

अँधेरे में जैसे आँख, तैसे बेआँख। दोनों को सहारा चाहिए। कभी वह लुढ़कता है, कभी वह लुढ़कती हैं और दोनों दृष्टिवान हो जाते हैं—दिव्यदृष्टिवान।

सुबह कुत्तों की झाँव-झाँव के बीच, कारवाँ आगे बढ़ गया। बैलों की घण्टियाँ टुनटुनायीं, भुजंगे बोले और बाबा ने उठकर अपना छप्पन पतरीवाला बाँस का छाता उठाया और ताल की ओर चल पड़े, निरुआही हो रही थी।

रास्ते में मगनू सिंह मिल गये, "लग गयी पार हंसवा की नाव!"

"क्या हुआ?"

"कुछ न पूछो, भइया। तुम्हें खबर ही नहीं, सारे गाँव में रात ही खबर फैल गयी। यह ससुरा दुआरे बैठाने लायक नहीं है। कहते थे कि कोई राँड़-रेवा मढ़ दो इसके गले। कल रात बाबू साहब के यहाँ पंचाइत हुई। तय हुआ कि अब सभा-सोसाइटी की चौकी, गाँव में नहीं धरी जायेगी। औरत-सौरत का भासन यहाँ नहीं होने पायेगा। बहू-बेटियों पर खराब असर पड़ता है। बात यह है कि भइया कि राजा साहब वोट लड़ रहे हैं, कांगरेस के खिलाफ। बाबू साहब उनको वोट दिलाना चाहते हैं। आपके डर से कुछ कह तो सकते न थे। अब मौका मिला है।

"कैसा मौका?" बाबा झुँझलाकर बोले।

अगनू आकर उनके छाते के नीचे खड़े हो गये। बोले, "उलट दिया हंसवा ने कल रात!"

"क्या मतलब?"

"सच मानो, खाना-पीना नहीं हुआ। जब बहुत देर होने लगी, तो बंगा ने लालटेन लेकर देखा, और बाहर निकलकर, सारे गाँव में ढिंढोरा पीट दिया। अभी तो सर-सामान लेकर, घाट तक पहुँचाने गया है।"

बाबा चुपचाप आगे बढ़ गये। इस तरह की बात सुनकर बरदाश्त करना उनके लिए कठिन है, पर न जाने क्यों उन्हें हँसी आ रही थी। तभी दूर हंसा की भारी आवाज सुनायी दी।

—जग बेल्हमौलू जुलूम कइलू ननदी...जग...
बरम्हा के मोहलू, बिसुनू के मोहलू
सिव जी के नचिया नचौलू मोरी ननदी...जग...।

बाबा खड़े थे। हंसा धीरे-धीरे पास आ गया। अँधेरा छँट गया था। हंसा डर गया। कैसे खड़ा हूँ भइया के सामने, कैसे?

कुछ देर दोनों चुप रहे। बाबा ने देखा, हंसा के हाथों में खद्दर के कुछ कपड़े थे, पर उसकी निगाह नीचे जमीन में धँसी थी।

"हंसा!" बाबा बड़ी कड़ी आवाज में बोले, "जहाँ पहुँच गये हो, वहाँ से वापस नहीं आना होगा!"

"भइया, बोटी-बोटी कट जाऊँगा, पर यह कैसे हो सकता है!"

हंसा जाने लगा, तो बाबा ने कहा, "घर जाकर सीधा-सामान बाँधे आना। आज मछरी पकड़वाऊँगा, वहीं खावाँ पर बनेगी।"

"अच्छा, भइया!" कहकर हंसा अपनी बटन-सी आँखों को पोंछता हुआ चला गया।

गाँव में चुनाव की धूम मची थी। बाबू साहब बभनौटी के साथ कांग्रेस का विरोध कर रहे थे। उनके पेड़ों पर इश्तिहार टाँग दिये जाते, तो उनके आदमी उखाड़ देते। किसान बुलवाये जाते, उन्हें धमकाया जाता। खेत निकाल लेने की, जानवरों को हँकवा देने की बातें कही जातीं और हंसा-सुशीला की कहानी का प्रचार किया जाता,—भ्रष्ट हैं सब! इनका कोई दीन-**धरम** नहीं है! गन्हीं तो तेली है!...

और हंसा अब पूरा स्वयंसेवक बन गया है। खद्दर का कुर्ता-धोती और हाथ की लम्बी लाठी में तिरंगा। बगल में बिगुल लटका रहता है और वह बापू के सन्देश की परची बाँटता फिरता है।

"बाबू साहब जो कहें मान लो! पूड़ी-मिठाई राजा के तम्मू में खाओ! खरचा-खोराक बाबू साहब से लो और मोटर में बैठो! लेकिन कांगरेस का बक्सा याद रखो! वहाँ जाकर, खाना-पीना भूल जाओ? कांगरेस तुम्हारे राज के लिए लड़ती है। बेदखली बन्द होगी! छुआछूत बन्द होगा। जनता का राज होगा। एक बार बोलो, बोलो गन्हीं महत्मा की जय!...जय...

घर-घर में, कण्ठ-कण्ठ में सुशीला के मनोहर गानों की धुनें गूँजने लगीं। गाँव के बच्चे हंसा दादा के पीछे, हाथों में अखबार की रँगकर बनायी झण्डियाँ लिये इधर-से-उधर चक्कर लगाया करते थे।

उन्हीं दिनों गाँव में रामलीला होने को थी। बाबू साहब की पार्टी के राम-लक्ष्मण बने थे। पर रावण बननेवाला कोई नहीं मिलता था। लोग कहते, रावण बननेवाला मर जाता है। कोई तैयार न होता था।

बाबा दशमी के मालिक थे। हंसा कैसे बरदाश्त करता कि लीला खराब हो। ऊपर से सुशीला जी लीला खत्म होने पर भाषण करनेवाली थीं। हंसा सोचने लगा, क्या हो? सहसा लड़कों ने तालियाँ बजायीं और हंसा दादा को घेर लिया। जल्दी-जल्दी काली चोंगा रावण के गले में डाल दिया गया। सिर पर पगड़ी बाँधकर दस मुँहवाला चेहरा हंसा दादा ने पहन लिया। हाथ में तलवार ली और गरजकर बाले, "मैं रावण हूँ, कहाँ है दुष्ट राम?"

एक बच्चे ने अपनी छड़ी में लगा हुआ तिरंगा झट दशानन के सिर पर खोंस दिया और सब लोग जोर से हँसने लगे। उसी भीड़ में से किसी ने चिल्लाकर कहा, "गन्ही महात्मा की जय...!"

रावण भाषण देने लगा, "भाइयो! राम राजा था। देखो, छोटी जात का कोई कभी राम नहीं बनने पाता है। राक्षस सब बनते हैं। बिराहिम, कालू, भुलई, फेद्दर, सभी की पालटी है, हमारी। यह जनता की लड़ाई है। बोल दो धावा।" और हंसा हाथ-पाँव हिलाता आगे को चल पड़ा। पीछे-पीछे सारी राक्षसी सेना। किसानों के बन्दर बने लड़के

भी अपना चेहरा लगाये, गदा लिये, जनता की पार्टी में शामिल हो गये। राम बेचारे अकेले बैठे रह गये। रामायण बन्द हो गयी। तिवारी चिल्लाने लगा, पर कौन सुनता है!

"गन्ही महत्मा की जय!–हंसा दादा की जय–"

बाबा हँसी के मारे लोट-पोट हो रहे थे। उनसे कुछ कहते ही नहीं बनता था। राक्षसी सेना के काले रंग में रँगे मुँह और हाथों में तिरंगे झण्डे देखकर, लोग राम के लिए खरीदी मालाएँ, हंसा के ही ऊपर फेंकने लगे।

इसी बीच सुशीला जी तीर की तरह भीड़ में घुसीं, "कौन बना है रावण? क्या तिरंगा इसीलिए है?" उन्होंने हाथ से चेहरे को ठेल दिया। सहसा हंसा को देखकर, वह पसीने-पसीने हो गयीं।

"यही स्वयंसेवक हो। बदनाम करते हो झण्डे को। बन्द करो यह सारा तमाशा, होने दो रामलीला ठीक से।"

सब लोग अपनी जगहों पर लौट गये। बाबा चुपचाप खड़े थे। सुशीला जी अपना झोला सँभाले उनकी बगल आ खड़ी हुईं।

लड़ाई चलती रही। नगाड़े और ढोल बजते रहे। सण्ठे के रँगे हुए तीर छूटते रहे। पर रावण मरे, तो क्यों मरे। चौपाई बार-बार टूटती। व्यास बार-बार कहता, "सो जाओ।" पर कौन सुनता है। हंसा की सेना क्यों हारे?

इसी समय लक्ष्मण को जमीन से ठोकर लगी। वह लुढ़क पड़े। उनका मुकुट गिर गया। आगे-पीछे दौड़ते-दौड़ते राम को चक्कर आ गया, और उनको उल्टी होने लगी। सारे मेले में शोर मच गया, "जीत गयी जनता की फौज। हंसा दादा की पाल्टी ऐसे ही वोट जीत लेगी।"

इधर दिन-रात सुशीला जी खँजड़ी बजाती, घूमती रहतीं और रात हंसा के घर लौट आतीं।

दूसरे दल के लोगों ने चिट्ठियाँ भिजवायीं।–सुशीला जी को यहाँ से बुला लिया जाये। जनता पर बुरा प्रभाव पड़ रहा है।...चुनाव के दो दिन पहले उन्हें नोटिस मिली कि वह बापू के आदर्शों को तोड़ रही हैं, इसलिए उन्हें काम से अलग किया जाता है।

वह हँस पड़ी थीं, ईश्वर ने पति से अलग किया और अब बापू के नकली चेले उन्हें जनता से अलग करना चाहते हैं!

उनकी खँजड़ी और जोर से बजने लगी। उनका स्वर और तेज हो गया।

चुनाव के दो दिन रह गये। सुशीला जी बीमार पड़ गयीं। हंसा के घर में उनका डेरा पड़ा था। वह बुखार की जलन सह रही थीं, पर किसी को अपने पास बैठने नहीं

देती थीं। रात जब हंसा लौटता, तो वह उससे कहतीं, "तुम सुनाओ अपना भजन।" और हंसा बिना कुछ सोचे-विचारे गाने लगता।

"हंसा जाई अकेला, ई देहिया ना रही..."

फिर प्रचार का समाचार लेकर, वह उसके रोएँ भरे सीने में मुँह छिपा लेतीं।

चुनाव का दिन आ गया, लेकिन सुशीला जी बिस्तर से नहीं उठीं। किसानों की जय-जयकार करती हुई टोलियाँ गुजरतीं, तो वह अपने बिस्तर में तड़पकर रह जातीं। हंसा उन्हें बहुत रोकता, पर वह उठकर उनसे मिलतीं। बाबा बहुत समझाते, पर न मानतीं।

चुनाव के दिन डोली में उठाकर वह पोलिंग पर ले जायी गयीं। वहीं पेड़ के नीचे बैठे-बैठे उन्हें कई बार चक्कर आया और बेहोश हुईं।

वोट पड़ता रहा। किसान राजासाहब के कैम्प में खाना खाते, उनकी मोटर में आते, पर वोट डालते कांग्रेस के बक्स में। उन्हें सुराज मिलेगा, उन्हें आजादी मिलेगी; यही सब सोचते थे।

तीसरे पहर जोर की बारिश आयी। सुशीला जी छाया में जाते-जाते भीग गयीं। बाबा ने उन्हें डोली में बैठाकर, घर भेज दिया। चुनाव चलता रहा।

हंसा भूत की तरह काम में जुटा था। बहुत देर पर कभी उसे सुशीला की याद आती, तो मन को दबाकर फिर परची बाँटने लगता। बहुत कम वोट राजा के बक्से में गिरे। शाम हो गयी। राजा का तम्बू हारे हुए कर्मचारियों से भर गया। हंसा उन्हें देखकर जाने क्यों क्रोध से जल रहा था। उसे बार-बार सुशीला की याद आ रही थी।

"भइया, कुछ और होना चाहिए।"

"मुझे चले जाने दो, हंसा।"

—और पच्चीस-तीस लोग हँसिया लेकर राजा साहब के तम्बू की डोरियों के पास खड़े हो गये। कौन जानें क्यों खड़े हैं। हंसा ने विजय का बिगुल फूँका और सारा तम्बू एक मिनट में जमीन पर था। जोर का शोर मचा। किसानों ने जय-जयकार की, और लोग अपने घरों को वापस चले गये।

सुशीला जी को निमोनिया हो गया। उनकी साँस फँस गयी। बाबा रात-दिन उनके पास बैठे रहे। हंसा ने जमीन-आसमान एक कर दिया, पर फायदा न हुआ। वह बार-बार महात्मा जी का नाम लेतीं, हंसा से उनका भजन सुनतीं और आँखें बन्द कर लेतीं।

चुनाव का नतीजा सुनाया गया, तो नेता लोग मोटर पर चढ़कर सुशीला जी से माफी माँगने आये। पर सुशीला जी ने मुँह फेर लिया, जैसे वह कहतीं हों,—मैं तुम्हारे करतब जानती हूँ।

और हंसा उठकर बाहर चला गया।

अन्त में एक दिन सुशीला जी की साँस बन्दर हो गयी। हाय मच गयी। बच्चे फूट-फूटकर रोने लगे। हंसा ने बकरी के लिए पत्ता तोड़नेवाली लग्गी में तिरंगा टाँगकर, हाथों से ऊपर उठा लिया और अपना बिगुल फूँकने लगा। उसकी हँसी लोगों के मन में भय पैदा करने लगी पर वह हँसता रहा।

आज तक, गन्ही महत्मा, जवाहिरलाल और जनता की फउज, यही तीन शब्द वह जानता है। लड़के अब भी उसे उसी तरह घेरे रहते हैं। पर पहाड़ से तखत को उठा नहीं सकता। हाँ, उठाकर ले जानेवालों को देखकर वह जोर-जोर से हँसता है और घण्टों हँसता रहता है।

उसके खेत में घास उगी है। मकान ढह गया है। पर लग्गी में फटहा तिरंगा और सुशीला का दिया हुआ बिगुल अब भी टँगा रहता है। कभी-कभी वह गन्दे कागज दीवारों पर सटाता फिरता है और कभी सारे गाँव की गलियाँ साफ कर आता है।

आजादी मिली, तो उसे रुपये मिले। राजनीतिक पीड़ित था, वह। पर वह रुपयों की गड्डी लेकर हँसता रहा, और फिर उन्हें गाँव की दीवारों में एक-एक कर टाँग आया।

दो बार लोग उसे आगरे ले गये। पर कुछ ही दिनों बाद फिर 'हंसा जाई अकेला' का स्वर गाँव की फिजाँ में गूँजने लगता।

अब भी कभी-कभी वह आजादी लेने की कसमें खाता है। उसके तमतमाये हुए चेहरे की नसें तन जाती हैं और वह अपना बिगुल फूँकता हुआ, कभी धान के खेतों, कभी ईख और मकाई के खेतों की मेड़ों पर घूमता हुआ, गाया करता है...

'हंसा जाई अकेला...'

भूदान

बेर लटके दो घड़ी बीत गयी है, इसलिए रामजतन के पाँव घर के रास्ते पर जल्द-जल्दी बढ़ रहे हैं। मन में एक अजीब खुशी है, जो रह-रहकर अगल-बगल के खेतों में लहलहाते, चैती के उमड़ते सागर-से पौधों में खो जाती है और वह फिर उसे ढूँढ़ता है, जी कड़ा करता है और अपने दाहिने हाथ में लटकती लम्बी लौकी और कन्धे पर झूलती खटाई और दाल की पोटली तौलता है पर तभी किसी भड़भाँड़ के हरे काँटे या बेरें की हरी गाछ से चोट खाकर उसे जसवन्ती का खयाल हो आता है और वह सोचने लगता है,--जाने क्या कहेगी, जब ठाकुर की बात मानती ही थी, तो जैसे तीन, तैसे तेरह। न आज सही कल जवाब दे देता। कोई हर खड़ा था मेरी हाँ कहे बिना-पर क्षण ही भर बाद उसका पौरुष उसे ललकारता और एक झटके के साथ वह सोचने लगता-आखिर है जात औरत की ही न! दूर की बात का उसे क्या पता? कल जहाँन कहाँ-से-कहाँ जानेवाला है, वह क्या जाने! दुनिया पलटा न खा गयी होती तो जिस धरती के लिए महाभारत हो गया, उसी धरती को लोग हँस-हँसकर दान कर देते और वह भी उस लँगोटीवाले सन्त को, जिसका अपना न घर, न दुवार। लोग कहते हैं, गाँधी जी का धरम बेटवा है...तभी तो, तभी...रामजतन पुलकित हो उठता और उस तराई की हरियर, कचर सिवान में बहता चला जाता।

जाड़े का सूरज अपना पश्चिमी थान देखकर और भी जल्दी-जल्दी भाग रहा था, कहीं उसे भी तो देर नहीं हो रही है, मेरी तरह—रामजतन सोचता और उसके पैर तेजी से उठने लगते।

बनसती के लहुरे चौरा पर रातजतन के पाँव अनजाने ठमक गये, "जै बनसती माई, तुम्हें कड़ाही चढ़ायेंगे माई, गरीब पर दया करो महरानी! जसवन्ती तुम्हें पियरी चढ़ाना न भूलेगी माई, इस साल भूल-चूक छिमा करो माई।" जाने कैसे रामजतन इतना सब एक साँस में कह गया पर उसी समय एक लोमड़ी खुर-खुर कर सती के चौरे से निकली और पलभर को उसके मुँह की ओर देखकर बायें से रास्ता काटती हुई निकल गयी तो उसके मन में एक अशुभ की कल्पना जाग उठी। एक मोटी-सी गाली उसकी जबान पर आ गयी और वह आगे चल पड़ा। सती का महातिम, चेलिक की निलहे फिरंगियों

से लड़ाई-वाह रे जवान, वाह। मरद हो तो ऐसा। आखिर तो बूढ़ी एक दिन टें बोल ही जाती और मुर्दहवा घाट पर दो बोझ लकड़ी में झउसकर बहा दी जाती। कोई बुरा थोड़े ही किया उसने...सड़ाम्—सड़ाम्—हण्टरों की मार। वह तिलमिला उठा। काम नहीं बेगार करते हो...वह उड़ी जा रही है, टेढ़ी घोड़ी, सुफेद, दूध की तरह धप्-धप्...अब तो केवल धूल ही दिखायी देती है उसकी, बस धूल। माई तो यही बताती थी न! सिर्फ धूल दिखायी पड़ती थी। हवा की तरह साहेब लोप हो जाता था।

बनसत्ती उसी निलहे साहब की देन है।

—चेलिक अपनी भूँय नहीं देता। क्यों दे वह अपनी धरती। धरती और मेहरारू कोई किसी को देता है। उसे क्या पता कि वह लाल मुँहवाला वानर कहाँ से टपक पड़ा, अपने गाँव में, जो जौ-गेहूँ की जगह नील बोकर रंग बनायेगा और उसे रुपिया देगा।

—एक साल बच गया चेलिक, दो साल बच गया और उसकी मूँछ बड़ी होती गयी, हाथों की अँगुलियाँ ज्यादा देर उस पर टिकने लगीं। अगल-बगल छूत के रोग की तरह नील के खेत छा गये पर यह किसका खेत है? चेलिक का।

—नहीं देता साहब, बड़ा जाविर है, पहलवान।

—हम उसको सूट करेगा। संगीन की नोक पर बिठायेगा।

—दमभर में बात आग की तरह फैली, और भीड़-पर-भीड़, पर साहब की अगल-बगल कोई नहीं। टेढ़ी की खुर से जमीन खाँची जा रही है। दमभर को चैन नहीं उस घोड़ी को। कारिन्दा गये पर अपना-सा मुँह लेकर वापस आ गये। साहब गरजा,—गधा है तुम सब। हम खुद जायेगा।

—सारा गाँव चेलिक को समझा रहा है। काहे को विपत लेते हो सिर पर, काहे लड़ते हो। पर नहीं, तो नहीं। चेलिक पकड़ा गया और उसके चमड़ों में बाँस की खपच्चियाँ, पीठ पर हण्टर, कमर पर लकड़ी का कुन्दा। बेहोश हो गया। मुँह से फेचकुर आने लगा, पर भूँय तो भूँय। धरती है माता, माता को कैसे दें! साहब भी एक ही जिद्दी। अभी शरीर का दाग भी नहीं मिटा, रोएँ सीधे भी नहीं हुए। चेलिक ने अभी गाँव में मुँह भी नहीं दिखाया था कि दुबारा एक दिन गाँव में हल्ला मच गया—चेलिक का खेत साहेब जोतवा रहे हैं।

जोतवा रहा है? अच्छा, और जाने क्या सूझा उस भूत को कि उठा और साल भर से चारपाई में रिघुरती माँ को गोद में लेकर दूसरे हाथ से लाठी सँभाले खेत की ओर भागा और पलभर में क्या-से-क्या हो गया। यह गया साहब, वह गया, करिन्दा अपना असबाब छोड़कर भागे और तब से गाँव में नील का पौधा नहीं उगा।

—अपनी माँ को मार डाला, बूढ़ी खटिया पर रिघुरती माँ को! छी-छी, लेकिन साहब के जान के लाले पड़ गये। चेलिक ने दरखास दी कि साहब ने उसकी माँ का खून

कर दिया। साहब ने बहुत मिन्नत की, अपने सिर की बिलैती टोपी उतारकर चेलिक के पाँव पर धर दी पर नहीं, चेंलिक उसका पीछा कैसे छोड़ता। साहब को सजा हुई । बिलाइत में मुकदमा चला और किसानों ने बूढ़ी की यादगार में यह चौरा बना दिया। वह पति के लिए नहीं, धरती के लिए, अपने बेटों की दुधारी मिट्टी के लिए सती हो गयी। सती नहीं, अजर-अमर...रामजतन चौंक उठा। पिलइया उसका पाँव छाने कूँय-कूँय कर रही थी। उसने उसे चुमकारा और बगल करके आगे बढ़ा तो मड़हा एकदम सुन्न, घर में कोई आवाज नहीं—कहाँ गयी जसवन्ती, इस बेला? वह क्षणभर को वे सोचने लगा। यहीं कहीं होगी, आयेगी न और हाथ की लौकी दीवार से उठँगा दी, कन्धे से गमछा उतारकर उसी पर रख दिया और किवाड़ की सिकड़ी उतारकर घर में घुसा ही था कि पीछे से आवाज आयी, "सुना है ठाकुर ने अपना राजपाट तुमको सउँप दिया है।"

रामजतन को हँसी आते-आते रुक गयी। वह क्षणभर को इस व्यंग्य में सत्य की गरिमा ढूँढ़ने लगा और जसवन्ती के अधपके बालों पर सूरज की सुनहरी रोशनी का मुकुट देखकर दंग रह गया।

जसवन्ती ने अपने हाथ की बथुए की मौनी जमीन पर रख दी और उसी में लौकी और गमछे की पोटली रखकर घर में घुसते-घुसते कहने लगी, "आज ठाकुराइन बड़ी मोहाय गयी थीं क्या। कुछ पेट में भी गया है कि बस इतना ही!"

"अब चिबोला छोड़ो!" रामजतन ने जैसे अपने मन का चोर छिपाते हुए कहा, " कुछ रस-दाना दो!"

"रस-दाना। कहो, इतनी जून तक करते का रहे वहाँ? दुनिया में सब लोग हरवाही करते हैं, कि तुम ही?"

रामजतन के मन में आया कि धरती पर धरम का अवतार लेकर आदमी का हृदय बदलने वाले साधू विनोबा का दास्तान कह सुनाये, पर भूख से उसकी खोपड़ी बिन्ना रही थी और जसवन्ती के मन में ठाकुर के हर काम में धोखाधड़ी का सन्देह ऐसा घुसा हुआ था कि वह तुरन्त एक पँवारा नहीं खड़ा करना चाहता था, इसलिए चुप रहा। जसवन्ती रस-दाना देकर रामजतन के सामने बैठी, अपनी नयी खेती का बखान करने लगी, "ऐसी मटर तो भगवान ने दी ही नहीं थी इस उमिर में, झपसकर गिर रही है। डाँड़-मेंड़ कहीं सूझ पड़ता है? कुसल- कुसल निबह गयी तो बिपत कट जायेगी इस साल।"

रामजतन बोला नहीं कुछ, सिर गाड़े दाना-पानी करके उठा और बगल से चिलम लेकर बाहर जाते-जाते कहता गया, "गमछे में चने की दाल है, बरी है, लौकी काटकर उसी में छोड़ देना।"

●

रामजतन पुआल के मोढ़े पर बैठा अपनी हुक्की पी रहा था। उसके चारों ओर घोर नीरवता छायी हुई थी। उसके जानवर भी जैसे अपने पैरों पर सिर डाले सुस्त, किसी सोच में डूबे हुए थे। पिलइया अपने दोनों अगले पाँव फैलाये, उसी पर गरदन डाले, झपकी ले रही थी। बस एक ही आवाज थी, वह थी रामजतन की हुक्की की। उसके मन में जाने कैसे वैराग्य के भाव उमड़ने लगे।

—का धरा है इस ससुरी जिनगी में। इतना सब करो-धरो और आखीर में टाँय-टाँय-फिस। यह सब लादकर ले जाना थोड़े ही है। रूखी-सूखी मिल जाती है, यही क्या कम है, और उसे उस मायाबी सन्त का एक काल्पनिक देव अपनी ओर खींचने लगा, बड़े-बड़े हाथ-पाँव, नंगे, झुर्रियों से भरे, बेहाल, थके हुए। उसके मन में आया, वह पास होता तो उन पैरों की थकान हर लेता-गरीबों की सेवा में रमे हुए इस देवता को अपने कन्धे पर बिठाकर इस जगह से उस जगह पहुँचाता। कितना पुन्य लूट रहा है! रामजतन ने हुक्की से चिलम उतारकर जमीन पर रख दी और रहट्ठे का बड़ा-सा झाड़ू लेकर जमीन बटोरने लगा। फिर खर-कतवार इकट्ठा करके अलाव पर जमा किया। उसी पर चिलम की आग गिरा दी और मुँह से फूँककर जला दी।

तभी जसवन्ती घर से निकली और एकाएक घूँघट खींचकर घर में लौट पड़ी। रामजतन ने पीछे देखा, दोनों महतो चले आ रहे थे। रामजतन ने झट मोढ़ा उठाकर अलाव के पास डाल दिया और चिलम-हुक्की उठाकर तम्बाकू भरने का इन्तजाम करने लगा। दोना महतो ने कहा, "बैठूँगा नहीं जतन भैया, तुम्हें दुआरे देखा तो सोचा राम-राम करता चलूँ। एक बात सुनी है, तुमने?"

रामजतन का रहस्य उसके मन में और भी गहरे उतर गया, "नहीं भइया, बताओ बताओ।"

"सन्त विनोअबा आ रहे हैं, अपने जिल्ले में कलक्टर साहेब का दउड़ा होय रहा है। डिपटी साहेब तुम्हारे ठाकुर के घर खाय-पी गये। सुना ठाकुर ने दस बिगहा तरी दे दी।"

"अच्छा?" जैसे रामजतन के लिए यह कोई विस्मय की बात थी।

"अच्छा नहीं, भूँयदान के बाद एक कमेटी होगी। उसी से बेभूँय के किसानों को भूँय मिलेगी। मौका छोड़ो नहीं, हाथ से।"

"का कहते हो दोना भइया, हमको भूँय मिलेगी, राम कहो!" रामजतन की खुशी जैसे उसके मन में समा ही नहीं रही थी।

"कहते हैं सो मानो, ठाकुर से बात कर लो! इस समय आदमी बन जाओगे!"

दोना कन्धे पर लाठी रखकर लौटने लगा। रामजतन से खड़ा नहीं रहा गया। कुछ दूर तक उसे छोड़ आया और बार-बार बनसती महरानी की याद करने लगा। दूर फसल के हरे, छछाये हुए सिर पर कुहरे के भूरे हाथ उतरे आ रहे थे और सरदी की सुरसुरी जैसे किसी रील से उघटने लगी थी। जानवर रोएँ फुलाकर उठ खड़े हुए थे और पिलइया अलाव के आगे मुकुड़ी मारे जा जमी थी।

रामजतन ने सोचा जल्दी-जल्दी जानवरों को कोअर दे ले तो चमरौटी में घूमकर खबर ले कि कहीं और कोई तो नहीं जान गया कि जमीन मिलनेवाली है। दोना महतो ने और सबसे तो विनोबा महराज की बात नहीं बता दी है, पर क्षण ही भर बाद उसका मन बड़ी किसानी की ओर लौट गया, बड़े-बड़े दो बैल होंगे, घण्टियाँ बाजार से लाकर पहनाऊँगा और एक गाय भी रहे तो क्या हरज है। हारे-गाढ़े घी बेच दिया करूँगा। फिर पल ही भर बाद उसे जैसे यह सब कल्पना की वस्तु लगती और अपने सपने पर वह झुँझलाने लगता और अपने से ही कहता-जतन भाई मन न बढ़ाओ बहुत, जब हो जाये तो जानो, लेकिन धरती और धरम भाग ही से तो मिलता है। उसे याद आ गया, इस ठाकुर के पास ही क्या था। एक जून सतुआ भी नहीं जुरता था। लोग बताते हैं, इसका दादा एक-एक चिलम तमाखू के लिए दिन-दिन भर बैठा रह जाता था। जाने कहाँ से चरवाही करके आ रहा था तो एक अंग्रेज और मेम हकसे-पियासे एक झाड़ी में छिपे मिल गये। पहले तो वह डरा, मुदा उन लोगों ने रुपिया दिखाया तो उनके पास चला गया और किसी तरह उन्हें दो दिन अपने घर में छिपाये रहा। कोई दया-मया के मारे थोड़े ही, रुपिया की लालच से, और वही साहब भगवान हो गया इसको। धन-दौलत, जगह-जमीन सबसे अचाक कर दिया।

—धरती माता की किरपा की बात तो है, जब मिलनी होंगी तो जरूर मिल जायेंगी। रामजतन का मन आशा के हिंडोले में डोलने लगा। फिर मैंने उठा भी तो नहीं रखा है कुछ। ठाकुर ने जो भी कहा मैंने कर दिया। उनकी एक बिगहा भूँय ही तो मेरे पास थी, जिस पर मैं सिकमी लग गया था और इसी को पाकर जसवन्ती को बड़ा अभिमान हो गया था, उससे भी मैंने इस्तीफा दे दिया, ऊपर से बनसती महरानी को करहिया और चुनरी...रामजतन एकाएक नीचे से ऊपर तक सिहर उठा, क्योंकि जसवन्ती उसके पास ही खड़ी थी।

"का कहते थे दोना महतो?" जैसे उससे बिना जाने रहा न जा रहा हो, और रामजतन सोच रहा था कहीं कुछ बड़बड़ा तो नहीं गया, इतनी देर में मैं? जसवन्ती ने कहीं सुन तो नहीं लिया? कहीं उसे यह तो नहीं मालूम हो गया कि मैंने अपना खेत छोड़ दिया है?

"कुछ नहीं, यही घर-गिरहस्थी की बात कर रहे थे।" रामजतन जसवन्ती की ओर बिना देखे ही लौट पड़ा।

•

कुछ ही दिनों में सारी चमरौटी में भूदान की चर्चा शुरू हो गयी—ठाकुर ने दस बिगहा तराई दे दी। साहब बड़ी तारीफ कर रहा था। उसी ने तो ठाकुर को माला पहनायी थी। छापा में नाम छपेगा, फोटो छपेगी ठाकुर की।

—अरे यह सब बड़े मनइन का खेल है। उसी में गोलमाल हो रहा है, और नहीं तो ठाकुर ही एक आदमी हैं, जिनके घर डिपटी-कलक्टर आते।

—नहीं तो क्या तुम्हारे घर आकर बैठते! है एक धूर भी देने को!

"तुम नहीं जानते बाबा, यह पीछे से नाक पकड़ने की चाल है। भूँय पहले तो थोड़ी दे देंगे और फिर सबकी मिलाकर जब बड़ी जायदाद बन जायेगी तो कुमेटी बनाकर उसके सभापति बन जायेंगे, फिर जिसे मरजी होगी देंगे। जो जितना जूता टारेगा, उसके हिस्से उतनी ही ज्यादा पड़ेगी, क्यों रामजतन?"

दोना महतो की ऐसी बात सुनकर रामजतन जैसे एकाएक हकबका गया। आते-ही-आते यह क्या कह दिया दोना ने। इसे सब पता लग गया, क्या? रामजतन अपने को परिस्थिति के अनुरूप बनाने के लिए छान्ह की थून्ह पकड़कर खड़ा हो गया।

बूढ़े धुरहू से दोना की खूब चलती थी इसलिए रामजतन का पक्ष लेते हुए बोले, "वह तो टिप्पस बैठने की बात है दोना, तुम भी चूके थोड़े ही होगे।"

दोना झुँझला गया। कहने लगा, "दादा, चाहे जो कहो, पर घर की धरती पर से पाँव हटाकर मैं एक-दो बिगहे के लिए मुँह नहीं फैला सकता।"

बूढ़ा ताड़ गया और जैसे किसी भावी आशंका से दहलकर बोला, "क्या तुमने रामजतन...तुमने...!"

"हाँ दादा, ठाकुर ने दस बिगहा भूँयदान में दिया है। कहने लगे, 'क्यों मुझसे रार मोल लेते हो, आखिर में मुकदमा लड़ाकर परेशान कर दूँगा और तुम्हें मेरे खेत की सिकमी से हाथ खींचना पड़ जायेगा। चुपचाप स्टीपा दे दो, मैं तुम्हें पाँच बिगहे भूदान से दिला दूँगा।' मुझे बात अच्छी लगी दादा और जानते हो मेरे पास उनसे मुकदमा लड़ने की सामरथ नहीं है।"

रामजतन की दो-टूक बात से दोना रिनरुत्तर हो गया और धुरहू दादा जैसे किसी सोच में डूब गये।

कुछ देर मौन छाया रहा, तभी कउड़े से सटकर बैठा हुआ कबरा रोआँ झरझराकर उठा और एक नन्हीं-सी ईख की पोर से राख टारकर आलू निकालने लगा। दोना ने

बगल देखा और दिन की चढ़ान से उसे काम की चिन्ता हो आयी। रामजतन चाहता भी यही था, कि दोना जाये तो दादा से कुछ बातें हों, पर दादा रामजतन से पहले ही उठ खड़े हुए और कहने लगे, ''कोइरार में पानी चढ़ा है जतनू, चलो उधर चलते हो!'' जतन बोलता कि दोना पहले ही बोल उठा, ''चला दादा, उधर ही से मुझे जाना है।''

जतन खुद-ब-खुद कट गया और दूसरी ओर से घर की ओर चल पड़ा। पर उसके मन में एक बड़ा भारी संशय बैठ गया था। दोना से उसे डर तो था ही, पर यह कि उसे यह सब मालूम हो जायेगा; इसकी कल्पना भी उसने नहीं की थी और सबसे ज्यादा डर तो उसे इस बात से लग रहा था कि वह जसवन्ती से क्या कहेगा। वह रहने भी देगी चैन से! चलो जो होना है, वह अभी हो जाय। जसवन्ती से सब बता दूँगा, तो क्या समझेगी नहीं मेरी बात और उसे बनसती की पूरी कथा फिर से याद आ गयी। अपनी भूँय का कैसा प्यार होता है आदमी के दिल में। क्या चेलिक ने अपनी माँ से पूछकर उसे मारा होगा, पूछकर? और उसे वह बात सच लगने लगी जो गाँव में आधे से ज्यादा लोग आज भी कहते हैं, उसकी माँ ने ही कहा था कि तू मुझे ले चलकर मार दे, नहीं तो मैं सिर पटककर यहीं जान दे दूँगी। तुझे फिर पकड़कर ले जायेंगे, तुझे फिर मारेंगे, वे कसाई हैं चेलिका, कसाई और तू नहीं रहेगा तो!... रामजतन बेचैन-सा पागल होकर तेजी से चलने लगा। घर के पास पहुँचे-पहुँचते उसकी साँस फूलने लगी थी और पसीना हो आया था, लेकिन बाहर ही से जसवन्ती की प्रसन्न आवाज सुनकर वह ठिठक गया। वह चमरौटी भर की औरतों को जुटाये मैया, बहू, काकी की रट लगाये थी। रामजतन पलभर को सोचता रह गया। आखिर बात क्या है ऐसी, जो आज इतनी बड़ी पंचायत बैठी है। वह ठिठका सुनता रहा। जसवन्ती कह रही थी, ''मइया जी, हमें तो कल ही कुछ सुनगुनी लगी गयी थी। दोना महतो से इनकी बात हो रही थी और जानती ही हो कि दोना महतो देवता हैं, देवता!''

रामजतन के शरीर में आग लग गयी।—देवता हैं! और वह बढ़कर ओसारे के सामने आ गया। जसवन्ती लपककर उठी और एक बदामी रंग का कागज उसके हाथ में देते हुए बोली, ''सब चोरी-ही-चोरी करते हो। घर की धरती को छोड़ दी तो भी नहीं बताया और पाँच बिगहा की तरी पा गये तो भी नहीं। वह तो कहो मैं थी घर में। नहीं तो करिन्ना बाबू लौट गये होते।'' जसवन्ती बोलती जा रही थी पर जतन के हाथ में जाने कैसे अटके बदामी कागज का वह टुकड़ा सोने का पत्तर बनता जा रहा था। उसके जी में आता, चिल्ला पड़े और जसवन्ती को अपनी गोद में उठाकर नाचने लगे, पर इतनी सारी औरतें जो बैठी हैं, और जसवन्ती कहती जा रही थी, ''अच्छा किया जो छोड़ दिया घर का खेत। झगड़े की जमीन का कोई ठिकाना।'' ...लेकिन घर की जमीन और बनसती...चेलिक, उसकी माँ, फिरंगी और नील की खेती... धरती दुधार गाय है,

गाय—तू मुझे ही ले चलकर मार डाल, मुझे ही, पर उधर जाना नहीं—बूढ़ी का एक काल्पनिक चेहरा और भूदानी सन्त की लम्बी-लम्बी, नंगी टाँगें, उनकी झुर्रियाँ, उनकी दया, उनकी सेवा—जतन हाँफने लगा, पर सती की करहिया और पियरी...!

"कल बनसती को करहिया और पियरी चढ़ाऊँगी। तुम एक पियरी ला दो।" जसवन्ती गाँव की औरतों का ध्यान कर लौट गयी और जतन दौड़ा-दौड़ा गया और बनसती के थान पर देर तक माथा पटकता रहा।

•

आज इस सुखान्त कथा के बाद बारह महीने का समय बीत गया है। फिर वही पूस का महीना है और चमरौटी की गरीबी अलाव के सहारे दाँत किटकिटाती ठिठुर रही है। कुछ के पास मजूरी-धतूरी का सहारा है, पर रामजतन की तो हलवाही भी छुड़ा दी गयी। पिछले कई महीनों से नहर में फावड़ा चलाते-चलाते उसका शरीर सूखकर काँटा हो गया है। महीने भर से साँस की बीमारी के कारण वह चारपाई में पड़ा हाँफ रहा है। बार-बार उसकी साँसें बढ़ जाती हैं, उसका शरीर काँपने लगता है। जसवन्ती छाती पीटकर रोती है और गाँववाले बार-बार दुहराते हैं, "भूदान-कमेटी के मन्तिरी जी ने तो कब का रामजतन को समझा-बुझा दिया है कि ठाकुर के जिस दान से उसे भूँय मिली थी, वह केवल पटवारी के कागज पर थी। असल में तो वह कब की गोमती नदी के पेट में चली गयी है।"

हाँ, खाँसी के दौरे के साथ जब चारपाई की पाटी से सटी, जसवन्ती का पीला, मुर्दार चेहरा जतन को दीख पड़ता है तो उसे बनसती का ध्यान हो आता है। निलहे साहब की हवा से बात करनेवाली टेढ़ी घोड़ी की फरफराती चाल और गर्द के बीच कभी चेलिक का विशाल, भींट की तरह का सीना उभर आता है, तो कभी रोग में रिघुरती माँ की कराह उसके कानों में भर जाती है और उसे बार-बार लगता है, जैसे एक हाथ से कोई उसे कन्धे पर उठाये दूसरे हाथ में लाठी सँभाले उसके खेत की ओर भागता जा रहा है।

•

दौने की पत्तियाँ

हवा में कुछ गर्मी थी। आसमान का रंग कहीं भी धूमिल नहीं हुआ था।

सामने फैले विस्तृत भूखण्ड का हलका नीलावरण, भोला की दृष्टि मे एकाग्र होकर, चुपचाप बैठ गया था—बहुत ही गुम-सुम, जैसे प्रकृति का जीवन ही भूल से कहीं खो गया हो। सामनेवाली नीम की पत्तियाँ भी किसी अनुशासन में स्थिर खड़ी थीं। भोला ने ऊपर से नीचे तक उस नीम के पेड़ को निहारा।—पाँच ही बरस हुए इसे लगाये, लेकिन कैसा छितनार हो चला है! गाँव में किसके पास इतना सुन्दर नीम का पेड़ है! डालियाँ जैसे धरती को चूमने बढ़ी आ रही हैं और जड़ के पास का यह चबूतरा! उसका मन चहक उठा। लोगों की कही बातें याद आने लगीं।

—भई भोला का क्या कहना! इनका हर काम ही निराला होता है। देखो न, चबूतरा क्या है, जैसे सिलमिट से पलस्तर किया हो। भोला जहाँ न हाथ लगा दे।

—एक बिगहा भूँय में इतनी पैदा कहाँ...? धरती तो सोना उगलती है सोना, इसके लिए। कैसी साफ-सुथरी झोंपड़ी बना रखी है। इस बीरान, भुतही जगह को गाँव की दुलहिन बना देना कोई मामूली बात है!

एक बीघे पतले, लम्बे नहरी खेत के एक सिरे पर भोला की यह सृष्टि गाँव की दुलहिन के नाम से पुकारी जाती है। यही भोला का राज है। एक ओर साग-भाजी का कोइरार और दूसरी ओर एक झोंपड़ी। उसके आगे एक छोटा-सा आँगन। आँगन के चारों ओर एक चौड़ी मेंड़, जिसकी नाली में मर्सा, मकोय, तुलसी और दौना से लेकर, बैजन्ती, रातरानी और गुलदावदी के पौधे लहलहाते रहते हैं। दौना भोला को बहुत प्रिय है। प्रायः अपने घर आये जाने-माने लोगों का स्वागत करते समय, वह दौने की पत्तियाँ भेंट करना नहीं भूलता। लेकिन भोला को आज हो क्या गया है? क्यों उसकी आत्मा इतनी रिक्त हो गयी है? उसने कोई पाप नहीं किया, किसी का नुकसान नहीं किया, किसी का पेट नहीं काटा। वह मेहनत करके खाता है, पसीना जलाकर मिट्टी से अन्न जुटाता है। फिर उसके लिए दुःख कैसा?

—मेरा बच्चा स्कूल से जल्दी क्यों नहीं लौट आता? गुलाबी कब तक साग बेचती रहेगी? क्या उसे मालूम नहीं...क्या उसे—भोला सोचते-सोचते झुंझला उठा,—उन्हें पता

नहीं ही होना चाहिए वरना इस तिनके की झोपड़ी में आग लग जायेगी। फिर कौन बुझायेगा, इसे। कोई सयाना बेटा भी तो नहीं, जो फिर से जोड़-तोड़कर घर-गृहस्थी सँभाल ले। भोला ने माथे का पसीना अँगुलियों से काछकर, नीचे झिटक दिया। बगल में देखा तो मर्से की लम्बी-लम्बी, लाल बालियों पर गौरइयों का एक झुण्ड उतर आया था। पके दानों को फोरते हुए, उनके ठोरों से कुट-कुट की ध्वनि निकल रही थी। दूसरा दिन होता तो भोला उन्हें उड़ाता, खेत के पास फटकने भी न देता। पर आज जैसे उसका मन इस आवाज के पीछे दौड़ चला। वह सुनता रहा, क्योंकि जब भाँटे और मिर्चे की तैयार फसल का एक पौधा भी अब उसका नहीं रहेगा, तब इन मर्सों से क्या होता है। उसके जी में आया कि वह चिल्ला पड़े, "खूब खाओ, मनमाना खाओ!" पर एकाएक गुलाबी को सामने आती देख, वह हड़बड़ा उठा।–ऐसा क्या करे कि...वह सोचने लगा और वहीं बगल में पड़ी खुर्पी उठाकर, मर्से की जड़ के पास जा बैठा।

"भगवान तोहें बइठे के नाहीं लिखे हैं का हो, जो पके मर्से की जड़ खुरपियाय रहे हो? कुछ रस-दाना भी किया या वैसे ही हो?" और वह तेजी से झोंपड़ी के द्वार पर चली गयी। लेकिन भोला मन मार उसी मर्से की जड़ में गड़ा रहा।

पाँच बरस पहले की वह अँधेरी, बरसती रात उसके अँधेरे मन में कलटकर थम गयी। हवा के गहरे थपेड़ों और पानी की बूँदों के तीर से उनके चेहरे बिंध रहे थे। हाथ को हाथ नहीं सूझता था। धरती पानी में गलती जा रही थी।

—काहे गाँव छोड़ रहे हो?...कहाँ जाओगे इतनी रात?...बनी बनायी गिरहस्थी है भुल्लू के बाबू, सोच-समझ लो! जहाँ चार जन रहेंगे, कुछ-न-कुछ...फिर हम नीच जात के हैं...चाकरी करनेवाले का मान-जान कब हुआ है! इतनी छोटी-सी बात के लिए गाँव छोड़ रहे हो।

—गुलाबी, अब तो वहीं रहेंगे, जहाँ चाहे सूखी रोटी ही मिले पर किसी की गालियाँ न सहनी पड़ें। भुल्लू को बचाये रहो!

उसी समय बिजली कड़ककर अँधेरे में धँस गयी थी और वे दोनों बच्चे को बीच में करके, एक-दूसरे से सट गये थे। पानी की बूँदों ने उन्हें ढँक लिया था। कैसी अनोखी छत थी वह—पानी की छत। भोला सोचते-सोचते सहसा रुक गया। गुलाबी कुरुई में बजड़ी का लावा और लोटे में रस लिये खड़ी थी।

"खर तो मार लेते। कहाँ की बिपत आ गयी थी जो बासी मुँह बैठे रह गये?"

भोला कुछ कहने ही जा रहा था कि गुलाबी जैसे विस्मय में बोल उठी, "अरे वह न देखो, सुथना-पुथना पहिरे कई लोग चले आ रहे हैं।"

भोला काँपकर रह गया।

"कहाँ?"

"वहाँ देखो?"

भोला के शरीर में बिजली दौड़ गयी। वह उठ खड़ा हुआ।

"तुम जाकर घर में बइठो...इंजीनियड़ साहब हैं।"

"तो का खाय जायेंगे?...बड़े चले पर्दा कराने।"

भोला को जाने क्यों क्रोध आ गया! उसका शरीर काँपने लगा। उसे लगा कि वह आपे से बाहर हो जायेगा, पर वह इतना गर्म तो कभी नहीं होता था। उसने विस्फारित नेत्रों से गुलाबी को देखा। वह डरकर सिमट गयी। कैसी थी वह शकल! उसने कभी इस चेहरे को नहीं देखा था। बढ़ी हुई दाढ़ी के नीचे झाँकनेवाली नहर-सी लकीरें, आँखें धँसी-धँसी। सारा शरीर जैसे गन्ने के चुसे चेफे-सा सिकुड़कर ऐंठ गया था।

भयानक-से-भयानक विपत्ति को हँसकर सहते हुए, मुस्करानेवाले भोला को यह क्या हो गया?

वह सोचने लगी,—इन खुरदरे हाथों में तो सोना बसता था। इनकी टूटी-फूटी थकी बोली से अमृत टपकता था। यह हो क्या गया, आज...भगवान यह क्या हो गया! वह जैसे किसी डाल से टूटे पत्ते की तरह बेसहारा हो गयी।

"तो मर यहीं खड़ी-खड़ी। लाज-हया तो सब धोकर पी गयी। यह घर-घर घूमकर तरकारियाँ बेचने का फल है।"

"यह सब क्या कह रहे हो, भुल्लू के बाबू!" वह फूट-फूटकर रोने लगी।

पर भोला वहाँ रुका नहीं। वह जल्दी-जल्दी डग बढ़ाता आगे बढ़ गया और सिंचाई विभाग के इन्जीनियर साहब, छोटे साहब तथा ठाकुर साहब से बड़ी देर तक बातें करता रहा।

इधर प्रथम पंचवर्षीय योजना का समय समाप्त हो रहा है। दस लाख रुपये का काम बाकी रह गया है। काम नहीं हुआ तो रुपये डूब जायेंगे। योजना तो जनता के लिए बनायी गयी है न! इसलिए किसी भी तरह काम हो जाना चाहिए और मौका भी क्या सुनहरा मिला है कि चैती की जवान फसल, धरती पर पेंगें मारने लगी है। अभी-अभी किसानों ने खेतों को दूसरा पानी दिया है। इस समय खेतों के बीच से नहर बनवाते समय, करीब साठ फुट चौड़ी जमीन पर फावड़े चलाकर, नरम मिट्टी उलटवाने में, ठेकेदार को भी काफी आराम है। जेठ-बैशाख होता, तो मिट्टी पत्थर होती। सिंची-सिंचाई लहलहाती हुई मिट्टी में फावड़े ऐसे धँसते हैं, जैसे सेब में दाँत। ऊपर से सहयोग और राष्ट्रीय हित का भाषण। घूँ-घूँ करके गुर्रानेवाली जीपों की चहल-कदमी के लिए ऐसी मुलायम सेजें कहाँ मिलेंगी?...

महीने भर से गाँव की सीमा में से नहर बन रही थी, पर जब तिवारी जी के बारह बिगहवा चक के ठीक कोने पर फीता गिर गया, तब सारा काम जहाँ-का-तहाँ धरा रह गया! सिंचाई मिनिस्टर इसी खित्ते के तो रहनेवाले हैं। पिछली बार चुनाव में तिवारी जी ने धन-जन से बड़ी मदद की थी, उनकी। कितने असामी तो गाय-बैल की तरह बाड़े में रातभर बन्द किये रहे और सवेरे ही लारी में भर-भरकर उन्हें पोलिंग स्टेशन पहुँचाकर वोट ले लिया गया था। लोग कहते हैं, तिवारी जी ने कमाल कर दिया था। सिंचाई मिनिस्टर तो इतने खुश कि तिवारी जी की अकल के गुलाम हो गये, तब से।

और अब जब नहर का सिरा आकर उन्हीं तिवारी के बारह बिगहवा के कोने पर गिरा, तब उनके तेवर चढ़ गये। काम बन्द हो गया। पण्डित जी रात की गाड़ी से फौरन लखनऊ के लिए रवाना हो गये। सवेरे ही लोग कहते हैं गाँव से, तार द्वारा इन्जीनियर को लखनऊ बुलाया गया और आदेश हुआ कि नहर इधर-उधर घुमाकर खेत बचा लिया जाये।

इन्जीनियर बड़ा हँसता था, क्योंकि इस नन्हें-से काम के लिए इतना बड़ा पँवारा खड़ा करने की क्या जरूरत थी? यही हजार रुपये और एक मुर्रा भैंस, जो अब दी है, तभी दे देते तो बिना लखनऊ गये ही काम हो जाता। उनका तो यही काम है। जिस पार्टी ने रुपये ज्यादा दिये, उनकी ओर से फीते का रुख जरा-सा मोड़ लिया। फिर नये शिकार, ताजे रुपये और इस तरह गाँव-के-गाँव चन्दा करके अपनी हद इस खूबसूरती से बचा लेते हैं कि नहर का पानी भी मिले और जगह भी खराब न हो। अब क्या कोई परायी सरकार है? यह तो रुपये के एक घर से दूसरे घर में जाने की बात हुई। जनता की सरकार, जनता को कैसे नाराज करे? उसको काम तो करना ही है, और श्रद्धाभक्ति से जो भी मिल गया, उसे नकारें कैसे?

इधर गुलाबी के बड़े-बड़े मन्सूबे हैं। उसने सुना है, नहर निकलने पर कोई अड्डा बनने को है। पानी भी पास रहेगा। खूब तरकारियाँ होंगी और वह उसी अड्डे पर तरकारियों की एक दूकान लगा देगी।—कौन मारा-मारा फिरे! तब तक तो अपना भुल्लू भी सयाना हो जायेगा पर आज एकाएक भोला की यह हालत देखकर उसका उत्साह ठण्ढा हो गया। अभी तो गाली-गुफ्ता ही है। कौन जाने, कभी हाथ भी उठाने लगें। उसने आँचल से आँसू पोंछें और रस-दाना उठाकर घर में लौट गयी। कब भुल्लू स्कूल से लौटा और कब जेब में बजड़ी का लावा भरकर गुल्ली-डण्डा खेलने चला गया; उसे पता नहीं।

सुबह जब उसके दरवाजे पर शोरगुल हुआ तब एकाएक हड़बड़ाकर वह उठ बैठी। वह रात लौटे ही नहीं और मैं ऐसी बावरी कि सो गयी बिना पता लिये। उसका मन थिर

हो गया था। लेकिन जब शोर बढ़ता गया तब वह बाहर निकल आयी। बहुत-से आदमी देखकर वह चौंकी। क्या बात है? घूमकर देखा, उसका खेत साफ हो चुका है। नहर आधे खेत तक पहुँच गयी है--पतले-लम्बे खेत के बीचोंबीच। मजदूर कह रहे हैं, "यह तो ठीक नहर की ही नाप का खेत है।"

पचीसों फावड़े साथ ही उठ रहे हैं, साथ ही गिर रहे हैं। किसे पकड़ ले, किसे रोक ले, वह। पागल की तरह खेत में दौड़ने लगती है।

वहीं बगल में कैम्प के पास बहुत-से लोग किसी को घेरे खड़े हैं। पुलिस के आदमी पगड़ियाँ बाँधे घूम रहे हैं। गलाबी दौड़ी जाती है तो देखकर धक् से रह जाती है।

"भुल्लू के बापू, तुम! क्या हो गया तुम्हें!" वह दौड़कर भोला के पास पहुँच जातो है और बिफरकर रोने लगती है।

कल भोला को जब यह निश्चय हो गया कि उसका खेत किसी तरह नहीं बच सकता, तब वह घर नहीं लौट सका। एक बार उसके मने में आया कि अब पंछी को बसेरा छोड़ ही देना चाहिए, लेकिन फिर वह पाँच वर्ष पहले वाली काली रात, उसके सिर पर भूत की तरह सवार हो गयी।

—मेरी यह नन्हीं-सी दुनिया कौन उजाड़ रहा है? यह तिवारी? हाँ यही, चलो उसी का गला घोंट देता हूँ और रात के अँधेरे में डग बढ़ाता हुआ, कोठी के दरवाजे पर पहुँच गया। दरबान सो रहे थे। तिवारी सामने ही सोया था। भोला के हाथ ऐंठे, पर इसने तो अपना खेत बचाया है। सब अपना बचाने की कोशिश करते हैं। सबके अपने स्वार्थ ...पर न्याय? न्याय तो अफसर करता है न?

—सारा दोष इन्जीनियर का है। धूर्त है, वह। वही सारे अनरथ की जड़ है। वह दौड़ता हुआ उसके कैम्प पहुँच गया। चपरासी सो रहे थे। कैम्प के द्वार के ठीक सामने पड़ी चारपाई पर इन्जीनियर की बीवी सोयी थी। उसका चेहरा लालटेन के हलके प्रकाश में चमक रहा था। उसके होंठों पर अजीब-से मोह-स्वप्न की मुस्कान व्याप्त थी। उसके माथे की बिंदिया...वह काँप गया।—गुलाबी, मेरी गुलाबी! कितना दुःख सहती हो तुम मेरे साथ...

—जाने कहाँ की है यह बेचारी! मारी-मारी फिरती है। उसका सारा शरीर काँपने लगा। यह तो नौकर है—इसका क्या दोष?

—सरकार दोषी है, सरकार।—उसकी भौंहों पर बल पड़ गये। होंठ फड़कने लगे। वह घूमकर सिवान में भागना चाहता था कि उसे सहसा खयाल आया,—लेकिन सरकार को क्या मालूम कि मेरे पास वही एक खेत है, मैंने पाँच बरस में आधे पेट खाकर उसे खरीदा है?

वह रुक गया। लेकिन वह क्या करे? कहाँ जाये? सोचते-सोचते एक बार फिर वह कैम्प की तरफ घूमा, पर उसकी निगाह इन्जीनियर की पत्नी के चेहरे पर फिर थम गयी। नींद से बोझिल पलकों की छाया में रोशनी की पतली, काँपती रेखाओं को देखते-देखते उसे कई मिनट लग गये। गुलाबी की कोमल बरौनियाँ और आँसुओं में तिरती, बड़ी-बड़ी, आम की फाँक-सी आँखें, उसके आगे नाचकर रह गयीं।–कितना सब्र होता है इन आँखों में। कितनी ममता, कितना त्याग।

–वह भूल गया, सब-कुछ भूल गया। इसी बीच जाग-जूग हो गया और लोग अपनी चारपाइयों से उठकर दौड़े, तो भोला उन्हें वहीं खड़ा मिला।

भाग तो सकता था वह, पर भागा क्यों नहीं? यह आप खुद सोचिये?

भूमिहीन, श्रमजीवी भोला, पुलिस, तिवारी जी, इन्जीनियर और सरकार की हिरासत में है, इसलिए चोर अथवा खूनी कुछ भी कह सकते हैं उसे क्योंकि गुलाबी के पास तो अब दौने की पत्तियाँ भी नहीं रहीं।

मधुपुर के सिवान का एक कोना

यही एक कुआँ है। नन्हीं-नन्हीं ईंटों की अठपहल बँधायी है इसमें। झुककर देखने में ईंटे मिट्टी की नहीं, लोहे की मालूम होती हैं। ऊपर से कई हाथ नीचे तक एक ओर की ईंटे टूटकर गिर रही हैं। सँभाली न गयीं, तो कुआँ गिर जायेगा और फिर ऐसा कुआँ बनना मुश्किल होगा।

"कुआँ और पोखरा बाप-दादों की पुन्य की कमायी से बनते हैं। किसका करम इतना चोख है, भइया?" बचन बैल की पीठ पर नार फेंककर टिकोरी मारते हुए बोला।

बैल अभी नये हैं, इशारा पाते ही मोट लेकर तेजी से माथे पर जाते हैं और ओड़ान में मोट का पानी छलू-से बह जाता है। हीरा मोट कुएँ में डाल भी नहीं पाती कि बैल आधी पौदर पार कर आते हैं।

दूसरी ओर की ओड़ान में खड़ा मुन्नन हीरा की ऊँची धोती के नीचे हर बार पिण्डलियों पर पानी को चढ़ते-उतरते देखता है और मोट लेकर अपनी कमर सीधी करते-करते कुछ गुनगुनाने लगता है। पानी बहता है, कुएँ की ऊँची जगत पर से नीचे गिरता है। कुल-कुल की ध्वनि होती है। दूसरी, तीसरी, चौथी मोटें आती हैं, गिरती हैं और पानी खेत की तरफ बहता जाता है।

बचन ने लौटकर बात का सूत्र फिर जोड़ा, "अब तो टूवबेल, नहर, जाने क्या-क्या बन रहे हैं! मुदा बरक्कत नहीं किसान के घर। उत्तर के सिवान में नहर आ गयी, उधर जो दौरी-दवन की मजूरी-धतूरी थी, वह भी गयी!"

"तुम्हें तो बस अपना ही दिखायी पड़ता है, बचन भइया! यह नहीं सोचते कि पानी की कितनी असानी हो गयी।" नरेश ने दूसरी ओर से अपने बूढ़े बरध की पीठ पर एक पैना मारते हुए कहा और नार पकड़कर पीछे घूम गया।

"हाँ, भाई, ठीक ही तो कहते हो। हम सौ-पचास लोग बेकार हो गये तो का हुआ!" बचन ने नार खींचकर मोट डुबोते हुए कहा।

"अभी हर तो हमीं चलायेंगे, भइया!" नरेश ने बैलों को मोड़ते, घुमाते हुए दूर से उत्तर दिया।

"ठाकुर-बाम्हन, सब तो जोतने लगे। अब तो टक्टर आ रहा है, टक्टर तो चाहे तो एक दिन में सारे गाँव का खेत जोत-बो दे।"

मुन्नन कभी इधर, कभी उधर की बात सुनता और सोचने लगता है कि यह सब जल्दी-जल्दी क्यों नहीं होता, जिससे शहर में चलकर रहा जाये। तभी कोई मोट आ जाती, हीरा बढ़कर मोट लेती, पानी छल्-से ओड़ान में गिरता और उसकी पिण्डलियों के ऊपर तक चढ़कर फिर नीचे उतर जाता।

नरेश का नार गड़ारी से उतर गया था, उसे चढ़ाते हुए बोला, "काहे सोच करते हो, भइया, अब अपनी तो बीत चली, आगे की भगवान जाने! आगे का समय तो ऐसा होगा कि लगता है अपना कुछ नहीं रहेगा। सब करेंगे, सब खायेंगे।"

बचन बैलों को घुमाकर जा चुका था, पर नरेश की बात न सुन रहा हो, ऐसी बात नहीं। लेकिन उसका मन कुछ कहने को नहीं हुआ। पल-भर को उसका ध्यान पश्चिम के क्षितिज पर अटक गया था, जहाँ शाम का सूचना-बोर्ड लाल हो रहा था। उड़ती हुई धूप से हलकी सरदी झरने लगी थी और मधुपुर के सिवान का वह कोना जहाँ से आम के बाग और अरहर के खेतों की शुरुआत होती है; साँझ के चपेट में हलके साँवरे रंग में डूबता जा रहा था।

मुन्नन की दृष्टि उसी कोने पर थी, अरहर की लम्बी छाया के पीछे आम के बाग के झुरमुटे के पारवाली बँसवट पर, जहाँ बैठकर बहुत दिन पहले उसने हीरा को अपने शहर के अनुभव सुनाये थे और सिनेमा की एक कहानी कहते-कहते हीरा की उत्सुक आँखों की चमक देखता रह गया था। तब से कितनी ही बार वह यह सोच चुका है कि उसने हीरा से उस दिन पूछ क्यों नहीं लिया कि क्या वह शहर चलना चाहती है? अब तो उस आग पर भी राख की एक मोटी तह जम गयी है और जब कभी उसमें से कोई चिनगी छूटती है, उसका मन जलने के बजाय और भी बुझ जाता है।

इन दो सालों में मुन्नन कितना बदल गया है! बायीं आँख में बैल का सींघ लग जाने से आँख की एक पुतली सूजकर बाहर निकल आयी है और लगातार मियादी बुखार ने उसे तोड़कर काला, बेडौल और असमय ही बूढ़ा बना दिया है। कभी-कभी रह-रहकर उसकी उस आँख में भयानक दर्द होता है।

इतने पर भी जब कभी अबस हो वह काम बन्द करके मालिक के दालान में कहीं एक ओर फटे कम्बल में सिकुड़ा पड़ा रह जाता है, तो उन्हें बड़ा बुरा लगता है और दस-बीस गालियाँ उसे जरूर सुननी पड़ती हैं। उसका पूरा जीवन ही मालिक का है। माँ-बाप के मरने के बाद उन्हीं लोगों ने उसे पाला है; और अब बाप का कर्जा अदा करने के लिए वह जीवन-भर उनकी गुलामी करता रहेगा।

मुन्नन पल-भर को सोचता रह गया और उसकी मोट ओहज गयी। बैल झटके से मुड़ गये और भरी-भरायी मोट पानी लिये नीचे की ओर चल पड़ी।

हीरा चिल्लायी, "नीचे से हट जाओ, मुन्नन! गड़ारी गिर पड़ेगी।"

बचन अपना नार छोड़कर दौड़ा पर नरेश खड़ा-खड़ा गालियाँ देने लगा, "आँख तो साले की फूट ही गयी, अब जान भी गँवायेगा? ठाकुर ने मोट छीनने को भेज दिया!"

मोट पानी की सतह पर पहुँच गयी। बचन ने सन्तोष की साँस ली और कहने लगा, "चलो, यह मोट निकालकर बन्द कर दें, जाड़ा बढ़ गया।" फिर नरेश का गुस्सा कम करने के लिए उसने नरेश के हाथ का नार लेकर बैलों को घुमाया और मोट बाहर निकालकर बोला, "मुन्नन, मोट निथार देना!"

पुरवाहों ने अपने-अपने नार लपेटकर जुओं के ऊपर बाँध दिये, फिर मोटें उनके ऊपर रखकर बैलों के मुँह में खोते लगा दिये और छिनवाहों के ऊपर बैलों तथा नार-मोट पहुँचाने का काम छोड़कर जौ-गेहूँ के खेतों की मेंड़ों पर उतर गये। चारों ओर फसल की हरियाली साँझ की भूरी रोशनी में काली हो उठी थी और कुहरे की एक बहुत झीनी परत धीरे-धीरे लोगों को अपने भीतर समेट रही थी।

हीरा इधर-उधर देख रही थी। लोग धीरे-धीरे खेतों में डूबते जा रहे थे। मुन्नन चुपचाप बैलों को सँभाल रहा था।

दूसरे दिन तो वह हीरा से कुछ कहता भी था। बैलों की रस्सियाँ पकड़ा देता था। कोई गलती हो जाने पर बिगड़ भी जाता था, कभी-कभी गालियाँ भी बकने लगता था। लेकिन आज वह एकदम चुप था। उसकी आँखें झुकी या अपने काम पर लगी थीं। हीरा बार-बार उसके मुँह की ओर देखती, लेकिन उसकी सफेद, बाहर को निकली हुई पुतली पर आँख पड़ते ही वह सिहर जाती और फिर इधर-उधर देखने लगती।

वैसे तो रोज ही बैल मुन्नन को परेशान करते थे, पर आज तो उन्होंने हद कर दी। कुएँ की जगत से उतरते ही एक जोड़ी के दोनों बैल आपस में भिड़ गये। फिर एक ने दूसरे को पीछे ठेला, तो दूसरा घूमकर पूँछ उठाये पश्चिम की ओर भागा और पहले ने उसका पीछा किया। मुन्नन के प्राण मुँह को आ गये।... भरे सिवान में फसल का इस तरह रौंदा जाना... आज तो जाने कितने उलाहने पहुँचेंगे बखरी पर...वह नार-मोट फेंककर उनके पीछे भागा। हीरा की जोड़ी के बैल भी इधर-उधर बिखरकर भागने लगे। उसने भी अपने सिर का बोझ उतार दिया और बैलों के पीछे दौड़ने लगी। बड़ी देर तक दोनों परेशान रहे, तब जाकर किसी तरह बैल घर की ओर मुड़े। फिर नार-मोट लेकर दोनों बखरी पहुँचे।

रास्ते ही में मुन्नन की आँख में असह्य पीड़ा शुरू हो गयी थी। कहीं अरहर से झटका लग गया था। उससे चला ही नहीं जाता था। हीरा ने उसका बोझ भी अपने सिर पर लाद लिया था।

बखरी पहुँचते ही ठाकुर का बड़ा लड़का पल-भर हीरा को देखता रहा। हीरा की गरदन बोझ से झुकी जा रही थीं। उसने दौड़कर नार और जुआ उतारा। फिर गालियाँ देता हुआ मुन्नन की ओर लपका और उसे पीटने लगा, "ऐबी साला! एक काम ठीक से नहीं करता! रोज एक-न-एक बहाना बनाकर सोया रहेगा और बैलों को सिवान-भर दौड़ायेगा! आज तेरी दूसरी भी आँख फोड़कर छोड़ूँगा!" वह उसके सीने पर चढ़कर मनमाना घूँसे चला रहा था और मुन्नन चुप था, जैसे मर चुका हो।

हीरा ने दो-एक बार कुछ कहने को मुँह खोला, पर डर के मारे चुप रह गयी।

मुन्नन जमीन पर पड़ा तड़फड़ाने लगा। बखरी से औरतें निकलकर लड़के को कोसने लगीं, कसाई, अधर्मी, अघोड़ी बनाने लगीं और देखते-देखते गाँव के बहुत-से लोग जमा हो गये। मुन्नन दालान में ले जाया गया। वह बेहोश हो गया था। लोग तरह-तरह की बातें कर रहे थे।

"अगर मर गया तो हथकड़ियाँ पड़ जायेंगी!"

"चलो-चलो, बड़े आये हथकड़ियाँ डलवाने! साला ऐसा ही ऐबी है। हमारी तो सारी मटर ही रौंदवा दी बैलों से!"

नरेश घर से मजूरी लेने आ गया था। मुन्नन की यह हालत देखकर उससे जा सटा और उसके सिर को अपनी गोद में लेकर सहलाने लगा, "बड़ी बात आती है, ठाकुर! इसके भी माँ-बाप होते, कोई सिर पर छाँह होती, घर-द्वार होता तो इस तरह बात न निकलती। पचास रुपये करज लेकर इसका बाप क्या मरा, बेचारे की जिनगी ही गिरों धर ली गयी। आखिर क्या कसूर था इस बेचारे का? एक आदमी नार-नोट भी लादे और दो बैलों को भी सँभाले, जरा एक दिन कोई माई का लाल पहुँचकर दिखा तो दे।"

ठाकुर का लड़का चुपचाप बैठा था। नरेश की बात सुनकर उसका अभिमान फिर गरज उठा, "बड़े सरदार बने हो तो उसी चमरौटी में चौधिराना दिखाना। चलो, भाग जाओ हमारे दरवाजे से!" वह नरेश की ओर लपका।

हीरा दालान की खम्हिया पकड़े खड़ी थी। तीर की तरह बीच में आ गयी।

"दादू, हम मुन्नन को छोड़कर नहीं जायेंगे!"

"तू क्यों जायेगी, हरामजादी? तेरे ही चक्कर में तो..."

बात पूरा भी नहीं हो पायी थी कि नरेश बिगड़ उठा, "गाँव की लड़की है, ऐसा कहते हुए तुम्हें सरम नहीं आती?"

नरेश की बात सुनकर चारों ओर चुप्पी छा गयी। कोई कुछ भी नहीं बोला।

हीरा फूट-फूटकर रोने लगी। दो-एक बूढ़े लोग उसे मनाने लगे। ठाकुर की छोटी लड़की दौड़ी हुई आयी, उसे हाथ पकड़कर उठाने लगी, पर उसने उसका हाथ झिटक दिया और बिफर-बिफरकर रोती रही।

मुन्नन होश में आ गया। उसकी आँखों में जोरों की पीड़ा हो रही थी। नरेश मुँह की साँसों से कपड़े पर गर्मी देकर उनकी सेंक कर रहा था।

बूढ़े हिरावन बाबा ठाकुर के लड़के को समझा रहे थे, "पशु-परानी प्यार से सुधारे जाते हैं, बेटा! इस तरह हाथ उठाने से तो आदमी की इज्जत जाती रहती है।"

धीरे-धीरे लोग उठकर जाने लगे।

गउखे में रखी लालटेन भभककर मद्धिम हो गयी थी और दालान में कउड़े का धुआँ भरा हुआ था। बाहर कुहरा बरस रहा था।

नरेश सोच रहा था कि क्या करे! मुन्नन को ले जाये तो जिन्दगी-भर के लिए दुश्मनी हो ठाकुर से, और न ले जाये, तो बेचारा यहीं कलट-कलटकर मरे।

तभी बचन लपका हुआ आया। हीरा का हाथ पकड़कर घसीटने लगा, "तू इतनी रात तक यहाँ क्या कर रही है? मैं जानता था कि एक-न-एक दिन बखेड़ा खड़ा होगा और हो गया न, आज! सारा गाँव तो कह रहा है कि तेरे ही कारण उस पर मार पड़ी है। ऐबी लोग ऐसे ही बदमाश होते हैं!"

हीरा चीखती-चिल्लाती चली गयी।

मुन्नन के कलेजे में जैसे किसी ने कसकर एड़ मार दी हो। वह तिलमिला उठा और नरेश से कहने लगा, "दादा, तुम जाओ, मैं मरूँ या जाऊँ, तुम लोग क्यों टाँग अड़ाने आते हो?"

नरेश चुपचाप उठा और चला गया।

सर्दी बहुत थी। अभी कुहरा भी नहीं छँटा था। सूरज की कुछ-एक किरणें फूटती स्पष्ट दिखायी पड़ती थीं। सारे पुरवाहे सिकुड़े थे और छिनवाहे तो पानी में पैर डालने में डर रहे थे।

नरेश ने अपने हाथ की चिलम सूखे कण्डों पर उलटते हुए कहा, "किसी तरह लग जाता साला टूबवेल, तो इससे तो जान छूटती!"

पल-भर में कण्डों से धुआँ फूट पड़ा। लड़के उसे फूँककर आग बनाने लगे।

नरेश ने बचन की ओर देखकर कहा, "का हुआ, बचन? साहब तो नाप-जोख गया था।"

"मैं का जानूँ, भाई। कवन मेरे दस-बीस बिगहा सींचने को धरा है, जो साहब-सूबा मुझसे बताकर जायेंगे। ऐसे ही उड़ती-पड़ती जैसे तुम सुन लेते हो, वैसे ही हम भी कहीं सुन लेते हैं।"

नरेश चिलम चढ़ा चुका था। बचन की बात सुनकर उसका साहस उसमें मुँह लगाने को नहीं हुआ। उसने बचन के हाथ में चिलम थमाकर अपनी जाँघों पर हाथ झाड़ा और उठकर बैलों को जल्दी-जल्दी नाधने का हुकुम देने लगा।

जब सारे पुरवाहे अपने-अपने बैलों का नार पकड़कर खड़े हो गये, तो नरेश आकर आग के पास बैठ गया, "कल यह-सब का बक आये, बचन भइया! तुम भी जब क्रोध में आते हो, तो पागल हो जाते हो!"

बचन ने हाथ की चिलम नरेश को थमा दी और चुपचाप उठ गया। बैलों को नाधा और नये छिनवाह को मोट सँभालकर लेने की बात समझाकर नार उठाया और बैल घूमकर माथे पर हो रहे। पहली मोट का पानी गिरा तो ओड़ान में जैसे धुआँ-सा उठा। बचन उसे देखने लगा। गड़ारियों से चींऊँ-चींऊँ की आवाज निकलने लगी और धूप का सोना पिघलकर सारे सिवान पर फैल गया। मटर के गउजे पौधों पर अब भी ओस काँप रही थी।...बचन को हीरा की याद आने लगी। मुन्नन का चेहरा काँपने लगा ...नन्हा-सा मुन्नन, सिर्फ दो साल का, ऐसी क्या बिपत आयी थी उसके सिर कि मुन्नन को बखरीवालों के हवाले कर दिया।...उसे आज हीरा की माँ पर बार-बार क्रोध आ रहा था।...उसी ने तो कहा कि दूसरे के बच्चे की जिम्मेवारी कहाँ तक निबाहेंगे, अपनी भी तो हैं एक लच्छमी।... बन्ता कितना रोता था मुन्नन के लिए। ...बचन के सामने वह सारा दृश्य नाच गया।...आधी हो गयी थी चमरौटी उस महामारी में।

खेत में पानी बह चला था। बरवाह अभी पहुँचे नहीं थे। मरियल भुल्लन क्या बराता आठ पुरवट का पानी। अपनी सफेद दाढ़ी पर हाथ फेरता हुआ चिल्लाने लगा, "अरे भइया बचन! किसी आदमी को छोड़ दो, आ जाय! नहीं तो सब पानी बहा जा रहा है!"

बचन अनसुनी कर गया। उसने नार उठाया, बैल घूमे, माथे पर गये और ओड़ान में छलू- से मोट का पानी गिरा...सिर्फ इतने ही का तो उससे मतलब है। वह इतना ही जानता है।

"पानी नुकसान हो रहा है, बचन भइया!" नरेश ने फिर कोशिश की।

लेकिन बचन टाल गया।

तभी एक छिनवाह जो बखरी से मुन्नन की जगह काम पर आया था, बोला, "मुन्नन भइया की हालत ठीक नहीं है। बड़े ठाकुर रात आये, तो बइद को बुलवाया था।"

नरेश नार छोड़कर चला आया, "कैसी तबीयत है, उसकी?"

"उसकी छाती में चोट लगी है" लड़के ने अपनी छाती पर हाथ रखकर बताया, "यहाँ!...ठकुरानी काकी तो कह रही थी, "कहीं मर न जाय, गाँव की हवा बड़ी खराब है। अब अपना-बेगाना कोई नहीं चीन्हता। देखा नहीं नरेश बबुआ को, कैसी कड़ी-कड़ी बात... ।"

नरेश बीच में बोल उठा, "भउजी! बडकी भउजी कह रही थीं?"

"हाँ!" और ठाकुर कह रहे थे, "अच्छा, तो नरेश और बचन की यह मजाल? दोस्ती निभा रहे हैं बन्ता से? पचास रुपये का सूद-मूर मिलाकर पाँच ही सौ तो हुए हैं। देकर ले क्यों नहीं जाते साले को? हम लोग तो नाहक लाश ढो रहे हैं!"

लड़का और बोलता, पर नरेश वहाँ से हट गया।

तभी भुल्लन खाँसता हुआ आया और अपनी पुरानी फौजी कोट उतारकर कुएँ की पटान पर रखते हुए कहने लगा, "ले लो मजा इस साल और, मालिक कह रहे थे, माइनर के लिए आज ही दरखास भिजवाता हूँ। रोज-रोज का यह झगड़ा कौन सहेगा। अब मधुपुर में भी नहर आ जायेगी, बचन भइया!" फिर कुछ रुककर उसने कहा, "बचन, तुम्हें का हो गया था कल? खुदा के लिए बच्चों पर तो रहम किया करो!"

बचन जाने क्यों जल गया इस असमय की शिक्षा से। व्यंग्य से बोला, "बड़े मियाँ, मालिक से नहीं कहा कभी?"

भुल्लन चूकनेवाला नहीं था, "तुम अपने भाई हो, इसलिए कहा। बड़ों को तो समझाना भी बुरा होता है, बचन!" भुल्लन बचन के पास खिसक गया, "बड़े मालिक का रुख बहुत बिगड़ा है...कुछ होकर ही रहेगा।"

"क्या होगा, भुल्लन मियाँ? मरे को मारना क्या! यहाँ धरा ही क्या है? जिनगी बीत गयी खटते-खटते, दो जून को भोजन कभी नहीं जुटा! सोचता हूँ, तो लगता है, जहाँ-का-तहाँ हूँ। मुन्नन तो थरिया चाटने का आदी हो गया है न! नहीं तो हम लोगों की तरह मेहरारू-लड़िका भी तो नहीं हैं, उसके जो सड़ रहा है।"

बचन की बात नरेश के कानों में टकरायी। उसका मन और भी डर गया।

भुल्लन बोलता हुआ चला जा रहा था, "अब क्या रहा उसके पास। आँख गयी तो जहान गया। ऊपर से रोज-रोज की गाली-मार। वह तो समझो अब मरा ही है। ...क्या करे बेचारा, उसका कोई दूसरा सहारा भी तो नहीं। बचपन से इसी में रह आया है, बदलने की ताकत ही नहीं है उसमें।"

"बदलने की ताकत नहीं उसमें, हुँः..." नरेश मुँह बनाकर बोला, "साला चापलूस कहीं का। जहाँ जैसा देखेगा, वहाँ वैसा ही बोलेगा!"

बचन फिर सोच में डूब गया। उसकी जोड़ी जल्दी-जल्दी मोट लेकर घूमने और माथे पर जाकर लौटने लगी।

दिन काफी चढ़ आया था और अब खरमेटाव की जून बीत रही थी। बखरी से गिलास से नापकर सड़ा हुआ चोटा और एक पीतल का लोटा लेकर कोई इस समय तक आ जाता था। हर मजदूर के हिसाब से एक लोटा पानी मिलाकर रस बँट जाता था। पर आज अभी तक कोई नहीं आया। हीरा जरूर आयी, पर उसे क्या पता था कि खरमेटाव अभी तक नहीं आया। तीन-चार भुने हुए कन्द वह साथ लायी थी, पर उससे

क्या होता। बचन ने नरेश को आवाज दी और दोनों अगल-बगल बैठकर खाने लगे। हीरा एक लोटा पानी भर लायी और नरेश के आगे रखते हुए बोली, "कहो तो घर जाकर और ले आयें काका!"

नरेश कुछ भी नहीं समझ पा रहा था। उसे तो लगा था, जैसे रात बचन ने हीरा को पीटा होगा। बचन को सचमुच मुन्नन पर सन्देह है। हीरा उसे चाहती है। पर यहाँ तो एक भी बात सच नहीं दिखायी देती। हीरा के हाथ-पाँव में तेल लगे हैं और धोती उसकी कैसी साफ-सुथरी है! मुन्नन के लिए भी उसके मन में कोई दुख नहीं। जरूर कोई बात है, बचन के मन में!—उसके गले में कन्द अटक गयी और वह जल्दी-जल्दी पानी से उसे उतारने लगा। हीरा हँसने लगी थी और बचन उसके मुँह की ओर देखते-देखते एकाएक बोला, "हीरा, तू जा! अपनी माई से कहना, मैं आज देर में लौटूँगा।"

हीरा चली गयी। पुरवाहों की आँख उधर ही लगी रही। फसल के लहराते पौदों की तरह वह हरियाली में खो गयी। जैसे कल की बात की भीतरी कानाफूसी चारों ओर बिखरकर छिन्न-भिन्न हो गयी हो।

बचन पानी पीने के लिए उठा ही था कि बखरी से सड़े चोटे की बाल्टी आ गयी। नरेश ने देखा, बूढ़े मालिक भी पीछे-पीछे चले आ रहे हैं। बचन चुपचाप रस बनाता रहा।

मालिक पहुँचते ही बिगड़ पड़े, "नरेसवा! तेरा दिमाग बहुत चढ़ गया है क्या, रे? छोटे बाबू से जबान लड़ाने से पहले तुमने बचन ही से पूछ लिया होता!" मालिक बचन की ओर देख रहा था। बचन मोट से पानी ले आदमियों के हिसाब से लोटे गिनकर बाल्टी में मिला रहा था।

"उस हरामजादे को घर में रखना चाहिए, जो बहू-बेटियों पर निगाह उठावे? बड़ी दया है उसके लिए, तो चलकर उठा लो दरवाजे से, मैं अभी चलता हूँ! चल! चल!" ठाकुर काँपते हुए नरेश की ओर बढ़ा। उसका बूढ़ा शरीर थरथरा रहा था और हाथ की छड़ी छूटते-छूटते बच रही थी।

बचन रस बनाना छोड़कर नरेश के चेहरे पर दृष्टि गड़ाये था, जो क्रोध से लाल हुआ जा रहा था। नरेश की आँख बचन से एकाएक मिली और उसने पलकें झिपकाकर इशारा किया। नरेश शान्त हो गया।

ठाकुर उसकी पीठ पर छड़ियाँ चलाने लगा। जैसे किसी बच्चे को हाथ चलाकर मारने का सन्तोष हो जाता है, ठाकुर सन्तुष्ट हो गया।

"जाने दीजिये, मालिक! परजा पर दया कीजिये। अभी जवान है, दुनिया को क्या समझे! छोटे बाबू ने बिलकुल ठीक कहा है, वर्ना मैं हीरा को पीटता ही क्यों। बेचारी

की देह फूल आयी है!" बचन अरज कर रहा था और सारे पुरवाहे चुपचाप खड़े उसकी बात समझने की कोशिश कर रहे थे। नरेश का गुस्सा विस्मय के कारण कुछ ऐसा हो रहा था, जो न गुस्सा था, न विस्मय, इसलिए वह क्या था? इसे वह लाख कोशिश करने पर भी नहीं समझ पा रहा था।

"बिलकुल ठीक किया तुमने! मेरे जीते-जी कोई इस गाँव में किसी लड़की को बुरी निगाह से देखे!...वह तो कहो छोटे बाबू ने कम पीटा उसे। अगर मर भी जाता तो मुझे दुख न होता!" मालिक अपनी विजय से फूलकर लम्बी साँसें ले रहा था।

"मुदा, सरकार," बचन डरकर सिमटते हुए बोला, "एक अरज है मालिक!"

ठाकुर रुककर बचन की ओर देखने लगा, "यही न, कि मैं उसे गाँव से निकाल दूँ। तुम्हारी बदनामी हो गयी?"

"नहीं, हुजूर, हीरा नदी-तालाब झाँकने को तैयार है। असगाँव-पसगाँव में बदनामी फैल गयी है।...अब मुन्नन को हमें दे दीजिये, सरकार! सादी-बियाह करके बखरी को सँउप दूँगा। एक के बदले, दो जान, मालिक!"

बचन का बोलना रुका भी नहीं था कि नरेश बोल उठा, "कहते हो, बचन भइया?"

"उससे तुम हीरा को ब्याहोगे?" ठाकुर आकाश से गिर पड़ा।

"हाँ, मालिक, हीरा की माँ भी यही कहती है।"

"अन्धे हो, पागल हो, जो चाहो करो!" ठाकुर बकता हुआ कुएँ की जगत से उतर गया।

फिर एक ऐसा सन्नाटा छा गया कि गड़ारियों की चीं-चीं और पानी के छल्-छल् बहने की आवाज के अलावा शाम तक कुछ भी सुनायी नहीं पड़ा। हवा के झोंके खेतों के ऊपर से गुजरते रहे और सोना उगलनेवाला मधुपुर का सिवान किसी बरसाती नदी की तरह लहरता रहा। सुदूर पर उसका एक कोना, बँसवट और अरहर के पीले फूलों से घिरा बचन का घर! ...नरेश बार-बार उधर देखता। कोई गुलाबी कपड़ा बीच-बीच में दिखता...शायद हीरा है, बथुआ का साग खोट रही है...

घर की ओर जाते-जाते नरेश ने पूछा, "यह क्या कह रहे थे, बचन भइया!"

"मुन्नन को बचाने का कोई दूसरा उपाय नहीं, नरेश! अगर ठाकुर उसे घर से निकाल भी दे, तो उसे साथ रखना ठाकुर से लड़ाई लेना ही होगा। वह अकेला कहीं जाने लायक भी तो नहीं, और मैं...जानते हो, इस मधुपुर के सिवान के कोने को छोड़कर कहीं जा नही सकता।"

बचन घर की ओर बढ़ता चला गया।

●

बादलों का टुकड़ा

बकरी अपने मालिक को देखकर दुम हिलाने लगी और मेमना उसके थन को छोड़कर कुलाचें भरता उसके पास जा, उसके पाँवों से अपना सिर टकराने लगा। वह रुका नहीं, न कुछ बोला ही और दहलीज के किनारे खूँटी से बँधी बकरी के पास जाकर हाथ के मोथे को उसके सामने फेंकते हुए, कन्धे का गमछा उतारकर अपने माथे का पसीना पोंछने लगा।

बकरी दो ही गाल में गपू-गपू सारा मोथा निगल गयी और उसकी ओर टुकुर-टुकुर ताकने लगी। उसने भी आँख बचाकर उसके धँसे हुए पेट को एक बार देखा और घर के भीतर चला गया।

कुनाई एक खाट पर नङ्ग-धिड़ङ्ग, चित लेटा था। उसका फूला हुआ पेट और उसकी उभरी हुई नीली नसें ही सबसे पहले उसे दिखायी पड़ीं क्योंकि उसका सिर पेट के अनुपात में बहुत छोटा था। उसे देखकर कुनाई अपनी निरन्तर रोनेवाली एक पतली और रेंघती हुई आवाज में रोने लगा।

जसमा घास के लिए गयी होगी--उसने सोचा और ओरी के नीचे से उढ़का हुआ अलमोनियम का गिलास उठाकर गगरी के पास तक गया लेकिन उसमें पानी नहीं था। उसे तनिक चिढ़ हुई, तभी उसका ध्यान रसोई की दूसरी गगरी की तरफ गया। वह घूमकर छप्पर में घुसा और आधा गिलास पानी लेकर कुनाई के पास लौट आया। सिर के नीचे हाथ लगाकर उसे किसी प्रकार अधलेटा किया और मुँह को गिलास लगाया ही था कि कुनाई गट्-गट् सारा पानी एक साँस में पी गया, फिर उसे चारपाई पर लिटाने लगा तो उसके मुँह के कोनों से थोड़ा पानी इधर-उधर बह गया।

क्षण-भर को उसके पाँवों में एक भार-सा बँध गया क्योंकि बाहर जाने के लिए कमर के ऊपर का सारा शरीर घुमाकर भी वह अपने पाँवों को उठा नहीं पाया। पेट में एक हलकी-सी मरोड़ उठकर गले के बीच में आ धँसी और कई तरह की रंगीन चिनगियाँ उसकी आँखों से छटककर एक सहसा उमड़ आनेवाले अँधेरे के गुब्बार में खो गयीं। उसके जी में आया, वहीं चारपाई की पाटी थामकर बैठ जाये लेकिन फिर सहसा आँखें साफ हो गयीं और अँधेरे में उगी हुई रोशनी की तेज किरणें उसे चकाचौंध कर गयीं।

गले में अटका हुआ गोला धीरे-धीरे गले के नीचे उतर गया और पेट में जलन महसूस होने लगी।

यह आग-पानी से नहीं बुझेगी--उसने सोचा, लेकिन पानी पीने का बहाना करने में क्या हर्ज है, आखिरकार तो जीना है, चाहे किसी भी बहाने और वह हाथ का गिलास लिये फिर रसोईघर में लौट गया। बैठकर गगरी से पानी उँड़ेलते हुए उसका ध्यान चूल्हे की तरफ गया जिसमें मुट्ठी भर अधजला रहट्ठा पड़ा हुआ था और जस्ते के बड़े कटोरे में कुनाई के लिए पकायी गयी कल की लप्सी का जलन-जुलन सूखकर चिपक गया था। उसने पल भर उस कटोरे को देखा और सोचने लगा, इसे साफ करने में जसमा को कितनी मसक्कत करनी पड़ेगी! थोड़ा पानी डाल देती तो लप्सी फूली रहती और धोते ही साफ हो जाती। उसने खिसककर कटोरा पास खींचा और गिलास का पानी उसमें डाल दिया फिर गिलास रखकर जाने क्यों उस कटोरे को देखता रहा। कोई भी विचार उसके मन में नहीं था--यहाँ तक कि पानी पीने की बात भी उसके मन से कुछ देर के लिए निकल गयी थी, यहाँ तक कि जसमा का उस रड़ुये महाजन के बच्चे को खिलाने जाना भी वह भूल गया था जिसे वह अक्सर सोचता रहता था।

कुछ ही देर में कटोरे का पानी गँदला हो गया। उसे उस पानी को देखकर अरुचि हुई और गिलास में गगरी से पानी उँड़ेलकर वह साफ पानी को देखने लगा। उसे अब अच्छा लग रहा था। ऐसी स्थिति में सोचने के लिए एक झूठा मसाला भी काफी है, यह तो बहुत मजेदार और आँखों के सामने की बात थी।

तभी बकरी का बच्चा बाहर मिमियाया और उसे ख्याल आया--कहीं माँ-बेटे प्यासे न हों और कटोरे के पानी की उपयोगिता उसके दिमाग में कौंध गयी। उसने बिना पानी पिये ही पहले कटोरे को साफ कर लप्सी के घोल के साथ बकरी को पानी पिलाने का निश्चय किया और हाथ डालकर कटोरे को रगड़ने लगा। थोड़े आटे और गुड़ मिले करीब एक गिलास पानी के इस घोल को पीने से शायद बकरी को दूध उतरने लगे और कुनाई को लोग कहते हैं, बकरी का दूध बहुत फायदा करेगा लेकिन सहसा फिर उसे पेट में जलन महसूस हुई और इस बार वह इतनी तेज हुई कि वह वहीं जमीन पर धसककर बैठ गया और अपने सीने पर दोनों हाथ लगाकर जमीन पर गिर जाने से अपने को सँभालने लगा। जलन धीरे-धीरे सिकुड़ने लगी और उसके हाथ अपने आप ढीले होने लगे।

इस बार पेट भर पानी पीने की तीव्र इच्छा उसके मन में हुई और उसके जी में आया कि वह पूरी गगरी उठाकर मुँह से लगा ले। उसने तेजी से गगरी की तरफ हाथ बढ़ाया कि कुनाई फिर रोने लगा और बाहर से बकरी के में-में करने की आवाज आयी। वह पल भर को रुक गया और फिर कटोरे और गिलास के पानी देखने लगा। कटोरे में

अब आटा नीचे बैठ रहा था और ऊपर पानी की सतह साफ होने लगी थी। उसे अपने पेट की जलन का ख्याल आया—दर्द नीचे बैठ रहा था और आँखों की रोशनी साफ हो रही थी लेकिन दर्द कहीं गया थोड़े ही है, ठीक इस नीचे बैठते आटे की तरह। उसे ऐसी घबराहट महसूस होने लगी कि थोड़ी देर पहले जिस दिमागी बहलाव के कारण उसे आराम महसूस हो रहा था, वही अब उसे सबसे दुखद मालूम होने लगा। उसने अपने दाँत कसकर भींच लिये और कुछ भी न सोचने का निश्चय करते हुए एक उँगली से कटोरे के पानी को चलाने लगा। जब घोल अच्छी तरह बन गया हो उसने दोनों हाथ से कटोरा उठाया और एक साँस में गट्-गट् सारा घोल पी गया। फिर गिलास का भी पानी पीकर रसोई से निकला और झिलँगे में पड़े हुए कुनाई को देखे बिना बाहर निकल गया।

दहलीज के बाहर मेमना बकरी को तंग कर रहा था। वह बार-बार उसका थन पकड़ना चाहता था और वह बार-बार छटककर अपने को बचा रही थी। उसे देखते ही वह चुपचाप खड़ी हो गयी और मेमना उसके चिचुके थन को चिचोरने लगा। दूध उतारने के लिए अपने सिर से उसके थन में मेमना इतने जोर से धक्के मार रहा था कि बकरी की दोनों पिछली टाँगें उठ-उठ जाती थीं। फिर भी वह खड़ी थी और उसे इस तरह देख रही थी जैसे उसकी पुतलियों से उस तक कोई तार खिंच गया हो। लेकिन वह दूसरी ओर देख रहा था, जहाँ तेज चिलचिलाती धूप थी और धरती जलकर राख हो रही थी। इस भुल-भुल धूप में कहीं जाने की बात थी भी नहीं, फिर भी वह मड़हे से निकलकर धूप में कुछ दूर चला लेकिन फिर रुककर वापस आ गया। उसे सहसा लगा जैसे उसकी हालत उस जमीन की ही है। वह ठण्डी होती तो उसे भी ठण्डी लगती। उसके दिमाग में उस जरा-सा सोच-विचार के कारण मक्खियाँ भिनभिनाने लगीं और वह इनसे बचने के लिए दहलीज के ओसारे में खड़ी झिलँगा चारपाई को बिछाकर उस पर बैठने ही जा रहा था कि जसमा आँचल में थोड़ी घास बाँधे सामने से आती दिखी। पण्डित की बखरी के कोने से होकर वह मुड़ ही रही थी कि वह कन्धे के गमछे का सिरहाना लगाकर चारपाई पर लेट गया और छप्पर में ऊपर देखने लगा।

जसमा आकर पलभर को उसकी खाट के पायताने खड़ी हुई, फिर भी उसने उसकी ओर नहीं देखा। आँचल की दो मुट्ठी घास बकरी के आगे गिराते हुए वह गुस्से में बोली, "खोल लो और ले जाओ। मरेंगे, जियेंगे लेकिन यह करज का खटका तो छूटा। न मजूरी, न धतूरी, जब देखो दरवाजे पर ठढ़क्कर की तरह खड़े हैं कि यह कर दो, वह कर दो। दिन-दिन भर खटो और सरबउला एक रोरा गुड़-पानी तक को नहीं पूछता ... पचास रुपया करज क्या ले लिया, जिनगी बेच दी। ...ले जाओ, खड़े-खड़े मुँह क्या ताक रहे हो। आज से उरिन हुई उस कलमुँहे से।"

"कैसा उरिन?" अब की वह आदमी बोला जो हाथ में एक लाठी लिये जसमा के पीछे-पीछे आया था, "अभी तो तुम्हीं ने तय किया कि मूर में बकरी और उसका बच्चा दोगी और सूद में काम करोगी।"

वह अब भी वैसे ही लेटा था और छत में छप्पर के बाँस की तीलियों पर आँख जमाये था।

"कैसा सूद और कैसा मूर? मूर में बकरी का बच्चा जो दे रही हूँ।"

जीभ से चू... चू की आवाज करते हुए वह आदमी जैसे समझाने के स्वर में बोला, "भुलाय रही हो कुनाई की माई...।"

"यहाँ चुवाने की जरूरत नहीं हैं, पण्डित जी महाराज... सीधे से बकरी का पगहा खोलो और जाओ..." और वह कुनाई के पास पहुँचने की उतावली में आगे बढ़ी। रास्ते में चारपाई थी इसलिए लौटकर वह दूसरी ओर मुड़ी ही थी कि वह बोल पड़ा, "फिर घास क्यों लायी थी?"

"मरने के लिए और क्यों...।" वह भनभनाती और रोती-बिफरती अन्दर चली गयी।

महाजन के कारिन्दे ने थोड़ी देर इन्तजार किया लेकिन वह उसी तरह गुमसुम लेटा रहा, जबकि उसे चारपाई से तुरन्त उतर जाना चाहिए था। पहले उसे डर लगा कि बात क्या है, आज इसे हो क्या गया है। कहीं ऐसा तो नहीं कि वह बकरी लेकर चले तो वह कूदकर हमला कर देगा लेकिन थोड़ी ही देर में फिर उसका साहस वापस आ गया। ये साले छोटी जात के लोग, इनकी इतनी हिम्मत है!—उसने अपनी लाठी पर एक बार मूठ कसी फिर लाठी को ढीला छोड़ दिया और झुककर बकरी को खोलने लगा। बकरी थोड़ा भड़की और इधर-उधर उछली लेकिन जब वह पगहा पकड़कर खींचने लगा तो वह अपने चारों पाँव जमीन पर टिकाकर रुक गयी और जोर के खिंचाव के कारण उसके गले का फन्दा कस गया। थोड़ी ही देर में बकरी के गले से अजीब-सी सों-सों की आवाज निकलने लगी और वह छटपटाने लगी।

"इस तरह उसे क्यों मारते हो, पण्डित।" वह धीरे से बोला, और चारपाई से उठकर पण्डित के हाथ से पगहा लेकर पहले बकरी के गले का फन्दा ढीला किया फिर चार कदम चलकर बकरी के पगहे को छोड़ दिया और बोला, "ले जाते हो तो ले जाओ और जो मन में आये करो लेकिन आँख के आगे की बात है, सहा नहीं जाता।"

पण्डित का पारा आसमान पर था लेकिन वह बकरी को ले ही जाना चाहता था इसलिए कुछ बोला नहीं। झुककर बकरी का पगहा उठाया और धीरे-धीरे आगे बढ़ने लगा फिर उसने झुककर जब बकरी के बच्चे को गोद में उठा लिया तो बकरी उसके पीछे तेजी से चलने लगी।

वह फिर वहीं आकर पड़ गया, जहाँ पहले था।

जसमा घर से निकली और चौखट पकड़कर कुछ देर खड़ी रही। इस बार वह उसे नहीं, उस चिलचिलाती धूप और झुलसी-जली धरती को देखती रही। उसका साहस नहीं हो रहा था कि वह नीचे देखे जहाँ वह चुपचाप पड़ा था क्योंकि उसकी खाट के ठीक बगल ही एक नन्हीं-सी खूँटी गड़ी थी और वहाँ आज बकरी नहीं थी।

"ले गया?" उसने वैसे ही देखते हुए कहा।

"हाँ।"

"कुछ कह रहा था?"

"नहीं।"

"कुछ कहना चाहिए था।"

"क्या?"

"शायद छोड़ देता, महाजन को समझा-बुझा देता।"

"क्या फायदा।" वह करवट लेकर लेट गया फिर आँखें बन्द करते हुए बोला, "एक बोझ सिर से उतरा।"

वह तिलमिला उठी और एक बार होंठों को भींचकर रह गयी।

वह चुप रहा लेकिन हवा का झोंका तेजी से आया और नीम की सूखी पत्तियों का ढेर बिखेरकर चला गया।

वह वैसे ही खड़ी-खड़ी बोली, "कुनाई को देखा।"

"हाँ, वह बहुत प्यासा था। पानी पीकर सो गया है।"

"नहीं, उसे जर है। देह जल रही है। अभी तो घर में किया है।"

वह चुपचाप वैसे ही पड़ा रहा लेकिन जसमा की आँखों से आँसू बहने लगे। उसने अपने आँचल से आँखें पोंछीं और वहीं चौखट पर बैठ गयी, "कुनाई अच्छा नहीं है।"

"नहीं नहीं, वैसा ही तो है।"

"उसे आज जर बहुत है।"

"रोज ही की तरह तो है।"

"तुम नहीं जानते। आज उसकी आँखें नहीं खुल रही हैं।" वह सिसकने लगी। "उसके गले से खरखराहट..." जसमा चुप रही लेकिन उसे बकरी के गले में कसे फन्दे की याद आयी, फिर भी वह चुप रहा, कुछ बोला नहीं।

"दो पैसे की धार-तपावन भी नहीं कि डीह बाबा को चढ़ाकर मनौती करूँ। जानें क्यों नाराज हैं देवता-दानी।"

"महाजन से जाकर कहो न, दो पैसे की धार तो दे ही देगा।" वह वैसे ही लेटे-लेटे बोला।

"कौन-सा मुँह लेकर जाऊँ। देखते ही चिबोला करता है और कुछ माँगो तो जहर-माहुर खाने के लिए भी कुछ न होने की बात कहने लगता है। पण्डित दयावान है लेकिन उसकी आँखों में... ।"

"तुमसे दया से मतलब है कि उसकी आँखों से।"

जसमा उसकी बात समझ नहीं पायी, फिर उसे लगा, उसने मजाक किया है।

"चिबोला करते हो।" जसमा न जानें क्यों कुछ हलका महसूस करने लगी।

"चिबोला?" जैसे उसे कुछ ठण्डा-ठण्डा-सा छू गया हो। वह सहसा उठ बैठा और उठकर जसमा की ओर देखने लगा।

"कोई काम भी तो नहीं है, जसमा, पानी-कुनी बरसा नहीं कि लोग कुछ बोते-जोतते। आखिर मजूरी-धतूरी का जोगाड़ कैसे बैठे।" वह बोला और उसकी आँखें जसमा के बायीं आँख के नीचे के तिल पर धँसी रहीं जिन्हें शादी के बाद के दिनों में वह दाँतों से दबाकर काट लेने की बात कहा करता था।

जसमा ने उसे इस तरह देखते देखा तो उसके सूखे गालों पर सालों पहले की उजड़ी-उजड़ी अजीब-सी ललाई दौड़ गयी और उसकी आँखों में भरे पानी का रंग हलका-सा बदल गया जैसे इस तपती दोपहरी के निरे धुन्धभरे आसमान में भटके हुए बादलों का एक भूरा टुकड़ा कहीं से तिर आया हो।

उसे इन बादलों में जानें क्या दिखा—कहना मुश्किल है लेकिन वह सहसा उठ खड़ा हुआ और अन्दर आँगन में जाते-जाते बोला, "मुझे एक लोटा पानी दो, और हाँ, कुनाई को देखना। मैं अभी बसगवाँ जा रहा हूँ, वहाँ सरकारी ठेके पर बाँध बन रहा है।"

●

बीच के लोग

बुझावन बेर लटके घर पहुँचा था। रास्ते में रग्घू जो मिल गया था। वह ऐसा बातूनी है ही। लोग दूर से जा रहे हों तो भी वह पुकारकर कुछ ऐसी-वैसी बात निकाल बैठता है और बन पड़े तो किसी खेत की मेंड़ या कुएँ की जगत पर बैठ, घास के तिनके तोड़कर जमीन को खुलिहारने लगता है, फिर तो बातें जैसे मिट्टी पर चलते तिनकों से निकल-निकलकर सुरसा की तरह बढ़ती ही जाती हैं। जब वह उठकर चला जाता है तो क्षणभर बाद भुनभुनाते हुए घर लौटता है, "सरवा बड़ा बतक्कड़ है, मिला नहीं कि जोंक की तरह चिपक जाता है।"

बुझावन के साथ ऐसा नहीं है। रग्घू भइया को देखते ही बुझावन बन्दगी करके पलभर रुकना नहीं भूलता। कैसा भी काम हो—बुझावन अपनी 'सरधा'... वह सरधा के जोग गाँव में दो ही जनों को तो मानता है—एक बड़की बखरी के फउदी दादा और दूसरा रग्घू सिंह। जहाँ तक फउदी दादा की बात है, सारा गाँव एकमत है। उनका विरोधी भी मौके पर उनकी ही बात मानता है, क्योंकि वे हैं ही दादा—दोस्त-दुश्मन सबके दादा। कहीं जरा-सा खुर्र हुई नहीं कि वे हुक्का मुँह से लगाये ही चारपाई से उठ खड़े होते हैं। मरनी-करनी, रोग-वियाद सबके लिए गाँव के एक रखवाले हैं—लेकिन यह रघुवा तो सरवा चुगल है, चुगुल। इसी ने फउदी दादा का कान भरा है। इसी ने थानेवालों की खबर भेजवायी है। इसी ने सब गुड़-गोबर किया है।—क्या बताऊँ, मुझे जाना ही नहीं था, बाजार, रघुवा सार रास्ता काट गया, तभी मैंने समझ लिया कि काम नहीं होने का। इतना ही नहीं औरतें भी रग्घू को देखकर डरती हैं। घर से अनाज चुराकर सहुआ की दुकान में बेचने गयीं और घर खबर हुई नहीं कि जो सबसे पहला नाम उनकी जबान पर चढ़ता है, वह रग्घू का—इसी ने लायी-लगायी होगी, यही खउरहा कुकुर घूमता-फिरता है, गली-गली।

...पता नहीं रग्घू भइया के बारे में लोग यह सब क्यों कहते हैं—बुझावन इतनी देर गये घर लौटने पर भी यही सोच रहा था। उसने अपना पैना छप्पर की दीवार में खोंसा और पल- भर वहीं-का-वहीं खड़ा रहा। अब क्या करे—जैसे उसके आगे एक अनन्त दूरियोंवाला रेगिस्तान हो और उसमें गर्म रेत के पहाड़ उठ रहे हों।—फउदी दादा ऐसा

कर सकते हैं। उसके पास और है ही क्या सिवा उस बीस बिस्वा टाँड़ के। अगर सहुआ ने उसे लिखा लिया तो वह उसे जरूर मुझसे निकाल लेगा। फिर मेरा क्या होगा। साल भर की खर्ची-बर्ची का यही तो एक उपाय है। कितना जान खपाकर मैंने उसे उपजाऊ बनाया है। सूअर और बकरे की लेंड़ी पर ही तो इतनी प्याज और आलू होते हैं।—बुझावन सोचते-सोचते मड़हे में घुस गया। अन्दर गहरा अँधेरा था। मँगरी आजकल इसमें दीया नहीं जलाती। मनरा अन्दर ही रहता है। कहती है दो-दो चिराग जलाने से मिट्‌टी का तेल बहुत लगता है और काम भी क्या है इतने अँजोर का, कोई कलम तो चलानी नहीं है बाहर।—फिर उसे लगा, वह यह सब क्या सोच रहा है, क्या काम है ऐसे सोच-विचार का। अब तो सारा आग ही अन्हार है। उसे कुछ भी करना हो तो फउदी दादा का हाथ-पाँव जोड़े, दूसरा उपाय नहीं।

बुझावन उलटे पाँव लौट चला। उसे डर था कि मँगरी उसे देखते ही सब-कुछ जान लेगी और जो बात दस दिन बाद होनेवाली है वह आज ही गाँव भर के कान तक पहुँच जायेगी। क्यों न वह जी-तोड़ कोशिश करे कि जमीन सहुआ के नाम लिखी ही न जाय, फउदी दादा चाहेंगे तो उसकी हिम्मत ही उसे लिखाने की नहीं पड़ेगी। वह चोरों की तरह पैर दबाकर गाँव की कोलियों को पार करता हुआ चौघट्‌टे के खुले मैदान में चला आया। अँधेरा सिमट रहा था, लेकिन कुहरे की सफेदी ने उसे हलके-भूरे रंग में डुबो रखा था। चारों ओर सिंचे हुए खेतों से अजीब तरह की ठण्डी बयार आ रही थी। उसे कुछ सिहरावन मालूम हुआ। उसने कन्धे का गमछा खोलकर ओढ़ लिया और दोनों हाथों में कसकर शरीर से चिपका लिया। तनिक और आगे बढ़ने पर वह उस पतली कोली में घुस जाता जिससे निकलते ही फउदी दादा का द्वार शुरू हो जाता है और वहाँ से उठकर पेशाब करने जाना ठीक नहीं रहेगा इसलिए वह वहीं बगल में बैठ गया। असल बात यह थी कि वह उन बातों का सिलसिला भी बैठाना चाहता था जो उसे अभी दादा से करनी थी और अपने ऊपर छाये हुए हलके क्रोध और घृणा के भाव पर भी पूरी तरह काबू कर लेना था। कहीं ऐसा न हो कि उसकी बातों में से कुछ ऐसा उभर आये जिससे दादा उखड़ जायें। रग्घू भइया तो कह रहे थे कि फउदी दादा की मरजी से यह सब हो रहा है। आखिर उनके माथे में यह सब कहाँ से समा गया। कहाँ तो बुझावन के बिना उनका काम ही नहीं चलता!—बुझावन पेशाब कर लेने पर भी बैठा सोचता रहा—कहीं यह फउदी दादा मेरे जरिये सारे गरीब कमकरों को चूस तो नहीं रहा है। चारों ओर यही हल्ला है कि परानपुर में ऊँच-नीच सब मिलकर किसी बात का फैसला कर लेते हैं। आपस में कोई मतभेद नहीं और इसी कारण इस जवार में फउदी-सा सरदार दूसरा नहीं। बड़े-बड़े हाकिम-हुद्‌द माथ नवाते हैं ददवा के सामने—बुझावन के बुझे मन में उत्साह ने अनायास जान डाल दी और उसे लगा कि वह कैसी बेकार की बातें सोच रहा था।

...जरूर कोई बात है... वह उठने को हुआ कि कोली के अन्दर से दो काली आकृतियाँ कुछ बात करती हुई निकल रही थीं। बुझावन उनकी बातों में अपना नाम सुनकर पलभर को वहीं-का-वहीं बैठा रह गया। 'ससुरे का दिमाग सातवें आसमान पर चढ़ गया है, जब गाँव में कोई बात होगी पट जाठा बाँधकर उसका पंच बन जाता है और मोलभाव करने लगता है। मैं तो पहले ही कह रहा था कि साले की दुवार नागफन्नी से रून्ह दूँ लेकिन फउदी मुझे गाउदी समझता है और गाहे-बेगाहे चमार और गोरू बनाने लगता है। अब सहुआ को लिखकर मैं छुट्टी पाता हूँ। बच्चू को ऐसा मारेगा कि पीने का पानी भी नहीं मिलेगा।' हरिपाल बोलता जा रहा था और दूसरा आदमी बस हूँ-हूँ कह रहा था। बुझावन सोचता रहा कि वह दूसरा कौन था। महाजन तो था नहीं, फिर क्या वह रग्घू भइया थे। वह उठकर वहीं से अन्दाज लेने लगा। दो-चार कदम उन लोगों के पीछे चला भी, फिर यह सोचकर कि क्या फायदा—वह लौट पड़ा और कोली में घुसकर फउदी दादा के दरवाजे पर पहुँच गया।

दरवाजे के पूरब नीम की छाया में अलाव के अगल-बगल कई लोग बैठे बातें कर रहे थे। चिलम चल रही थी। मजूर बुकुड़ी मारे अपने काम में लगे थे। कोई जानवरों को बाँध रहा था तो कोई भैंस दुहकर बाल्टी लिये बखरी में जा रहा था। तभी दूर से फउदी दादा के खाँसने की आवाज सुनायी पड़ी। फराकत से लौटकर चाँपाकल पर कुल्ला कर रहे थे। बुझावन ने मौका देखकर कउड़े की ओर जाना ठीक नहीं समझा। बगल से कल की तरफ निकल रहा था कि फउदी खड़ाऊँ खटकाते सामने ही आ पहुँचे।

"के है हो...बुझावन! चलो-चलो, दो मुट्ठी खोइया ले लो, आज जाड़ा बढ़ गयी साली" और उन्होंने जोर से खाँसकर थूक दूर फेंकते हुए अपने बचपन के पालतू मजदूर को दो लम्बी-लम्बी गालियाँ दीं, "सार इतना बड़ा अइबी है कि का बताऊँ। बार-बार कहता हूँ कि कलिया के नीचे खरहर कर खर-कतवार कउड़े में डाल दिया कर लेकिन ससुरा सुनता ही नहीं। रोज कउड़ा सबेरे ही बुझ जाता है।" फउदी ने कउड़े के पास एक मोढ़े पर बैठते-बैठते उस कुत्ते को एक लात मारी जो जाड़े से सिकुड़ा हुआ वहीं बैठा था। कुत्ता पेंअ्-पेंअ्अ् करता भागा। उन्होंने अपनी हुक्की लेकर कई बार पुड़काया, थोड़ा पानी फूँककर गिराया तभी बगलवाले ने चिलम उन्हें थमा दी। चिलम हुक्के पर बैठाते हुए फउदी दादा बोले, "मनरा का पइसा मिल गया न बुझावन!"

"का मिला दादा, आधा तो कालेज-फण्ड में कट गया। बड़ी अन्धेरगर्दी है। कहने को सरकार अछूतों को सहायता करती है लेकिन वह सहायता तब आती है जब दर-दर की ठोकर खाकर, चवन्नियाँ सूद पर पैसा लेकर किताब-कापी सब कर दो और आती भी है तो आधा-तीहा होकर बेमतलब हो जाती है।"

फउदी दादा कुछ बोलते ही कि रामहरख बीच में बोल पड़े, "कवन गोहूँ-बेच का पइसा है, बुझावन जो इतना मन गिराय रहे हो। जो मिलता है उसी को धन्य मानो। हमहीं लोग कहाँ के धन्ना सेठ हैं लेकिन फीस भरते-भरते कमर टूट जाती है। इससे अच्छा तो यही था कि हरिजन होते कलयुग के इस जमाने में, सूअर पालते, दूसरे के खेत में आलू-धान पैदा करते और ऊपर से अपनी बिरादरी के नेता भी बनते।"

हुड़दंगी वहीं बैठा था। ठठाकर हँसा, "अब जलने से का होता है हरसू, बड़ा सुराज-सुराज चिल्लाते फिरते थे, जब सुराज आवा तो काहे को पिराय रही है। यह तो समय-जमाने की बात है। कभी गाड़ी नाव पर, कभी नाव गाड़ी पर। वेद-शास्त्र झूठ थोड़े ही कहता है कि कलयुग में कलंकी अवतार होगा, हरिजन वेद बाँचेंगे और तुम्हारे जैसे विप्र लत्तड़ की तरह दुवार-दुवार घूमेंगे। कहो भाई बुझावन, बात ठीक कहता हूँ न! मैं तो तुमही को आपन नेता मानता हूँ।"

बुझावन की बात का रुख ठीक नहीं लग रहा था। उसे लग रहा था, पीछे कुछ है जो अँधेरे में घुँट रहा है। वह कुछ बोल नहीं पाया, नतीजा यह हुआ कि पल भर को रात के कदमों की सन्नाहट और सिंची हुई सिवान में दूर-दूर तक लोमड़ियों और सियारों के बोलने की आवाज कउड़े पर छा गयी। बुझावन लकड़ी से आग को खुलिहारकर अपने मुँह के सामने आनेवाले धुएँ को हटाने के लिए तनिक झुककर आग फूँकने लगा। तभी रामहरख फिर बोला, "बात ठीक कहते हो हुड़दंगी, लेकिन यह भारतभूयँ है। बड़े-बड़े तीसमार यहाँ आये और गये। क्या-क्या लोगों ने नहीं किया लेकिन आपन सन्सकीरत जस-की-तस बनी रही।"

"सही बात, सही बात" हुड़गी ने उसे बीच में रोका, 'भासन शुरू न करो, भइया, नहीं तो कोई पाल्टी तुम्हें पकड़ लेगी और फिर बुझावन महतो की तरह तुम्हारे घर में भी गुपुत सभा होने लगेगी।"

बुझावन सन्नाटे में आ गया। आखिर वही हुआ जिसके लिए वह डर रहा था लेकिन अब चुप रहना ठीक नहीं—वह कुछ बोले कि फउदी दादा निगाली से मुँह हटाकर बिगड़े, "इसमें का बात है, भाई, सभा-सोसाइटी के लिए सबको आजादी है। जब लाल झण्डा पाल्टी का कोई कार्यकर्त्ता बुझावन के दुवारे आय गया तो..."

"आय नहीं गवा, ले आया गया। मनरा बकायदे लाल झण्डा-पाल्टी का मिम्बर है। तुम कहाँ हो फउदी दादा!"

"तो इसमें कौन बुराई है, भाई, जो तुम इतना पिड़पिड़ाय रहे हो।"

"बुराई है दादा, मैंने मनरा को बहुत समझाया, मना किया, कहा कि काहे को बुराई मोल लेते हो लेकिन वह नहीं माना, कहता रहा, "नया विचार समाज में पहले बुराई बनता ही है, अगर विरोध न हो तो समझना चाहिए विचार में कोई नयी बात नहीं

है—और देखो न, जब कोल्हू के बैल की कान्ह मर जाती है तो वही उसकी जिन्दगी बन जाती है। हम लोगन को देखो न फउदी दादा, याद है, कैसे-कैसे छिपकर हम गाँधी जी का परचा लाया करते थे। बाप रे, बाप...कैसी बड़ी बुराई थी। बुढ़ऊ ठाकुर ने रस्सी से हाथ बाँधकर लटका दिया था हम दोनों को,—ससुरे गाँव में आग लगवाना चाहते हैं! गन्हिया की जय बोलते हैं।''

''सुन लेव फउदी दादा, बुझावन महतो के विचार! रघुवा, लूस कभी-कभी ठीक बात कहता है। उसने परसों मिठवा के नीचे पुरवट हाँकते हुए अपने बैलों के पीठ से नार उतारकर उन्हें खड़ा कर दिया और पउदर में लकीर खींचकर कुछ कहा। मुदा बेटवा की किरिया धराये है। कहा है, जो सच न हो तो बकड़ी के मूत से मूँछ मुँड़वा दूँगा।'' रामहरस उत्तेजना में बोल रहे थे। फउदी ने उन्हें फिर डाँटा, ''बड़े बेसहूर हो भाई, कितनी बार तुम्हें समझाया कि चेत से बात बोला करो। लेकिन तुम हो कि आँवाँ की तरह धधकने लगते हो। तुम्हारी बात का मतलब तो यह हुआ कि रघुवा ने बुझावन के घर में हुई बैठक को लेकर ही कुछ बात कही है। फिर लड़के की किरिया कहाँ गयी।'' फउदी दादा बात को उस जगह से हटाकर बुझावन को कुछ हलका करना चाहते थे लेकिन इससे उस पर भार और भी बढ़ गया और पूरी चर्चा एक खास केन्द्र पर टक्कर मारने लगी। हुड़दंगी ने बीड़ी बैल का काम किया, ''मतलब ई भया, दादा कि तुम कोल्हू के बैल होय चुके हो और बुझावन महतो कन्धे में नया जुआ ले रहे हैं।''

''इतनै नहीं'', हरखू ने बात का टोक पकड़कर अपना छूटकर गिरा हुआ अमोघ तीर फिर उठा लिया, ''बुझावन महतो का मतलब है कि ई लाल झण्डा पाल्टी आयी है, वह वैसे ही आयी है जैसे एक समय आजादी की लड़ाई आयी थी। क्यों बुझावन ठीक कहता हूँ न!''

''बुझावन को बकरवाने की इतनी मसक्कत क्यों करते हो, भाई! यह तो मैं ही कहता हूँ कि बात ठीक है। हर नयी बात लोक में धीरे-धीरे मर्जाद पाती है। खून-खराबा होता है, तोड़-फोड़ होती है लेकिन जब रास्ता न रह जाये। जब बुझावन वोट लड़िके देस के परधान मन्त्री बन सकते हैं तो इतनी बहस काहे की। बेफजूल मुँह दुखौवल करने का फायदा। चाहे वह लाल झण्डा हो, चाहे पीला झण्डा, सबके चुनाव लड़ै का अधिकार है। हम तो इतना जानते हैं कि कनून के माफिक सब चलैं—अपने देस के कनून के माफिक...''

बुझावन ने टोका, ''कइसा कनून-नियम दादा, देख तो रहे हो। सब जस-का-तस है। पइसा का जोर, बल का जोर सब नकाम किये दे रहा है।''

'मतलब यह कि ठाकुर की टाँड़ पर बुझावन का पूरा कब्जा इतने दिनों बाद भी क्यों नहीं हुआ। चार रुपया लगान देकर साल में हजार कमाने से बुझावन का पेट

नहीं भर रहा है, जब तक टाँड़ पर कब्जा न हो जाये!" हुड़दंगी चिलम उलटते हुए बोला।

"बात सही है, हुड़दंगी बाबू, लेकिन जितनी कलेजाफाड़ मेहनत उस पर हुई है और होती है, वह भी धियान देने की चीज है। मैं आठ बरस से उसे जोत रहा हूँ लेकिन लेखपाल की खतौनी में सुना है, ठाकुर ही उस पर काबिज हैं।"

"ठाकुर की ही तो वह जमीन है, बुझावन! यह बात ठीक नहीं?" फउदी दादा जैसे न्यायालय की कुर्सी से बोले। "भाई जो बात लग आयी है, उसे न छोड़ो। अगर किसी का लेते हो तो मूल-सूत समेत दो। न देना हो तो कोई तुम्हें जबरदस्ती करजा-कुआम तो देता नहीं। समाज चलेगा नहीं..." फउदी दादा बोल रहे थे और बुझावन रात की उस सिहरती सरदी में जैसे पसीने-पसीने होता जा रहा था।... जिसका लो, चाहे जैसे भी हो मूल-सूद के साथ उसे दो, जिसकी धरती है उसे उसको लौटाओ... बात यही ठीक है। सारी उमर उसने यही सुना है, यही समझ में भी आता है। लोग तो बाप-दादा तक का करजा भरते चले आ रहे हैं। यह फउदी दादा का बचपन का मजूर और क्या है। साल-साल हिसाब करके बियाज में से पइसा कटने पर भी कुछ मूल में जुड़ता जाता है। अगली कितनी पीढ़ियों तक यह करजा चलेगा, कौन जानता है लेकिन लोग भर रहे हैं। मुझे भी ठाकुर की टाँड़ छोड़ देनी होगी। भूँय उसकी है। मैं करता हूँ तो कमाता भी हूँ। यह कहाँ का न्याय है कि किसी की धरोहर को हथिया लिया जाये।...

इस बीच फउदी दादा और भी जाने क्या-क्या कहते रहे पर बुझावन ने कुछ भी नहीं सुना—यह भी नहीं देखा कि फउदी दादा की पोती बुचिया इस बीच कब घर से आ गयी और उनके भेड़िअहवा कम्बल में घुसकर उनकी गोद में बैठ गयी। इसलिए जब बिटिया ने, "बुझावन बाबा, आलू नहीं लाये। कहा था न कि मेले खेत में पड़ गया है।" तो बुझावन कुछ चौंक-सा गया। सहसा उससे कुछ बोलते नहीं बना फिर तनिक रुककर उसने कहा, "कल जरूर लाऊँगा, मुन्नी। इसी कउड़े में भून-भूनकर खाना।"

"अच्छा, तभी आज दिनभर से बुझावन बाबा की रट लगाये हुए थी।" फउदी दादा ने लड़की को जरा-सा गुदगुदा दिया और वह खिलखिलाकर हँस पड़ी, लगा जैसे कोई खिलवाड़ी बच्चा झुनझुना बजाता हुआ अँधेरे पर दौड़ गया हो। पूरा दृश्य ही बदल गया। हरसू और हुड़दंगी इस परिदृश्य में अपने को उस कुत्ते से भी बदतर पाने लगे जो लड़की की हँसी सुनकर दौड़ा हुआ आ गया था और लड़की दादा के कम्बल से हाथ निकालकर उसके कानों से खेलने लगी थी। कउड़े में कब से घुटता सफेद धुआँ सहसा लपटों में बदल गया जो बलात अँधेरे को बहुत पीछे ठेल आयी थी और टेढ़ी-मेढ़ी सीमाओं पर चौतरफा उनमें गुत्थमगुत्था हो रही थी।

क्षण भर को बुझावन और फउदी इस अँधेरे से मुक्त, लाल रंग की सीमाओं में लपटों के इधर-उधर, एक-दूसरे के आमने-सामने दिखायी पड़े लेकिन मात्र क्षण भर के लिए। अँधेरे ने रोशनी को तुरन्त दबोच लिया और वह फिर उसी कौड़े में सिमटकर बैठ गयी।

''कोई बात नहीं।' बुझावन कुछ थिर-सा हो गया था लेकिन फउदी दादा ने झट बात काट दी, ''कोई बात क्यों नहीं, बुझावन'', उन्होंने हरसू और हुड़दंगी के चले जाने के कारण अधिक आत्मीयता से कहा, ''अब तक क्या यह गाँव अइसे ही रहता, जाने कितनी मार-काट हो चुकी होती। यह सब तो हमारे सहजोग का फल जानो कि गाड़ी खिंच रही है, नहीं तो यहाँ कोई किसी का नहीं है। ई सार रघुवा बड़ा भारी बिखधर है। तुम्हरे घर की सभा का प्रचार इसी ने किया है। इसी ने गाँव के ठाकुरों से घूम-घूमकर कहा है कि अपनी-अपनी जमीन फौरन निकाल लो नहीं तो जमीन भी जायगी और जान भी। भूँय पर कब्जा करेगी लाल झण्डा पाल्टी। पहले अपनी जोत पर, फिर दूसरों की बड़ी जोतों पर। मैंने उसे बहुत डाँटा लेकिन वह तो ससुरा नारद है, नारद।''

''यही तो मैं भी सोच रहा था, दादा, लेकिन रग्घू भइया ने ही कहा,—दादा से बतियाव लेव। बिना उनकी सम्मत के गाँव में कुछ भी नहीं हो सकता। किसकी मजाल जो तुम्हारे खेत के पास जाये।—इसीलिए हरवाही से सीधे इधर आ गया। अभी घर भी नहीं गया हूँ। मेरे तो बाल-बच्चे अनाथ हो जायेंगे, दादा। चाहो तो लगान बढ़वा दो लेकिन सहुआ को खेत लिखने से तो बिनास हो जायेगा। तुरन्त झगड़ा खड़ाकरेगा।''

'बात ई है बुझावन कि सहुआ वहाँ पम्पिन-सिट लगाकर कोल्हू-चक्की का व्योपार करना चाहता है। हरिदयाल को लम्बी रकम दे रहा है। हरिदयाल को तो जानते हो, महा लतेड़ मनई है। लालच तो है रुपये की मुल बात कुछ-की-कुछ लिये, रात-दिन एक किये हुए है। कहता है बुझावन कब्जा कर लेगा मेरी भूँय पर, फिर धीरे-धीरे सभी की जमीन छीनी जायेगी। तुम्हारे घर में वह मिटिंग क्या हुई, लोगों ने मेरा मुँह ही बन्द कर दिया है।''

''मेरा भी मुँह लोग कितनी बार बन्न कर चुके हैं, दादा। तुम तो सब-कुछ जानते हो। देखा नहीं था पिछली बार, सारे कोइरी-काछी एक हो गये थे। बस एक ही आवाज थी,—सभापती हमारा होगा। हम चुनाव लड़ेंगे।—सिर्फ तुम्हारी बात पर मैंने लड़ाई मोल ली और गाँव बँटने से बचि गया। सोचो ऊ दिन। अउर का-का गिनाऊँ, सदा जीने-मरने को तइयार रहे हैं।''

''यह तो सच है, बुझावन, मुदा कुछ कयदा-कनून...''

''कयदा-कनून... यह भी कहना पड़ेगा दादा! हम आठ बरस से जोतदार हैं। तीन बरस में तो खेत सिकमी लग जाता है।''

"यह सब अधरम की राह है, बुझावन! हमरे दिल में तो यह समाता ही नहीं कि जो भूँय हमारी है, वह जब किराये पर है तो वह सिकमी कइसे लग जायेगी।"

"इस हिसाब से तो गान्ही की लड़ाई भी अधरम की ही कही जायेगी, दादा! फिरंगी तो हमार राजा था। सारे देसवा की भूँय उसी की थी।" बुझावन कुछ गरम होकर बोलने लगा था। उसे कहीं लग रहा था कि दादा कुछ बदला-बदला-सा बोल रहा है।

क्षण भर को खामोशी छा गयी, अँधेरा कुछ और आगे खिसक आया था और ठण्ड बढ़ गयी थी। बुचिया दादा की गोद में ही सो गयी थी और कुत्ता वहीं बुकुड़ी मारे, अपने पाँवों में सिर गड़ाये ऊँघ रहा था। इसी समय मनरा की माई कोली के किनारे से बोली, "मनरा के बाबू हैं, का बबुआ?" बुझावन बोलने ही जा रहा था कि फउदी दादा बोल उठे, "वह तो जौनपुर चला गया भउजी, कह गया है भगितनियाँ आये तो अपने ही पास सुताय लेना। बहुत डरती है, रात में।"

"जा हटा बबुआ, मउत के मुँह में गोड़ लटक रहा है, फिर भी तुम्हार बान न छूटी। ...आज हरवाही से लौटकर न जाने कहाँ बइठ गये।"

"जाओ बुझावन कुछ खाकर सोओ। सबेरे देखा जायेगा। भगितनियाँ जड़ाय रही है।" फउदी दादा सहसा संकोच में फँस गये। बहुत-सी बातें याद आ गयीं जिनमें मनरा की माई और खुद उनकी आठ बरस पहले मृत पत्नी की अनेक गड्ड-मड्ड तस्वीरों की ऐसी सुहानी दृश्यावली थी जो आज बाबा को स्वप्न की तरह लगती है और अक्सर तभी वे जिन्दगी के बारे में सोचने लगते हैं—कैसा है यह संसार, झूठा और बनावटी। लगता है यह कभी छूटेगा ही नहीं। कैसी थी वह, मनरा की माई कहती थी,—चम्पा-कली। दादा आज भी एक खुशबू में डूब जाते हैं जो उनकी अपनी ऐसी निजी है कि इतने दिनों बाद भी उन्हें महक उठती है, फिर वह किसी से बोलना नहीं चाहते और कोशिश करते हैं कि उसी के साथ देर तक बने रहे पर फिर यह संसार... झूठा और बनावटी..." दादा सोच रहे थे लेकिन तभी बखरी के दरवाजे से आवाज आयी, "बाबू जी को खाने के लिए भेजो, चूल्ह बुताय रही है।" बहू थी।

फउदी दादा बिना कुछ कहे उठे और बुचिया को अपने कन्धे से सटाये, बखरी में घुस गये।

बड़े भोरहरिया जब पहला मुर्गा बोला, फउदी दादा की बहू बुचिया को गोद में लिये आयी और बाहर ही से, 'बाबू जी ऽ, बाबू जी ऽ ऽ' पुकारने लगी। रात देर में नींद पड़ी थी इसीलिए दादा हड़बड़ाकर उठे। उन्हें लगा, रात ज्यादा है लेकिन जब बहू ने बताया कि रग्घू कुँवर कुछ देर पहले दुआरे खबर कर गये हैं कि रात बुझावन का सारा आलू खोद लिया गया तो बाबा रजाई फेंककर चारपाई से उठ गये। उन्होंने सबसे पहले अपने

लड़के के बारे में पूछा, "बचवा कहाँ है?" बहू संकोच में पड़ गयी। तनिक रुककर बोली, "लाठी लेकर उधर ही गये हैं। कह रहे थे,—कुछ अनरथ होनेवाला है, गाँव में।" फिर बिना यह ख्याल किये कि बहू बाहर-भीतर जायेगी तो उस समय रोज की तरह बच्ची किसके पास छोड़ेगी, वे 'हरे राम, हरे राम!' कहते हुए बाहर निकल गये।

अब झलफलाह हो गया था और पूरब से आकाश में सफेदी उठ रही थी। फउदी दादा तेज कदमों से गाँव के भीतर होकर बढ़ते जा रहे थे। उन्हें लग रहा था जैसे आज से गाँव में काले दिन की शुरुआत होनेवाली है। जो बातें वे बीस बरस से बचाते आ रहे हैं वे सहसा उनके सामने घटा चाहती हैं। उनका एक पाँव सहसा रास्ते में गड़े खूँटे से लड़ गया और वे गिरते-गिरते बचे। उन्हें न जाने क्यों बचवा के जनम की याद हो आयी—बीस-पच्चीस बरस पुरानी बात, इसी तरह भिनसारे ही वह दौड़ते हुए बुझावन की बहू को बुलाने गये थे। तब भग्तिन की जवानी थी और बुझावन उनके साथ सुराजी पाल्टी में लुके-छिपे इधर-उधर सभा-सुसाइटी में जाया करता था। भग्तिनियाँ कितनी खुश होकर अँधेरे में बत्तीसी चमकाती हँसी-चिबोला करती दौड़ी हुई नार काटने आयी थी। फउदी दादा इस विचार में इस कदर डूब गये थे कि उन्हें पता ही नहीं लगा कि कैसे वह इतनी जल्दी टड़िया पर पहुँच गये। उनके पाँव ओस में लथपथ हो रहे थे और सर्दी असंख्य चींटियों की तरह काट रही थी। उन्होंने दूर ही से देखा कि वहाँ बहुत-से लोग खड़े हैं। उनके पाँव अपने-आप रुक गये। पूरब की ओर एक कोने में मनरा अपने कई साथियों के साथ खड़ा था, जहाँ से पेड़ के पीछे से ललछहीं रोशनी छनने लगी थी। वे सब-के-सब गुस्सा थे। उनके चेहरे अभी साफ-साफ नहीं दिखायी पड़ते थे। लेकिन बातों में तनाव और बदले की तैयारी का विषय गूँज रहा था। कई तरह की बातें चल रही थीं। बुझावन लोगों को बता रहा था, "कम-से-कम पच्चीस-तीस लोगों ने दो-तीन घण्टे में यह काम किया होगा। रात फउदी दादा के यहाँ से लौटकर खाने-पीने में बहुत देर हो गयी इसलिए ऐसी नींद आयी कि मड़ई में कुछ पता हीं नहीं चला।"

"पता कैसे चलता तुमको, घोड़ा बेचकर तो सोते हो। फिर किसे गियान था कि परानपुर में भी यह होगा, कम-से-कम फउदी बबुआ के जीते जी..." भग्तिन बोली। फउदी को जैसे काठ मार गया हो। उनके पाँव जहाँ थे, वहीं से मुड़ गये। लगा कैसी-कैसी बातें सोचते हैं लोग, मेरे बारे में और यह हो क्या रहा है। परानपुर में किसी का खेत नहीं कटा था, किसी के घर में सेंध नहीं लगी, किसी का खलिहान नहीं फूँका गया तो क्या यह सब मेरे ही कारण और यदि ऐसा है तो मैं क्यों अपनी लाश देखने दौड़ा यहाँ चला आया हूँ। अच्छा होता कि यह सब सुनने के पहले मेरी साँस छूट जाती। वे शर्म के मारे गड़े चले जा रहे थे। उन्हें मिचली आने लगी, उनका सिर चकराने लगा और उधर बुझावन के मुँह से पुलीस का नाम निकलते ही मनरा उन पर झपट पड़ा

था, ''पुलीस तुम्हें न्याय देगी कि तुम्हारा गला काटेगी। अब भी ख्याल नहीं आया तो वह भी करके देख लो। उलटे तुम्हीं को कानून खा जायेगा। वह अमीरों की रक्षा करने के लिए है, हमारे जैसे निहंगों के लिए नहीं।'' मनरा फउदी दादा के लड़के को पाँवों का निशान दिखाने लगा, ''एक-दो नहीं पच्चीस-तीस लोगों ने गोल बनाकर यह सब किया है, बड़कू भइया! जब हम गोल बनाकर कुछ करेंगे तो दादा कहेंगे मनरा सोहदा हो गया है।''

सारे लोग चुप थे। किसी ने मनरा की बात का प्रतिवाद नहीं किया। रग्घू वहीं चुपचाप मेंड़ पर बैठा था और बुझावन उसी के आगे अँधेरे में उखाड़े जाने के कारण इधर-उधर बिखरे पड़े आलू अपने गमछे में बीन रहा था। भग्तिन ने कहा, ''छोड़ो, चलो, फउदी बबुआ को बुलाकर खेत दिखा दें।''

'फउदी बबुआ?' बुझावन ने जोर से कहा और हँसने लगा। जैसे वह कहना चाहता हो कि फउदी बबुआ न चाहते तो यह होता क्यों?

''तुम्हारी खोपड़ी तो नहीं फिर गयी!''

''खोपड़ी तो तुम्हारी फिरी है।'' फिर सहसा जैसे कुछ याद करके बुझावन ने बात बदल दी, ''चलो चलते हैं, मुदा उनको बुलाकर खेत दिखाने में अब का धरा है। बुचिया ने रात आलू माँगे थे। वह मेरी बाट जोहती होगी।''

'तो थोड़ा और बीन लो।' भग्तिनियाँ खेत में झुककर आलू बीनने लगी। रग्घू की आँखों पर पानी का एक झीना परदा उतर आया जिससे पल भर को बुझावन और भग्तिनियाँ की खेत में झुकी हुई आकृतियाँ धुँधली हो उठीं पर सहसा मनरा की बात, ''अब ऐसी बातों के सहारे नहीं जिया जा सकता, चच्चा, ये आदमी के शोषण का जरिया बन गयी हैं।'' उसने झटके से अपनी गरदन हिलायी। पर्दा खिसककर नीचे जमीन पर ढुलक गया। गाँव के लोग दल-के-दल खेत देखने चले आ रहे थे पर उसकी आँखें तो फउदी दादा को ढूँढ़ रही थीं, जिन्हें बताने वह बड़े भिनसारे ही गया था। ऐसा हो नहीं सकता कि दादा खेत तक न आयें। उसे या किसी को क्या पता कि दादा अपनी ही लाश देखने के डर से वहाँ आकर लौट चुके हैं और गाँव में यह बात फैल गयी है कि फउदी दादा को सबेरे ही खून की कै हुई है और वे बेहोश हैं।

रात बुझावन जब फउदी दादा के पास जा रहा था तो हरदयाल फउदी दादा से बहुत लड़-झगड़कर अपनी बात मनवाकर उठा था। तय यह हुआ था कि फउदी दादा इस लड़ाई में दुआर नहीं छोड़ेंगे और रग्घू वहीं से हरदयाल के साथ लग गया था। दोनों सीधे सहुआ के घर गये थे जो पम्पिंगसेट और चक्की-कोल्हू का सारा सामान तैयार करके खेत लिखाने की बात मान चुका था। आज हरदयाल को देखते ही उठकर घर

में चला गया। उसकी बिटिया आकर दुकान पर बैठ गयी और उसी ने बताया कि, 'बापू रोटी खाय रहे हैं!''

बहुत देर बाद जब सहुआ घर से निकला तो उसके हाथ में गुड़गुड़ी थी। खड़े-खड़े फूँक छोड़ते हुए बोला, ''बाबू साहेब हम न लेंगे तुम्हार खेत। बनिया-महाजन लड़ाई-झगड़े की भूँय लेकर अपनी जान बधवाने जायेगा!... कहो रग्घू भइया!''

रग्घू कुछ बोला नहीं, समर्थन में सिर हिलाकर खुश हुआ कि सहुआ ठीक बोला है—वैसा ही जैसा उसने उसे समझाया था।

''का कहते हो महाजन!'' हरदयाल जैसे आकाश से गिर पड़ा हो।

''का वा कुछ नहीं, ठाकुर! हम है बनियाँ, दो पैसे पर हरदम जान अटकी रहती है, झगड़े में फँसेंगे तो बेमउत मर जायेंगे। फिर बुझावन महतो का मामिला। नहीं कुछ तो फउदी दादा ही बुलाकर डाँट देंगे।''

''फउदी दादा कुछ नहीं कहेंगे, महाजन! उनसे हमने पूछ लिया है। यह तो रग्घू के सामने की बात है।''

''हमें बिस्सास नहीं, ठाकुर! हम दोनों बुढ़वन को जानता हूँ। बाप-रे-बाप... ना भइया! भगवान का मच्छ जो हम खेत लिखाई। तुम्हें तो याद है न रग्घू भइया, अरे वह सुरसतिया ससुरी खुद ही मेरे जान को पड़ी रहती थी। एक दिन तनिक-सा हँसकर बोलते देख लिया बुझौना ने, लेस दिया ददवा से। मुझे बुलावा आया तो मैं का जानूँ कि क्या होनेवाला है। सामने पड़ते ही जो हाथ मलपट पर पड़ा कि मुझे पता नहीं कि मैं कब तक बेहोश रहा। 'गाँव में यह सब न हो...' इतना ही सुनायी पड़ा था। आज भी याद करता हूँ तो खोपड़ी झनझना उठती हैं... ना भइया, भुइयाँ क मच्छू जो मैं उधर ताकूँ।''

ठाकुर हरदयाल की बोलती बन्द हो गयी थी। सहुआ समझता था ठाकुर कुछ और कहेंगे लेकिन उन्हें चुप देखकर फिर बोला, ''बुरा माने की बात नहीं ठाकुर। इसमें बड़ी पेंच है। धन-धरती का मामिला जानते हो। सुनता हूँ भुँयछोर पाल्टी भी गाँव में बनी है। सब हुरहुण्डे जवान अब भूँय छीनेंगे। बनियों का गला दबा देंगे।''

''यह सब बेकार की बात है महाजन, किसकी हिम्मत जो आँख उठा दे तुम्हारी तरफ। हम तो फउदी को भी नहीं मानते लेकिन तुम्हारे ही कारण...।''

''तो फिर एक काम करो, बाबू साहेब। इतने बहादुर हो तो टड़िया पहले खुद जोत लो, जब तुम्हारे कब्जे में आ जायेगी तो मैं ले लूँगा। अच्छा तो अब बन्द करी दुकान।'' सहुआ ने ज़रा टेढ़े होकर जोर की ध्वनि करते हुए पादा और उठ खड़ा हुआ, ''ठीक कहते हैं न, रग्घू भइया!''

'एक तरह से ठीक ही है, भाई। रुपिया गिननेवाला सब-कुछ सोचता है।''

रग्घू बाहर निकला तो उसे लगा चलो मामला टला। हरिदयाल भारी बेवकूफ है और कायर तो ऐसा कि बुझावन से खेत छोड़ने को भी नहीं कह सकता। इसलिए वह निश्चिन्त होकर घर लौटा और सो गया, वर्ना ऐसी बात नहीं कि उसे यह मालूम न होता कि बुझावन का आलू कैसे खोदा गया। इतनी जल्दी कैसे तैयारी हुई और कौन-कौन हरिदयाल के साथ खेत तक गया। फिर तो रात ही को बज जाती। बुझावन महतो कोई ऐसा-वैसा आदमी नहीं कि उसकी हाँक पर सौ-दो सौ लाठियाँ मुहाल हों, फिर इधर मनरा ने नये जवानों की एक टोली खड़ी कर ली है, जिसमें हर जाति के लड़के हैं और वह भी ऐसे लड़के जो मानते हैं कि कानून-व्यवस्था बड़ों का हथियार है। यह जनता की रक्षा के लिए नहीं, गरीबों के दमन के लिए ही इतनी ताम-झाम से तैयार किया गया है कि आम जनता एक भरोसे में सोती रहे और लूट का काम मजे में चलता रहे। इसलिए वे खुद अपनी रक्षा के लिए तैयार हैं। पुरानों में रग्घू उनके भीतर है और उसकी समझ में ये नयी बातें बखूबी समा गयी हैं। वह डेढ़ बीघे का सबसे छोटा ठाकुर किसान है जिसको सारी जमीन बड़े ठाकुरों ने गीरो रखकर हड़प कर ली है और सूद-दरसूद लगाकर हजारों रुपया उसके ऊपर चढ़ा रखा है। लेकिन अकेली बेटी पियारी की शादी करके रग्घू 'आगे नाथ न पीछे पगहा' वाली स्थिति में पहुँच गया है। वह बड़े मजे में जात-बिरादरी तथा धर्म और रूढ़ियों को समझने लगा है। जो धनी है, जमीनवाला है, उसने रग्घू के साथ एक-एक कौड़ी के लिए सारी मर्यादा, सारे ब्योहार तोड़े हैं और उसे बार-बार अपमानित किया है। मनरा के साथ होने के पहले तो वह बार-बार कहा करता था कि आदमी से भले तो कुत्ते हैं और इसी बात पर मनरा उसे एक दिन पकड़कर अपने घर की गुप्त बैठक में ले गया। "यह सब का बोलते हो, चाचा! हम सब आपके ही लड़के-बच्चे हैं। जिन्दगी इस तरह सोचने के लिए नहीं बनी है। आदमी से बढ़कर दूसरा क्या है, संसार में। हमारे साथ सोच-विचारकर देखिये तो आपको एक उजाला मिलेगा।" रग्घू इसी कारण कहता रहता है कि "मन के हारे हार है, मन के जीते जीत। विचार सब-कुछ है। शरीर तो एक खाली बरतन के मानिन्द है। जब मेरे जइसा आदमी इतना खुश और लगा हुआ हो सकता है तो जरूर यह नया विचार बलवान है।... इसलिए रग्घू को बड़ी कुफुत है। यह चूक उसे बार-बार काट रही है। मनरा इसे हमले की शुरुआत कहता है। इसलिए इस नये संजया को और भी कचोट है। उसे लगता है, चोरी करते हुए दुश्मन को पीट देने का ऐसा अवसर फिर शायद ही मिले। वह भी तब, जब वह मेरे चंग पर पूरा चढ़ा हुआ था। जबरदस्ती मुझे लेकर सहुआ के पास गया था। सहुआ से बातचीत के समय भी रग्घू बराबर डर रहा था कि कहीं साला मेरा नाम न ले ले और हरिदयाल को यह मालूम न हो जाय कि मैंने ही उसे भरा है। फिर हरिदयाल की फउदी दादा से बात कराकर उनके मन को

अच्छी तरह जान लेने की बात भी रग्घू के लिए बहुत जरूरी थी और वहाँ भी सफल हो गया था। मगर जरा-सी चूक ने सारा गुड़-गोबर कर दिया।

बात यह हुई कि हरिदयाल रात सहुआ के यहाँ से बड़े गुस्से में उठा। उसका सारा किला ही ढह गया था। असल में जमीन पर रुपया ले, वह अलग होकर फउदी दादा के साथियों में होनेवाली लड़ाई का मजा लेना चाहता था लेकिन पासा उलटा पड़ने से वह तिलमिला उठा था और उसने रात ही दौड़-धूपकर यह कार्यवाही कर ली। उसके लड़के ने बाप को रोता हुआ देखकर अपने साथियों को रात की नींद से जगाया और खुद बिना खाये-पिये सारी रात इस काम में लगा रहा। बुझावन की मड़ई के पास दो पक्के स्वयंसेवक बल्लम और गड़ासा लेकर इसलिए खड़े थे कि यदि बुझावन उठे तो उसे वहीं-का-वहीं ढेर कर दें। खुद हरिदयाल बन्दूक लेकर गाँव की ओर मुँह किये इसलिए बैठा था कि जो कोई आयेगा उस पर फायर करेगा। इतना ही नहीं अगर भाग-दौड़ हुई और मनरा का दल लोहा लेने आया तो उधर उसका घर और मड़हा तुरन्त जला दिया जायेगा। वहाँ खड़े स्वयंसेवकों को यह बता दिया गया था कि पहुँचते ही बखरी की साँकल बाहर से लगा लें और यदि जाग-जूग हो तो बिना यह सोचे कि घर में कौन है, वह आग में जलेगा कि बचेगा, घर में चारों तरफ आग लगा दें। इसीलिए तो बड़े भिनसारे जब भग्तिनियाँ बाहर-भीतर के लिए उठी तो घर की सिकड़ी बाहर से बन्द थी। उसे तभी लगा कि यह कोई अनहोनी है। मनरा भीतर से सीढ़ी लगाकर किसी तरह छत से नीचे उतरा और बाहर से उसने दरवाजा खोला। माँ-बेटे दौड़ते-हाँफते टड़िया पहुँचे थे, उन्हें साफ लग गया था कि बुझावन पर ही कुछ हुआ है, नहीं तो हम लोगों को घर में बन्द करने की क्या जरूरत थी।

फिलहाल एक विनाशकारी बवण्डर परानपुर के आसमान को साफ-सुथरा छोड़कर गुजर गया और मुलायम सुनहरी धूप बड़े सवेरे ही उतर आयी है। पुआल के गाँज के ओट में एक चारपाई पर फउदी दादा भेड़िअहवा कम्बल ओढ़े, करवट लेते हैं। पाटी के पास ही धान की भूसी से भरी बोरसी की भुलभुल आग में बुचिया के आलू गड़े हैं। वह बार-बार ईख की अगार के टुकड़े से उसे खुलिहाने की की कोशिश करती है और बाबा उसे मना करते हैं, "अब ही तो गाड़ा है, हो जाने दो।"

रग्घू सारे गाँव का चक्कर लगाकर आता है, दलान से ही एक मचिया लेता है और बोरसी के ठीक पास जा बैठता है। बुचिया चहक उठती है, 'मेला आलू गड़ा है रग्घू बाबा, आग खुलिहारना नहीं।' रग्घू अंगार का टुकड़ा लेकर और भी आग आलू पर चढ़ाने लगता है। दादा संकोच में डूबते जा रहे हैं कि रग्घू से बात कैसे शुरू करें।

इसी बीच रग्घू पूछ बैठता है, "अब कैसा जी है, भइया!"

"कुछ ठीक तो मालूम होता है, रघुआ! मुदा भरोसा का इस जिनगी का। बहू बता रही थी कि तुम बड़े भिनसारे ही आये थे।" दादा के मन में गहरा सन्देह था कि रघुआ इस साजिश में कहीं भीतर हरिदयाल के साथ जरूर है।

"हाँ, सोचा तुम्हें बता दें। तुम सो रहे थे इसलिए बहू से कहकर चला गया। बहू ने जगाया नहीं का?"

"जगाया, बचवा उठकर गया भी, मुदा मुझे उठते ही चक्कर आया और ओकलाई होने लगा।" दादा अपने वहाँ जाने की बात छिपा गये।

"लगता है, सल्दी खाय गये।"

"सल्दी नहीं रग्घू, अब यही होयेगा। उमर के साथ सब बात ही बदल जायेगी—ऐसा नहीं सोचा था, कभी। मैं कई साल से धियान दे रहा हूँ कि मैं दूह हो रहा हूँ और इधर-उधर छलककर बहता पानी अब धारा बन गया है और हरदम मुझे काट रहा है, कमजोर कर रहा है। कई बार सोचा कि अपने को वहाँ से हटा लूँ, नहीं तो मजधार में अकेला ही किसी दिन भस जाऊँगा। स्कूल-कालेज, आसरम-ब्लाक पर कई बार कहा भी लेकिन मन में बहुत होने पर भी कि यह खूसट हटे तो मनमानी लूट हो, सब उलटे मन से रोकते हैं। चाहते हैं कि मैं मजधार में ही भसूँ और मैं भी जैसे आदी हो गया हूँ... "रग्घू ने देखा कि दादा की नन्हीं आँखें आज कुछ और गढ़े में धँस गयी हैं और उन पर एक मटमैली फाँफी-सी जम गयी है।

"ऐसी बात काहे सोचते हो, भइया।"

बाबा सहसा बिगड़ उठे, "काहे न सोचू रग्घू, तुम अपने कलेजे पर हाथ रखकर सोचो, तुम मेरे साथ दिल से हो, मेरा जनम का साथी बुझावन मेरे साथ है?"

"बुझावन को मैं का जानू, मुदा मैं..." दादा ने बीच ही में रग्घू की बात काटी, "यह भी झूठ है। तुम सबकी बात जानते हो। सबके साथ हो।"

"तुम भी यही कहोगे, भइया!"

"हाँ कहूँगा, क्योंकि तुम यह सब जानते हो। तुम्हें मालूम है कि बुझावन की आलू कैसे खोदी गयी। वहाँ कौन-कौन गया और आगे का होनेवाला है। पहले तुम सबकी मुझसे कहते थे लेकिन अब छिपावते हो।"

"का हँसी करते हो, भइया।" रग्घू जैसे आकुल फउदी दादा की भुजाओं में कस गया हो और उसने बड़ी खिसियाहट के साथ बात को दूसरा रुख देने की चेष्टा की हो। लेकिन दादा मन में कहीं बहुत चोट खाये हुए थे। सारी जिन्दगी का किया-दिया मिट्टी में मिला जा रहा था। उन्होंने रग्घू से सीधा पूछा कि, "सच-सच बोलो, तुम हरिदयाल के साथ यहाँ से गये तो क्या हुआ?"

"यहाँ से हम सीधे सहुआ के पास गये। उसने साफ इनकार कर दिया, टड़िया लिखाने से। हरिदयाल बहुत गिड़गिड़ाया, मुदा उसने एक न सुनी। अन्त में कहने

लगा,--जाँघ में जोर हो तो खेत पर कब्जा करके बेचो। हरिदयाल रुआँसा होकर वहाँ से चला गया और मैंने सोचा कहानी खतम हो गयी। घर लौटकर सो गया।'' रग्घू साँस लेने के लिए तनिक रुका तो फउदी दादा उत्साह में अधलेटे हो गये, ''चलो संकट कटा। यह तो मेरे ही मन की बात हुई।'' लेकिन जब रग्घू ने आगे कहा कि ''कल रात जो हुआ उसे एक तरह से कल्यान ही समझो।'' तो बाबा फिर आशंका में डूब गये और पूरी बातें सुनकर उन्होंने दोनों हाथों से अपना माथा थाम लिया। ''हे भगवान, हे भगवान, यह नंगा नाच देखो अपने पुतलों का। भारती सन्सकीरत और हिन्दू धरम यही सिखावता है... इसी से उबार होगा देश का।'' दादा एक सूने अन्तराल में खो गये थे और रग्घू उन्हें पल भर वैसे ही छोड़ देना चाहता था क्योंकि वह जो कहने आया था, वह उनके लिये और भी दुखद था।

इसी बीच बुचिया छोटे-छोटे आलू निकालकर खाने लगी थी। सूरज कुछ और ऊपर चढ़कर नीम की टहनियों में फँस गया था और बाबा की चारपाई पर छाया आने लगी थी। वे ठण्ड मालूम होने से उठ बैठे तो रग्घू ने कहा, ''लेटे रहो, चारपाई खींच लेते हैं।'' लेकिन बाबा उठ खड़े हुए। रग्घू ने चारपाई धूप में खींची, वे पाटी थामकर उस पर बैठ गये और बड़ी देर तक बिना पैर उठाये, हाथों पर जोर दिये उसी तरह बैठे रहे, जैसे कुछ सोचते-सोचते खो गये हों।

रग्घू ने लेटने के लिए कहा तो वे लेट गये, बिना कुछ बोले, गुम-सुम। इस बीच देखनेवाले लोगों का ताँता लगा रहा। खासकर बूढ़ी औरतें जो मुँह ढाँके आतीं और थोड़ी देर चुपचाप खड़ी रहने के बाद लौट जातीं। हरखू और हुड़दंगी भी आकर बैठ गये थे और चिलम सुलगाने लगे थे। रग्घू कुछ और ही कहने आया था लेकिन इस स्थिति में बात बिगड़ने के डर से उठ खड़ा हुआ, ''चलता हूँ भइया, कुछ रस-दाना कर लूँ।''

''जाओ, मुदा चेत से रहना, हवा खराब है, गाँव की।'' दादा ने आँखें खोलीं, फिर बिना सिर मोड़े ही, वैसे-के-वैसे लेटे रह गये। रग्घू वहाँ से चला तो उसे दादा की बात बार-बार याद आती रही, ''मैं ढूह हूँ, ढूह जिसके दोनों ओर से कब से छलकता पानी अब दो धार बनकर बहने लगा है और मैं बीच में खड़ा हूँ।''

इस घटना के बाद दूसरा सवेरा देखने के लिए अभी गाँव पुआल और कथरियों में आँख मूँदे, सिकुड़ा पड़ा ही था कि दौड़-भाग और शोर-गुल के कारण चौतरफा एक नयी गर्मी दौड़ गयी। बुझावन अपने आलूवाले खेत को उलटकर उसमें प्याज लगाने के लिए हर चलाने जा रहा था और हरिदयाल उसे रोककर खुद खेत जोत लेने के लिए दल साज रहा था। वर्षों बाद बात ऊपर आ गयी थी और अब आमने-सामने हुआ चाहती थी। इसमें क्या-कुछ हो जाय, कहना मुश्किल है। बचवा दौड़ा हुआ आया, कोठे पर टँगी

बन्दूक उतार, जेब में कारतूस भर, सीढ़ी से नीचे उतर रहा था कि बहू उसे पकड़कर झूल गयी, "हमें मारकर ही बन्दूक घर से जाई।... नहीं मानोगे तो चिल्लाकर बाबू को जगा दूँगी।" वह दबे कण्ठ से धीरे-धीरे बोल रही थी और बचवा उसे धीरे-धीरे समझा रहा था, "देखो शोर न मचाओ, मैं चलाऊँगा नहीं, जाने दो!" लेकिन वह एक भी मानने को तैयार न थी और झगड़ा बढ़ता जा रहा था। बचवा संकोच में था कि कहीं बाबू जग न जायें इसलिए उसने क्रोध में आखीरी चेतावनी दी, नहीं मानोगी, नहीं मानोगी?"

"नहीं, नहीं, नहीं..." और उसकी आवाज सहसा एक चीख में बदल गयी। बचवा ने बन्दूक के साथ उसे पीछे झोंक दिया था और वह बीच आँगन में पड़ी कराह रही थी। दादा और बुचिया हड़बड़ाकर बाहर आये तो पहले उन्हें कुछ समझ में नहीं आया। बहू बीच आँगन में पड़ी कराह रही थी और उसके हाथों में बन्दूक का कुन्दा कसकर भिंचा हुआ था। बुचिया माईऽ-माईऽ ऽ कहकर रो रही थी। बाबा उसके हाथ से बन्दूक लेने की कोशिश करने लगे, "आखिर है का ई सब भगवान। इतने सवेरे बन्दूक की का जरूरत पड़ी। कहीं बहू ने कुछ कर तो नहीं लिया।" उन्होंने बैठकर बहू की साँस का अन्दाज लिया, फिर उसके माथे पर पानी के छींटे मारे तो वह उठकर बैठ गयी!

"बाबू तुम अभी यहीं बइठे हो", वह जोर-जोर से हाँफ रही थी, "यह रग्घू कुँवर जो न करा दें। जाओ उनको रोको बाबू... जाओ!" वह फूट-फूटकर रोने लगी।

"कहाँ जायें बेटा, किस ओर, कुछ बताओगी भी। यह सब का माजरा है।?"

"जल्दी से टड़िया जाइये, बाबू!"

फउदी दादा को एकाएक सब साफ हो गया। जरूर कोई बड़ा झगड़ा है लेकिन बचवा से क्या मतलब और—रग्घू कुंवर चाहे जो करायें... कुछ समझ में नहीं आता... बीमार फउदी दादा दुलकी दौड़ने लगे। कहीं हरिदयाल ने रग्घू और बचवा को मिलाकर बुझावन के खेत पर कब्जा करने की रचना तो नहीं रची। बचवा इसीलिए बन्दूक लेकर जा रहा होगा। लगता है, ठाकुर-बाम्हन सब मिल गये हैं और इस गाँव में कब का सुलगता बड़ी-छोटी जात का झगड़ा फन फैलाकर परानपुर को आज डँस लेगा। मैंने सारी जिन्दगी इसी को रोका और वाह रे बुझावन, एक बार भाई बना तो बना। कभी एक दिन के लिए भी बिस्सास से बाहर नहीं गया।—दादा थककर हाँफने लगे थे और उन्हें लगता था, अगली बार पाँव उठाने पर वे गिर पड़ेंगे और फिर कभी भी नहीं उठ पायेंगे, लेकिन हरिदयाल की कल की चोरी की रचना सोचकर उनका दिल फिर जोरों से धड़कने लगता और न जाने कहाँ का जोर उनके पाँवों का उठाता जाता।

दादा अभी काफी दूर थे और टड़िया पर भारी इकट्ठी थी। बीच-बीच में चिल्लाने और ललकारने का शोर उठ रहा था इसलिए वे वहीं से चिल्लाने लगे, "जो जहाँ है, वहीं रुक जाये! आगे बढ़ा तो टाँग कटवा लूँगा। किसी को जिन्दा नहीं छोड़ूँगा। मैं कह

रहा हूँ, मैं कह रहा हूँ, जो जहाँ है...।" बाबा बीच खेत में पहुँच गये थे लेकिन अब भी बिना किसी को देखे यही चिल्लाते जा रहे थे। बुझावन ने दौड़कर उन्हें सँभाल लिया, "सब रुक गये हैं, भइया, देखो, सब रुक गये हैं।"

"कहाँ रुके हैं, देखो कहाँ रुके हैं?" वे पागलों की तरह चिल्ला रहे थे और उनका दम टूटता जा रहा था, देखो, देखो, मनरा अब भी हल चला रहा है। हरिदयाल बन्दूक ताने सौ आदमियों को लिये सामने खड़ा है और रग्घू और बचवा भी उसी की गोल में कहीं छिपे हैं। रामहरख, हुड़दंगी सामने खड़े ललकार रहे हैं। मैं कहता हूँ, "हर बन्दकर दे, मनरा...!"

"मैं अपनी जमीन पर हल चला रहा हूँ।" मनरा किंचित गम्भीर किन्तु उद्दण्ड होकर बोला। उधर से हरिदयाल ने ललकारा, "अभी विनाश हो जायेगा बुझोवन, मैं सबकी लाश उठवा दूँगा, टड़िया पर से।"

खेत के दोनों कोने पर इधर-उधर सौ-सौ जवानों की टोली लिये हरिदयाल से मोर्चा लेने के लिए रग्घू और बचवा तैनात थे। दोनों गरजकर बोले, "हो ताकत तो आगे बढ़ो, बन्दूक से दो मरेंगे लेकिन तुम्हारी चटनी बन जायेगी, हरिदयाल!" फिर बचवा की कड़कती हुई आवाज दादा के कान में पड़ी, "कायर कहीं के, कल तुमने जो अपराध करना चाहा था, उसका मजा हम चखायेंगे। खेत बुझावन चाचा का है, वह जोतेंगे।"

फउदी दादा का अवरुद्ध कण्ठ अब बचवा की आवाज से एकदम रुँध गया था। लेकिन वे अपनी पूरी ताकत से चिल्ला उठे, "खेत किसी का नहीं है। सब खेत कनून का है—देश के कनून का, न्याय का।'

"कानून और न्याय गरीब को खेत देता नहीं, उससे छीनता है। हम ऐसे धोखे में नहीं आयेंगे। हम जमीन को जोतेंगे।" मनरा फिर बोला।

बुझावन घबरा रहा था। बाबा की साँस बढ़ती जा रही थी और हरिदयाल बार-बार अपने लड़के को अपने बैल आगे बढ़ाने के लिए ललकार रहा था।

दादा बोल नहीं पा रहे थे। उनका गला चिल्लाते-चिल्लाते बैठ गया था। भग्तिनियाँ बार-बार उनका मुँह देखती और कहती, "बबुआ तुम बइठ जाओ, कहीं तुमहीं को कुछ न हो जाय, नहीं तो हम उजड़ जायेंगे।"

"जाओ भउजी और तुम भी बुझावन, जाकर मनरा के हल के सामने सो जाओ। बन्द करा दो हल, बुझावन, बन्द करा दो!'

मनरा के बार-बार यह कहने पर भी कि बापू मैं हल ऊपर से चला दूँगा, बुझावन और भग्तिनियाँ हल के सामने लेट गये। बैल अपने-आप खड़े हो गये और अपने गोसयाँ को सूँघने लगे।

फउदी दादा ने पूरा जोर लगाकर हरिदयाल को तुरन्त लौट जाने के लिए कहा। वह यह कहता हुआ लौट गया कि, "न्याव तुम्हारे ही हाथ में है दादा!" फिर उन्होंने रग्घू

और बचवा को आवाज दी। इस बीच बुझावन और भग्तिनियाँ भी उठकर उनके पास आ गये थे। रग्घू दौड़ा हुआ आ रहा था क्योंकि वह खेत के पहले सिरे पर एक कोने में मोर्चे का सरदार था। दादा ने तड़ककर कहा, "क्यों रे नालायक रघुआ, आप गया और मेरे बुढ़ाई के सहारे अकेले लड़के को लेकर गया। अगर उसे गोली लग जाती तो ...!" उन्होंने बढ़कर रग्घू को अपने सीने से लगा लिया। तब तक बचवा आकर रग्घू के पीछे खड़ा हो गया था, "औरत के हाथ से बन्दूक नहीं छीन पाये और चले थे रण लेने। घर में हथियार पड़ा रहे और सिपाही खाली हाथ मोर्चे पर—अबसे ऐसा नहीं करना ...जाओ बहू बहुत रोय रही है।" फिर बुझावन की ओर मुड़कर बोले, "भयवा अब चलो, क्रान्तिकारी बेटवा के पास खुद ही चलें।"

मनरा हल की मूट पकड़े अभी वैसे ही खड़ा था। उन्नीस-बीस बरस का साँवले रंग का, तेज आँखोंवाला लड़का!

"हम लोग चलते हैं, अब से मोर्चे पर कभी नहीं आयेंगे, शरीर बहुत थक गया है।" दादा ने कहा।

"जरूरत तो ऐसी ही है। अच्छा हो कि दुनिया को जस-की-तस बनाये रहनेवाले लोग अगर हमारा साथ नहीं दे सकते तो बीच से हट जायें, नहीं तो सबसे पहले उन्हीं को हटाना होगा, क्योंकि जिस बदलाव के लिए हम रण रोपे हुए हैं, वे उसी को रोके रहना चाहते हैं।' मनरा बोला और गाँव की ओर लौटते हुए फउदी दादा, भग्तिनियाँ और बुझावन की ओर बिना देखे, अपने बैलों को जुये से निबकाने लगा।

हलयोग

बाबा कई बार जौनपुर गये। डिस्ट्रिक्ट बोर्ड के चेयरमैन को समझाया-बुझाया। महात्मा गाँधी का नाम लिया। हरिजन उद्धार की दोहाई दीं। कहा कि बड़ा जस मिलेगा। भूखे रह-रहकर उसने मिडिल पास किया है। पिछले साल आप ही के हाथ से तमगा पाया है। चेयरमैन मान गये थे और गाँव के स्कूल में ही चौथी को नियुक्त कर दिया था। उन दिनों ब्राह्मण अध्यापकों को पण्डित जी, ठाकुरों को बाबू साहब और इतर जातियों को मुन्शी जी कहे जाने का चलन था। सो पाँचू भगत का छोटा भाई चौथिया सहसा मुन्शी जी चौथीराम बन गया था।

उस समय किसी चमार का अध्यापक बन जाना एक अनहोनी बात थी। ब्राह्मण-ठाकुरों का हल चलाना, मरे हुए ढोर-डाँगर गाँव से उठाना, पूरे परिवार समेत मालिक के घर काम करना ही उनकी नियति थीं। मरनी-करनी से लेकर ब्याह-शादी तक उन्हें अपने मालिक की दया पर जीना था। यह ज़रूर था कि शादी पर एक चाँदी का गहना तथा कोरी धोती और उसे रँगने के लिए एक गाँठ हल्दी और मरनी के बाद कफ़न का कपड़ा और चिता की लकड़ी देने से इनकार करने पर मालिकों की जग हँसाई होती थीं। दिनभर की मज़दूरी के लिए सेरभर कदान्न और दोपहर में एक लोटा चोटे का रस देने की प्रथा थीं, जिसके लिये पीने का बर्तन उन्हें साथ लाना पड़ता था। रस उसमें ऊपर से डाल दिया जाता था। बर्तन छू जाने पर अकसर हंगामा खड़ा होता था और उसे छुतिहा कहकर घर से अलगकर दिया जाता था।

कुल मतलब यह कि इस पत्थर की लीक हुई मानसिकता पर चौथीराम के अध्यापक होने ने मर्मान्तक आघात पहुँचाया था। अपनी नंगई और कठहुज्जती के लिए मशहूर रघुवर पण्डित का कहना था कि, 'लुटिया ही डूब गयी गाँव के ब्राह्मण-ठाकुरों की, कोप होगा। महामारी और नाती-पनाती संकर बरन हो जायेंगे। इसी को कलिकाल कहते हैं। अब चमार वेद बाँचेंगे और बच्चों का विद्यारम्भ करेंगे।'

'और नहीं तो क्या तुम अच्छर ज्ञान कराओगे—काला अच्छर भँइस बराबर। यह तो समय की बात है—जो पढ़ेगा-लिखेगा, वही पण्डित। चौथिया अब चमार कहाँ रहा। बड़े-बड़े टीकाधारियों के लड़के उसको परनाम करते हैं, उसका पाँव छूतें हैं।'

'पण्डित गाली-गलौज़ शुरू करें इसके पहले ही बाबा ने सोमारू को अपनी ओर मुखातिब कर लिया। 'क्यों मुँह लगते हो इस क्रोधी के, ज़रा स्कूल जाकर पण्डित और चौथी से बोल देना, कल बच्चा का दूसरी जमात में नाम लिखाना है। मैं ख़ुद लेकर आऊँगा।'

'मूलचन्द तो भँगेड़ी है, भइया। तीसरी जमात को पोथी से नकल देकर सारा दिन भाँग की पिनक में धुत रहता है। तेजना नोनियाँ का लड़का पढ़ने थोड़े ही जाता है। सुबह से बस भाँग धोना और घोटना। पण्डित कहता है, यह अच्छर क्या है–गुरू की सेवा ही वह सच्चा अच्छर है, जिसे सीख लेने पर मनुष्य आँख मूँदकर भवसागर पारकर लेता है। चौथीराम से जाकर बोल दूँगा। बड़ी मेहनत करता है। एक-एक बच्चे पर ध्यान रखता है।'

दूसरे दिन पूजा-पाठ के बाद पाँच क़दम पूरब की ओर चलकर और सूर्य भगवान् को प्रणाम कर जब मैं, जो आज इस कहानी का वाचक हूँ; बाबा की अँगुली पकड़े स्कूल पहुँचा तब सुबह की धूप दूर-दूर तक पसरकर धरती की नमी सोख चुकी थी। स्कूल के बच्चे चैन से ज़मीन पर बैठे थे और अपनी पटरियों को जाँघों में फँसाकर खड़िया मिट्टी से कुछ लिख रहे थे। ज़्यादातर के बदन पर चीथड़े ही लटक रहे थे। किसी-किसी ने तो अपनी माताओं की फटी धोतियों की गाँती बाँध रखी थीं और उनकी नाक से गाढ़ा बलगम बुलाक की तरह झूल रहा था। बीच-बीच में वे नाक सुड़क लेते या एक बाँह को नाक पर लगाकर इस तरह खींचते कि बलगम कलाइयों तक चुपड़ जाता। उन पर मक्खियाँ बैठ रही थीं और तख्तियों पर लिखते हुए, वे बार-बार उन्हें उड़ा रहे थे। बग़ल में दूसरी जमात के लड़के पहाड़ा याद कर रहे थे।

पास की गहरी बाउली में सात-आठ बच्चों को हाथ-मुँह धुलाकर मुन्शी जी लौटे थे। बाबा का पाँव छूकर बोले, 'मैं कब से आपकी राह देख रहा था।' साथ आये बच्चों की ओर देखते हुए कहने लगे, 'बाउली में पानी बहुत नीचे है। इनके फिसलकर गिर जाने का डर है। यह रोज़ ही करना पड़ता है।'

बाबा ने उस ओर ध्यान नहीं दिया। उनके लिये ख़ून में समाया यह सब परम सहज था। इसलिए मुझे मुन्शी जी को सौंपते हुए बोले–'ज़्यादा उलट-फेर ठीक नहीं। धीरे चलो। ऐसा न हो कि उढ़ककर गिर पड़ो।'

मुन्शी जी ने बाबा का संकेत समझकर कहा था, 'फिर तो सब जस-का-तस बना रहेगा, ठाकुर बाबा!'

'उसे तो बना ही रहना है। महात्मा अंग्रेज़ को हटाने के लिए लड़ रहे हैं, समाज को तोड़ने के लिए नहीं, वे भी वर्णाश्रम को मानते हैं।' बाबा ने थोड़ी रुखाई से कहा था।

'मैंने ऐसा कुछ नहीं किया बाबा। जो बवण्डर उठा है, वह बस इसलिए कि एक फटा-पुराना टाट मुझे बच्चों के लिए मिला था। उस पर चार बच्चें भी नहीं अट पातें थें। रोज़ लड़ाई होती थी। वह भी आप सबके बच्चों में। उन्होंने अधनंगे बच्चों की ओर इशारा कर कहा, 'इन अभागों को भूँय के सिवा दूसरा आसन कहाँ नसीब। लेकिन क्या अच्छा लगता है कि ऊँच-नीच यहीं से शुरू हो जाय। ये तो अन्न का एक टुकड़ा मुँह में डाले बिना ही स्कूल चले आते हैं।'

बाबा को यह सब सुनना कुछ विचित्र लग रहा था, जैसे कोई उल्टा वेद बाँच रहा हो। अभी थोड़ी-ही देर पहले उन्होंने बादाम की गिरी का हलवा खाने के बाद दूध पीने में आनाकानी करते मुझे घर पर देखा था। शायद स्थितियों के इस अन्तराल के सेतु को वे धरती का हमवार हिस्सा ही माने बैठे थे, इसलिए मुन्शी जी की बातें सुनते हुए उन्हें कुछ भी ऐसा नहीं लगा जिस पर कान देने की ज़रूरत हो।

'तुमने टाट की उस पट्टी को हटाकर बड़े महाराज के पौत्र को ज़मीन पर बिठाया, यह अच्छा नहीं हुआ, नाहक बखेड़ा मोल लेने से क्या फायदा?' कहते हुए बाबा वहाँ से लौट गये।

दूसरे दिन टाट की दो बड़ी-बड़ी पट्टियाँ स्कूल पहुँच गयी थीं। बाबा गयादीन महाराज से मिले थे। यह अनुदान दोनों की ओर से भेजा गया था। बाबा ने शाम को अपनी मण्डली को बताया कि महाराज आपे से बाहर हैं। गुस्से में गालियाँ बक रहें थे, चौथीराम को। कह रहे थे मैं इसे गाँव की पाठशाला में रहने नहीं दूँगा। स्कूल को चमरौटी बना रहा है। सारे बच्चों को बटोरकर स्कूल ले जाता है। इस तरह तो सारा कामधाम ही बन्द हो जायेगा। भला जानवरों का क्या होगा। उन्हें चराने और गोबर-पानी के लिए आदमी कहाँ से आयेंगे। सुना लड़कों की नाक का पोटा धोता है। उन्होंने बाबा के ऊपर आरोप लगाया कि 'उन्होंने यह संकट खड़ा किया है।' भला यह अनर्थ देखिये कि, हे प्रभो आनन्ददाता के साथ लड़कों से देशगान गवाता है। चरखा संघ से चरखा लाकर चमरौटी में बाँट रहा है। चमाइनों को सूत कातना सिखा रहा है। तुम कहते हो तो एक टाट भिजवा देता हूँ। साले ने बचई को भी ज़मीन पर बिठा दिया है।

बाबा ने बताया कि महानन्द सोखा और जोखू जन्तरी भी वहीं बैठे थे। लगता है, महाराज कुछ करके ही मानेंगे।

सबसे पहले कहर टूटी पाँचू पर जो महाराज का बनिहार था। उन्हीं की जगह में बसा था। उन्हीं की रोटी पर जीता था। किसी तरह पेट काटकर उसने अपने छोटे भाई चौथी को मिडिल तक पढ़ाया था। पाँच बरस की उमिर में ही गोद में उठाकर उसकी शादी कर दी थी। पर अभागे की बीबी ताउन में चल बसी। महाराज के घर गोबर-पानी के लिए, उनके जानवरों को चरा लाने के लिए, चौथी को कितनी बार समझाया पर

वह घर छोड़कर भाग जाता। कई-कई दिन बाद घर लौटता और स्कूल में जा बैठता। चमरौटी में लोग कहते, उसके ऊपर 'कारन' है। देवता जब सिर घुमा देते हैं, तब घर छोड़ देते हैं। पाँचू ने बहुत झाड़-फूँक करायी। महानन्द सोखा को भी दिखाया पर कोई लाभ नहीं हुआ। ब्याह-शादी की जब-जब बात की जाती, चौथी चीखने-चिल्लाने लगता। घर छोड़कर भाग जाने की धमकी देता। इसलिए पाँचू ने उससे बोलना ही छोड़ दिया था।

मेरे ऊपर तो जैसे सिर मुँड़ाते ही ओले पड़े थे। मैं उन बातों को सुनने के लिए सदा बेचैन रहता जो मुन्शी जी के बारे में होतीं, क्योंकि वे हमें बहुत प्यार करते थे। बड़ी-बड़ी बातों को वे इस तरह आसान बनाकर समझाते थे कि वे एक-एक बच्चे की समझ में आ जातीं। कहते, भय आदमी का दुश्मन है। जो बात तुम्हें ठीक लगे, उसे कहो ही नहीं, करो भी। वे पढ़ाने के साथ पुरानी लगी हुई बातों की चर्चा करके हँसते और समझाते कि भला अन्धविश्वासों में जीने से क्या मिलेगा। इससे आदमी का मन कमज़ोर होता है और वह जीवन में आगे नहीं बढ़ पाता। वे यह सारा कुछ इस तरह कहते कि उनकी बातें मन में घुमड़ती रहतीं। उनके सफेद, चमकते हुए छोटे-छोटे दाँत और साँवली नुकीली नासिका मुझे बहुत अच्छी लगतीं। स्कूल बन्द होने पर बारी-बारी से किसी एक बच्चे को पास बुलाकर वे कुछ कहते जैसे मुझे पहले ही दिन उन्होंने कहा, 'विवेक, घर पहुँचकर सीधे खाना-खाने न बैठा करो। बस्ता रखकर हाथ-मुँह धोकर ही कुछ खाना चाहिए।' यकीन नहीं होगा आपको कि आज तक यह मामूली-सी बात मेरे कानों में ठीक वैसी-ही बसी है, जैसे और जिस तरह वह उस दिन कही गयी थीं।

लेकिन यह सब ज़्यादा देर नहीं चल पाया। एक दिन हम लोग जब स्कूल पहुँचे तब हमारा टाट वहाँ बिछा था, जहाँ स्कूल के प्रधान अध्यापक पं. मूलचन्द बैठते थे। उनके भाँग घोटू शिष्य ने बताया कि अब से हमको पण्डित जी पढ़ायेंगे। हम लोग लाचार होकर अपने टाट पर जा बैठे। नयी बात उस दिन यह हुई कि पण्डित जी दस बजे ही पधार गये। उनकी खटिया हमारे टाट के पास बिछ गयी। तेजन रोज़ की तरह बेहया की छड़ी काटकर खटिया पर रख गया। बारी-बारी से लड़कों को बुलाकर गिनती सुनी जाने लगीं। हर ग़लती पर एक छड़ी की सजा लड़कों को मिलने लगीं। इस बीच एक चमार लड़के के हाथ पर छड़ी इस तरह लग गयी कि उसके नाखून से ख़ून बहने लगा। वह लड़का अपनी अँगुली पकड़े, रोता हुआ मुन्शी जी के पास भागा। उन्होंने उसकी उँगली साफ़ की और अपनी धोती के सिरे से एक चिट फाड़कर पट्टी बाँध दी। पण्डित जी आपे से बाहर हो गये। उन्होंने मुन्शी जी को बुलाकर लड़कों के सामने ही बहुत डाँटा, 'तुम लड़कों को बिगाड़ते हो। जानते हो तुम्हारा तबादला जिले के दूसरे छोर पर हो रहा है। अब अपना बोरियाँ-बिस्तर बाँध लो। परवाना आने ही वाला है।'

मुन्शी जी चुपचाप वहाँ से लौट गये। उस दिन वे बच्चों को कुछ नहीं पढ़ा सके। वे व्यस्त और अनमने से इधर-उधर टहलते रहे। वह बड़ा कठोर दिन था। सूरज की

मासूम किरणें गर्म सुई की तरह चुभने लगी थीं। सारे बच्चों के मन बेचैन हो उठे थे और उनमें एक ख़ामोश चीख घुमड़ रही थी।

घर पहुँचने पर जो सुनने को मिला वह और भी डरावना था। पाँचू ने अपने छोटे भाई चौथी को घर से निकाल दिया है। महाराज ने उसे हलवाही से हटा देने और अपनी ज़मीन से दूर कहीं और घर बनाकर ही चौथी के साथ रहने को कह दिया है।

अब क्या होगा, मैं बार-बार यहीं तक सोच पा रहा था, इसलिए अपने ही में उभ-चुप हो रहा था। बाबा अकेले होते तो उन्हें पकड़कर पूँछता—क्या मुन्शी जी अब हमें कभी नहीं पढ़ा सकेंगे। क्या वे कहीं और चले जायँगे, क्या उन्हें गाँव छोड़ देना पड़ेगा। मैं उनसे जानना चाह रहा था कि यह सब क्या हो रहा है। लेकिन उनकी मण्डली से उन्हें छुट्टी मिले तब न! मैं घूम-फिर रात देर तक उनके पास बना रहा और लोगों की बातें सुनता रहा।

उस पर महाब्रह्म की सवारी है। बचपन में उसने बरम बाबा के चबूतरे पर पेशाब कर दिया था। महानन्द सोखा कभी भी लचर बात नहीं बोलता। सब लोगों ने देखा ही है कि सुकुल के घर में सारे बरतन-भाँड़े किस तरह उड़ने लगते थे। उनके शरीर का रक्त ही सोख लिया था बरम ने। उनका लड़का हाथ-पाँव पटक रहा था। मुँह से फेचकुर निकल रहा था। जीभ बाहर निकल आयी थी। महानन्द ताल ठोंककर छाती पर चढ़ बैठे। मसान की खोपड़ी लाकर घर में रख दी और हुकुम कर दिया कि बस इसी में रहना। बाहर निकला तो जलाकर भस्म कर दूँगा। तब से सारा परिवार पाँव धोता है, महानन्द का।

सोमारू बाबा को तरह-तरह से मना रहे थे कि महानन्द से अरज करें तो चौथी की जान को भी राहत मिले। आज स्कूल के उसी खँडहर में पड़ा है। पाँचू खाना लेकर गया था। उससे मार-पीट करने को तैयार हो गया। पाँचू बता रहा था कि वह बहुत रोया, हाथ-पाँव जोड़ा, यह भी कहा कि मैं तुम्हें लेकर कहीं और चला चलूँगा, गाँव छोड़ दूँगा। तू घर चल लेकिन उसने एक न सुनीं।

वह एक पहाड़ के समान काली और विशाल रात थी। देर तक न जाने कितनी बातें मन में घुमड़ रही थीं। मुन्शी जी कैसे होंगे, उस अँधेरे खँडहर में। आजी ने शाम को ही मना किया था कि आगे न पड़ना उस चौथिया के। उस पर बरम बाबा की सवारी है। लेकिन माँ तो कहती थीं कि डरने की कोई बात नहीं है। बस सिर पर कपड़ा रख लेना। ऊँची जातिवालों को नहीं पकड़ते बरम-भूत।

सुबह मैं जल्दी ही स्कूल पहुँच गया। कम ही लड़के आये थे तब तक। मुन्शी जी अपनी कक्षा के सामने सिर झुकाये काठ की कुर्सी पर बैठे थे। मुझे देखते ही बोले—बाबा कैसे हैं विवेक?

मैं कुछ नहीं बोला। न जाने क्यों मेरा मन रो पड़ने को हो रहा था। शायद उन्होंने ताड़ लिया; 'मैं कहीं जाऊँगा नहीं विवेक। घर आकर तुम्हें पढ़ाऊँगा। जाकर बैठो अपनी कक्षा में।'

मैं अपनी कक्षा में चला गया लेकिन देखता हूँ कि आज उनके सामने कोई लड़का नहीं बैठा। सब दूर-दूर चकित-से खड़े थे या फुसफुसाकर आपस में बातें कर रहे थे।

महाराज के पौत्र श्रीकान्त ने बताया, बरम बाबा ने पकड़ लिया है मुन्शी जी को। देखते नहीं उनकी आँखें कैसी लाल-लाल हो गयी हैं। मुझे लग रहा था जैसे मुन्शी जी के चारों ओर कँटीले तारों का घेरे के ऊपर घेरा खिंचता जा रहा था। क्या यह बातें झूठ हैं, जो लोंग कह रहे हैं या उन्हें सचमुच ही बरम बाबा ने पकड़ लिया है—मेरे मन में एक संशय का कीड़ा रेंगने लगा।

उस दिन दोपहर के बाद एक और घटना घटी। स्कूलों के इन्स्पेक्टर हाफ-पैण्ट पहने, सिर पर हैट लगाये, साइकिल चलाते हुए स्कूल पर आ धमके। पण्डित जी ने मुन्शी जी की कुर्सी मँगाकर उन्हें बैठाया। आवभगत के लिए गुड़-पानी की व्यवस्था हो ही रही थी कि उन्होंने मुन्शी जी को बुलाकर एक काग़ज़ थमाया। यह तबादले का परवाना नहीं था। फिलहाल तीन शिकायतों की उनसे सफ़ाई तलब की गयी थीं।

—उन्होंने बड़े घरों के बच्चों का चबैना एक जगह इकट्ठाकर, कक्षा के सारे बच्चों में बराबर बाँटा।

—उन्होंने सवर्णों की बाल्टी से हरिजन बच्चों को पानी पीने की आज्ञा दी। जबकि छोटी जातियों के लड़के अब तक बाउली का पानी पीते थे।

—उन्होंने स्कूल का टाट हटवाकर सारे बच्चों को ज़मीन पर बैठाया।

मुन्शी जी ने परवाने को फाड़कर वहीं फेंक दिया और वहाँ से चले गये।

अब तक गाँव के घर-घर में यह बात फैल चुकी थी कि चौथिया के ऊपर बरम बाबा का प्रकोप हो चुका है। लोग उनसे रास्ता बचाने लगे। जो लोग उन्हें बुलाकर दरवाज़े पर बिठाते थे, वे दूर से उन्हें देखते ही रास्ता काट जाते।

उस रात मुन्शी जी की ओझाई की बात सुनकर मैं बेहाल हो गया। एक अजब-सी अनहोनी का आभास, जिसका कोई ओर-छोर मेरे बालमन को नहीं मिल पा रहा था; मुझे तरह-तरह से सताने लगा। बाबा के पास उनके गणों की बैठकी जमी हुई थी। सोमारू हड़बड़ाये हुए आये और कहने लगे, चौथी का तो कहीं पता ही नहीं लग पा रहा है। महानन्द ढोल-मँजीरा लिये पाँचू के दरवाज़े पर जमे हैं। हवन-सामग्री भी आ गयीं हैं। जोखू जन्तरी अपने दुर्लभ हथियारों के साथ वहाँ पहले से हैं। लोहे की छोटी-छोटी तीलियाँ, लाल मिर्च की धुकनी, कान में दोनों ओर लगाकर दबानेवाली

काँटेदार टिप्पियाँ मतलब यह कि असाध्य ब्रह्म बाधा के निवारण के लिए जितने भी अमोघ अस्त्र जन्तरी के पास थे उसने आज सब निकाल लिये हैं।

'हो न हो स्कूल के खँडहर में बैठा हो। ऐसे में कुछ ठीक नहीं रहता। प्रेत-लीला में फँसे लोग पलभर में कहाँ-से-कहाँ पहुँच जाते हैं। शम्भूलाल की बीबी को नहीं देखा। यह गयी, वह गयी कहते लोग दौड़ते ही रह गये और वनसत्ती उसे उड़ा ले गयी। मैंने पँचुवा से कहा था कि उस पर निगाह रखना।'

बाबा के इस कथन ने मेरे चारों ओर अँधेरे की एक दीवार खींच दीं, जिसमें प्रकाश की एक किरण की भी आशा नहीं रही। मैं सारी रात माँ की छाती से चिपका पड़ा रहा।

बहुत सबेरे से जो लोगों ने बताया वह इस प्रकार था–

–बड़ी खोज के बाद लोगों को चौथी गोमती के तट पर मिले। उन पर ब्रह्म का ऐसा तेज़ था कि सात-आठ लोगों से वे घण्टे भर तक अकेले कुश्ती लड़ते रहे। लोग उनके ताप के सामने टिक ही नहीं पा रहे थे। हाथ-पाँव जोड़कर किसी तरह मनाया गया और बड़ी पूजा-आरजा के बाद दोनों हाथ पीठपर चढ़ाकर बाँधे गये और उन्हें घर लाया गया। रातभर सारी चमरौटी पाँचू का घर घेरे बरमबाबा को मनाती बैठी रहीं और अन्दर महानन्द के ढोलची और जोखू जन्तरी चौथी को बकरवाने के लिए पचरा गातें और बीच-बीच में बोल-बोल की आवाज़ देकर ब्रह्म के मुँह पर झापड़ों की वर्षा करते रहें। पर ब्रह्म का ऐसा प्रकोप कि वह टस-से-मस होने को तैयार नहीं। जन्तरी के सारे अस्त्र नाकाम हो गये। अन्त में बोरसीभर आग में लाल मिर्च की धुकनी देकर महानन्द सोखा कोठरी से बाहर निकल आये। घण्टे भर बाद कोठरी खोली गयी। पता चला कि चौथी गहरी नींद में सो गये हैं। बोरसी हटाकर महानन्द ने विजय के उल्लास में ज़ोर से बरम बाबा की जय बोली और यह कहते हुए चले गये कि अब दया करना ग़रीब पर, ज़िन्दगी भर अरदास करेगा।

'चलो अच्छा हुआ, बेचारे की जान बची, अब पूजा-पाठ करता रहेगा तो देवता की सवारी नहीं होगी। अकसर यही होता है। मामूली टुच्चे भूत-प्रेत गाहे-बेगाहे तंग करते रहते हैं, लेकिन बरम तो एक बार आशीर्वाद दे गया तो जानो गया।' बाबा उठकर दिशा-फरागत के लिए चले गये और मैं उनकी चारपायी पर लेटे-लेटे वहीं सो गया। दिन चढ़े आजी ने जगाने के लिए मेरे माथे पर हाथ रखा। यह देखकर वह घबरा गयीं कि मुझे तेज़ बुखार है। फिर उठा-पुठाकर कब घर में लाया गया और दस-बारह दिनों तक क्या-क्या हुआ यह मुझे नहीं मालूम। होश आने पर मुझे बताया गया कि बेहोशी में मैं मुन्शी जी, मुन्शी जी की रट लगाये था, और कभी-कभी उनके पास जाने के लिए बिस्तर में उठ बैठता था। ब्रह्म की हवा लग जाने का सन्देह सबके मन में था। लेकिन महानन्द सोखा ने कहा, 'तेज़ बुखार के कारण ऐसा हो रहा है। वैसे चण्डी पाठ करा

देने में कल्याण-ही-कल्याण है।' दूर-दूर के राजवैद्यों के अथक प्रयत्नों के बाद तेरहवें दिन मुझे होश आया। कठिन मियादी बुखार था।

मैं लोगों से मुन्शी जी के बारे में जानना चाहता था। लेकिन इस प्रसंग में एक सधा हुआ मौन उन सभी चेहरों पर तैनात था जो मेरे कमरे में आते-जाते थे। दो-तीन दिन के बाद, जब बुखार एकदम उतर गया तब भी अगले दस-पन्द्रह दिन तक मुझे बिस्तर से उठाने की मनाही थी।

इसी बीच बड़े महाराज का पौत्र और मेरा सहपाठी श्रीकान्त, जिसे ज़मीन पर बिठा देने के कारण मुन्शी जी पर यह ब्रह्मकोप हुआ था, विपत्तियों के पहाड़ टूट पड़े थे, दोपहर को मुझे देखने आया। घर के लोग दोपहर के भोजन के बाद आराम कर रहे थे। एकान्त पाकर मैंने उससे मुन्शी जी के बारे में पूँछा।

कुछ न पूछो विवेक, तुम्हारी बीमारी के दौरान जो-जो भयंकर काण्ड हुए उनका बयान करना बहुत मुश्किल है। उस रात की ओझाई के बाद होश में आते ही मुन्शी जी बेतहाशा दौड़ने-भागने लगे। जिसे पकड़ लेते छोड़ते ही नहीं। बस यही कहते, मेरे पास एक सच्चाई है, उसे सुन लीजिये। इसे आपको दूसरा कोई नहीं बता सकता—धर्म, ग्रन्थ, वेद, पुरान कोई भी नहीं...सुनिये...और हर आदमी उन्हें देखते ही भागता। वे उसे दौड़ा लेते। कई बार उन्होंने औरतों को पकड़ लिया। महाजन की सुखिया बाहर से लौट रही थीं, उसे धर लिया। बेचारी ज़ोर से चिल्लायी। गाँववालों ने उसे किसी तरह बचाया। सारे गाँव में उपद्रव मचा दिया मुन्शी जी ने। जैसे कोई बिगवा कहीं से आ गया हो। कई बार उन्हें रस्सियों से बाँधा गया। घर में बन्द किया गया पर छूटते ही भाग खड़े होते और उन्हें पकड़ने में घण्टों लग जाते। औरतें घर में घुस जातीं, बच्चे कमरे में बन्द कर दिये जाते। सारे गाँव में कुहराम मच जाता।

मैं श्रीकान्त के मुँह की तरफ़ एकटक देख रहा था। जैसे ही उसने बोलना बन्द किया, मैंने पूछा...फिर...क्या लोगों ने मुन्शी जी को मार डाला?'

'मारने पर तो और भी संकट खड़ा होता। पुलिस दारोगा के चक्कर में सारा गाँव ही फँस जाता, लेकिन और क्या कुछ नहीं किया लोगों ने।'

'फिर क्या हुआ?'

'महानन्द सोखा ने पूजा-पाठ करके हलयोग का विधान बताया। गाँव को ब्रह्मकोप से बचाने के लिए अब दूसरा मार्ग शेष नहीं रह गया था।'

'यह हलयोग क्या है, श्रीकान्त।' मैंने आश्चर्य से पूछा।

'पहले मुझे भी समझ में नहीं आया था।' श्रीकान्त ने कहा, 'लेकिन उसे होते हुए देखा तब पूरा समझ सका। इसे हल या काठ में डालना भी कहते हैं। मेरे बाबा ने एक मँझोला पेड़ ही कटवा दिया और उसका क़रीब दस फीट लम्बा तना गाँव के बढ़इयों

द्वारा चौकोर गढ़ दिया गया। उसकी एक सतह पर बीचों-बीच आदमी के पैर के बराबर चौकोर गहरा गढ़्ढा बनाने के लिए बीच की लकड़ी काटकर निकाल ली गयी, जिसमें आदमी का पूरा पैर समा जाय और उस एक पैर के ऊपर दोनों ओर से एक ऐसा छेद बना दिया गया, जिसमें लकड़ी का एक मज़बूत पच्चर ठोकने से एक पैर किसी भी हालत में बाहर निकल नहीं सकता। दूसरा पैर और दोनों हाथ खुले रहने पर भी आदमी किसी तरह टस-से-मस नहीं हो सकता। फिर उसी लकड़ी के कुन्दे पर उसे सब-कुछ करना है—टट्टी, पेशाब, खाना, बैठना, सोना। मतलब कि अब उसको इन ज़रूरी कामों के लिए वहाँ से हटने की स्थिति ख़तम हो जाती है। वही कटोरे में उसका खाना रख दिया जाता है। लोटे में पीने का पानीं यही हलयोग मुन्शी जी पर कर दिया गया है।'

'और लकड़ी का यह कुन्दा रखा कहाँ है?' मेरे पूछने पर श्रीकान्त ने बताया--'चमरौटी के ठीक उत्तरवाले उस नीम के पेड़ के नीचे।'

मेरा सिर चकराने लगा था। आँखें बन्द हुई जा रही थीं। श्रीकान्त ने सम्हालकर मुझे लिटा दिया और बोला, मुन्शी जी को जबरदस्ती उठाकर हल में डाला गया। जब पाँवों के ऊपर पच्चर ठोके जा रहे थे तब उनके निःसहाय विलाप का स्वर सुनकर गाँव की सारी स्त्रियाँ और बच्चे बिलखने लगे थे। मैं कानों में उँगली डालकर वहाँ से भाग गया था। तब से उधर झाँकने की हिम्मत नहीं हुई। लोग बताते हैं कि वहाँ खड़ा होना मुश्किल है। बदबू के मारे नाक फटने लगती है। पाँव में घाव हो जाने के कारण मक्खियाँ छोपे रहती हैं। अब मुन्शी जी को पहचाना भी नहीं जा सकता। सारा शरीर लट गया है। दाढ़ी-मूँछ के बाल बढ़ गये हैं। आवाज़ तो लोग कहते हैं, आज कई दिनों से किसी ने सुनी ही नहीं।

मैंने हाथ बढ़ाकर श्रीकान्त के मुँह पर रख दिया और हम दोनों बड़ी देर तक एक दूसरे का हाथ थामे एक अथाह सन्नाटे में डूब गये। फिर श्रीकान्त उठकर कब चला गया, मुझे नहीं मालूम।

कहते हैं इतना सब हो जाने के बाद लोग मुन्शी जी से वह सब सुनना चाहते थे, जिसे बताने के लिए उन्होंने लोगों को दौड़ा-दौड़ाकर रोकना चाहता था। आख़िर वह कौन-सी सच्चाई थी जो सिर्फ़ उनके पास थी और जिसे बताने के लिए इस तरह व्याकुल थे?

कहीं वह यही तो नहीं, जो हलयोग की लकड़ी के उस विशाल कुन्दे पर लेटी पड़ी, एक ऐसा वज्राक्षर बन गयी थी, जिसे सुना तो नहीं, संदेह देखा ज़रूर जा सकता था।

मिस शान्ता

"आइए! आइए। आप तो उस दिन के बाद दिखायी ही न पड़े! मैं सोचती थी, घर आयेंगे ज़रूर। पर घर तो दूर रहा, सिविल लाइन की शामें भी छोड़ दीं आपने।" मिस शान्ता ने बड़ी उत्सुकता-पूर्वक दरवाज़ा खोलते हुए कहा। फिर ड्राइंग रूप के पीछे वाले कमरे का पर्दा उठाते हुए कहने लगी, "चले आइए न, यहीं बैठेंगे, ज़रा आराम रहेगा। हाँ, आप तो काफ़ी पीना पसन्द करेंगे न? उस दिन बरोरा ने बताया था कि आप चाय नहीं पीते, घूमते-फिरते भी कम हैं।"

"जी, यही कभी-कभी इधर-उधर निकल जाता हूँ, लेकिन...लेकिन..."

"आप संकोच कर रहे हैं। आराम से बैठिये। मैं अभी काफ़ी लाती हूँ।" और वह उठकर अन्दर चली गयी। खासी-अच्छी औरत है चाल-ढाल, कपड़ा-लत्ता-सब जैसे सुरुचि का परिचय देते हैं। रुआसी-रुआसी-सी, स्थिर, आँखें जैसे हमेशा कुछ सोचती हों। पर यह अकेली है—मिस...जवान लड़की, पच्चीस-छब्बीस वर्ष उम्र...। मेरा दिमाग़ झनझना उठा। बरोरा का लम्बा-चौड़ा शरीर और भूखी, नशे में घायल आँखें और खूँखार स्वभाव--मेरी आँखों में जैसे किसी ने कंकड़ मार दिया हो। लेकिन मिस शान्ता तो उसके साथ प्रायः घूमती है! और उसी ने तो चाय-घर में मेरा परिचय इनसे कराते हुए कहा था, "किसी दिन आओ भी, यार! कुछ दूसरी दुनियाँ भी देखा करो, वरना एक दिन प्राण निकल जायेंगे और सब जैसे-का-तैसा धरा रह जायेगा..." और वह औरतों को, तो भेड़ ही मानता है न! हाँ, एक दिन तो कहता था कि पुरुष वही है जो..." उफ़! यह बड़ी ग़लत जगह होगी...बड़ी...

"क्या सोच रहे हैं?" मिस शान्ता ने काफ़ी के दो प्याले एक नन्हीं तिपाई पर रखते हुए कहा। मैं चौंक पड़ा "जी-कुछ नहीं-आपका कमरा देख रहा था। बड़ा सुन्दर है। बड़े करीने से सजा है, इसकी सादगी मुझे बड़ी पसन्द है।" मैंने एक साथ कह डाला। फिर एकाएक आँखें उठाकर देखा, तो मिस शान्ता ने अपनी हल्की-पीली साड़ी का सुनहला किनारा सिर के आधे भाग पर टिका लिया था और उसका आँचल हवा के हल्के झोंके में धीरे-धीरे हिल रहा था। चेहरे की उदासी जैसे कुछ और गहरी लकीरों में घनी हो गयी थी और आँखों के किनारे कुछ अजीब के भींगे-भीगे नज़र आने लगे थे। वह कहने लगी, "अरे, आप ऐसे ही बैठे रहे? यहाँ बहुत सी पुस्तकें और पत्रिकाएँ तो

थीं, कुछ देखते ही तब तक! बराबर के कमरे में मैंने एक छोटी-सी लाइब्रेरी बना रखी है, किसी दिन आकर देखिये।"

मुझे कुछ राहत-सी मिल गयी थी। मैंने संकोच का अनावश्यक पर्दा उतार फेंकने के लिए अपनी आँखो को इधर-उधर दौड़ाया। दीवार पर कई सुन्दर कलात्मक चित्र टँगे थे। मेरे बिलकुल सामने कुहासे की झीनी पीठिका में एक प्रेमी जोड़े का चित्र लगा था। मेरी निगाहें रह-रह कर उस पर टँग जाती थीं और मैं कुछ कहते-कहते रुक जाता था। तब तक मिस शान्ता ने एक अजीब ममतामयी आवाज़ में कहा, " यह चित्र शायद आप पसन्द न करें। बरोरा की पसन्द है यह। मुझे खुद संकोच होता है, पर क्या करूँ वह इसे बहुत पसंद करता है।"

फिर वे काफ़ी बनाती धीरे-बोलती रहीं-किसी मैदानी नदी की निस्तेज धार-सी। कहीं भी चढ़ाव उतार नहीं, जैसे कोई मोह, माया, आस्था उसके नज़दीक न हों। मैं भी ऐसे अवसर पर कुछ कहना उचित न समझ कर, चुपचाप बैठा काफ़ी पीता रहा। रात बढ़ती जा रही थी और हल्की-हल्की सर्दी की सिहरन, हवा की लहरों पर रह-रह कर थिरक उठती थी, जिससे शान्ता का आँचल और दरवाज़े का पर्दा साथ-साथ हिलने लगते थे। मैंने साहस करके पूछा, "आप अकेली ही यहाँ रहती हैं?"

"जी हाँ, बिलकुल अकेली। पहले तो एक दाई रहती थी, अब उसे भी हटा दिया है। स्कूल का चपरासी रात को सोने आ जाता है।"

"स्कूल का चपरासी?" मेरी बात में कुछ खिंचाव आ गया था।

"जी, मैं नर्सरी स्कूल में पढ़ाती हूँ।"

"मेरी बच्ची भी तोग वहीं है।" मैं कुछ प्रसन्न हो गया। मिस शान्ता का दुख कुछ और उभर आया। फिर उसने मेरी पत्नी के बारे में पूछा और यह जानकर उसे बड़ा दुख हुआ कि बच्ची कें जन्म के बाद ही से वह चारपाई पर से उठ नहीं सकी। हालत दिन पर दिन खराब होती जा रही है। फिर स्त्री के उत्सर्ग और गृहस्थी में प्रेम-भाव और आस्था की बात करते-करते वह जैसे अपने ही में खो गयी।

"अच्छी गृहस्थी और स्त्री-पुरुष के नैतिक सम्बन्धों में ही तो जीवन का सच्चा सुख है। मैंने उसी दिन आपकों देखकर अन्दाज लगा लिया था कि आप समाज के उन पुरुषों में से हैं, जो उसकी गति में सहायक होते हैं। बहुत अच्छा है। मुझे यह जानकर बेहद खुशी हुई कि आपकी बच्ची मेरे स्कूल में है।"

"खंजन नाम है उसका, अभी इसी साल तो गयी है, जरा ध्यान रखिएगा।" मैंने जैसे जल्दी में कह डाला हो, क्योंकि मेरा ध्यान घड़ी पर चला गया था।

"खंजन?"जैसे उसकी आँखों में एह हल्की हँसी की लहर आयी, "बड़ी प्यारी बच्ची है आपकी! मेरे ही साथ तो है वह। मेरे यहाँ बड़ी चर्चा रहती है उसकी, क्योंकि पहले

दिन जब वह मेरे पास आयी, तो नाम सुनते ही मेरे मन पर 'सूर' की लाइन दौड़ गयी, "खंजन-नयन रूप-रस-माते", और मैं प्रायःउसे देखने के बाद इसे गुनगुनाने लगती हूँ।"

मैं हैरत में रह गया, क्योंकि मैंने यहीं से बच्ची का नाम उठाया था। मैंने काफ़ी का सिप् लेते हुए देखा, तो वह जैसे खोज-भरी निगाह से मेरी ओर देख रही थी। मैंने निगाह बचाने के लिए ही घड़ी की ओर देखा, पर वह एका-एक बोल उठीं, "नौ बज गये, देर हो रही है, आपको। धैर्य रखिये और किसी अच्छे डाक्टर को दिखा कर इलाज कराइये। कोई ऐसी घबराने की बात नहीं।"

"कोशिश तो बहुत कर रहा हूँ, लेकिन..."

"लेकिन नहीं आप आशा रखिये। मेरी एक मित्र बड़ी अच्छी लेडी डाक्टर हैं। कल उन्हें भेज दूँगी, यही आठ बजे के करीब, घर ही पर रहियेगा..."

एकाएक बातों का सिसिला टूट गया। दरवाज़े पर किसी ने दस्तक दी थी। मैं उठ खडा हुआ। देखा तो शान्ता के चेहरे पर एक अजीब-सा भाव दौड़ गया था। उसने कमरे में इधर-उधर निगाह दौड़ायी, जैसे कुछ ढूँढ़ रही हो। उसकी आँखों की स्थिरता में जैसे कोई लहर आ गयी हो, जो दरवाज़े के साथ गहरी होती गयी।

मैंने कहा, "क्षमा कीजियेगा, बहुत समय ले लिया आपका।"

"ऐसी कोई बात नहीं, पर खबर ज़रूर देते रहियेगा।" और उसने आगे बढ़कर दरवाज़ा खोल दिया। सामने बरोरा खड़ा था, उसके मुँह से अचानक निकल पड़ा "खूब भाई, खूब!" और हाऽ हाऽ हाऽ की लड़खड़ाती टूटती आवज़ में वह हँसने लगा। फिर एकाएक जैसे होश सँभालते हुए, उसने मेरी कलाई पकड़ ली, "चलो भाई, कुछ शगल ही रहेगा, न रम सही, बियर ही लेना थोड़ी-यहाँ सब मिल जायेगा।"

मिस शान्ता जैसे घबरा गयी हों, क्योंकि उसने बरोरा का हाथ खींचते हुए कहा,"उन्हें जाने दो, घर में बीमार हैं।"

"अरे हाँ, भाई! तुम पत्नी वाले हो न! जाओ! जाओ!!" कहते हुए उसने दरवाज़ा बन्द कर लिया। मुझे बेहद दुख हुआ। पर अपनी इस बरकरार वापसी की बात सोचकर प्रसन्नता भी हुई। हाँ, मेरे हाथ का वह हिस्सा, जो बरोरा की मुट्ठियों में आ गया था, जैसे किसी लोहे की कड़ी से छूटा हो। मैंने उसे सहलाया और नीचे उतर ही रहा था कि कानों में आवाज़ आयी, "रुकों भी बरोरा।"

"हाऽ हाऽ... यह नयी बात... यह नया रंग..." मेरा सिर चकाराया... पाँव थरथराये। जी में आया, लौटूँ। रुका भी। शायद मिस शान्ता के साथ यह ज़्यादती करता है-डराता है। पर एकाएक बरोरा की हँसी फिर कानों में गूँज गयी-"आज एक पूरी बोतल ली है, डार्लिंग! निकालों तुम भी कुछ आज,जी-भर कर पिओ और पिलाओ...हाऽहा..."

--उफ़! यह सब मैं क्या सुन रहा हूँ! सब झूठ है, गलत है! यह कोई आवाज़ नहीं! केवल भ्रम है, मेरे कानों का भ्रम, मन का भ्रम! और मैं जल्दी-जल्दी क़दम बढ़ाकर सड़क पर आ गया। पर जैसे वह भयानक आवाज़-वह खूँखार हँसी -रुआसी आँखें मेरे पीछे-पीछे दौड़ रही हों। मैं और तेज़ी से चलने लगा और किसी तरह घर पहूँच कर मैंने साँस ली।

सुबह अभी बिस्तर ही में था कि खंजन में मामाऽमामाऽ पुकारते हुए लिहाफ़ खींच-खींच कर अलग कर दिया। आँख खोलते ही देखा, तो शान्ता अपनी सहेली लेडी डाक्टर के साथ मेरे पास खड़ी है।

"रात, देर में नींद आयी, माफ़ कीजिये। कब की आयी हैं आप लोग?"

"अभी, अभी तो! " शान्ता ने अत्यन्त आत्मीयता से कहा और मेरी ओर देखती रही। सुबह की किरणें कमरे में फैली हुई थीं। हवा बहुत धीरे-धीरे चल रही थी। मैंने देखा, तो शान्ता की सहेली डाक्टर मेरे कमरे की दीवारों, छत और फ़र्श, सब पर बड़ी तेज़ी से निगाह दौड़ा रही थी। वह बड़ी प्रखर-सी लगती थी। कहने लगी, जल्दी कीजिये, मुझे खंजन की माँ को देखना है, मैं आज उनकी स्क्रीनिंग भी करना चाहूँगी।"

मैंने उन दोनों को मरीज़ तक पहुँचाकर जल्दी से हाथ मुँह धोया और उन्हें चाय पिलाना चाहा। पर जैसे ही मैं बाहर आया, शान्ता मेरे पीछे-पीछे खंजन को लिए आ धमकी। कहने लगी, "नौकरानी कहाँ है, आपकी ? "

"अभी आयी नहीं, जाने क्या हो गया ?"

"तो मैं चाय बना लूँगी, आप हाथ-मुँह धो लें।"

मैं कुछ कहना ही चाहता था कि खंजन ने शान्ता का हाथ खींचते हुए कहना शुरू कर दिया, "मदर! आओ, मैं कोयला देती हूँ, तुम आग जलाओ--फिर चाय बना लेंगे, खाना बना लेगें, जाने दो नौकरानी को। "

शान्ता खंजन के इशारे पर डोलती गयी--बहुत ही नन्हें बच्चे की तरह, बिना किसी आग्रह के। हाथ-मुँह धोने और कपड़े बदलने में मुझे कुछ देर लग गयी। फिर एकाएक रात वाली घटनाओं का क्रम दिमाग़ के सामने आया। मन में चिढ़ हुई, घृणा भी। पर नहीं-नहीं यह बिलकुल दूसरी शान्ता है, वह कोई और रही होगी, मैं सोचता जा रहा था कि देखा, चूल्हे पर केतली चढ़ी हुई है और रसोई का कमरा साफ़ सुथरा हो गया है। बाहर खंजन बड़े प्रेम से मदर की गोद में बाँधने के रिबन एक तिपाई पर पड़े हैं। मुझे अचम्भा हो रहा था। शान्ता के चेहरे पर कहीं भी उत्साह के भाव न थे, कहीं भी नवीनता का आग्रह न था, जैसे रोज़ ही यह काम करती हो। वैसे ही आँखें, जैसे किसी अथाह समुद्र में तिरतीं-तिरतीं वैसा ही मनोहर मातृव्य रूप, जिसकी अतल-सी गहराई।

मैंने पास जाकर कहा, "यह क्या करने लगीं आप?"

पर शान्ता ने जैसे सुना ही न हो। फिर कुछ देर रुककर कहने लगी, "थोड़ा ओडिकलोन और क्यूटीक्यूरा भी रखना चाहिए। बच्चे धूल-मिट्टी में खेलते हैं न!" फिर एकाएक जैसे सचेत होते हुए बोलीं, "देखिये, डाक्टर ने कमरा खोला या नहीं?" मैंने देखा, तो कमरा खुल गया था। शान्ता ने मुझे वहीं चलने को कहा और थोड़ी देर में चाय लेकर कमरे में आयी। चाय पीने के बाद, डाक्टर ने मरीज़ की हालत बतायी और मुझसे एकान्त में बुलाकर कहा, "एक्सरे आज करूँगी, पर बच्ची को ज़रा सँभालियेगा।" शान्ता इसे सुनते ही जैसे चौंक पड़ी हो। उसने खंजन को अपने पास खीच, उसके सिर को अपने दोनों हाथों से दबा लिया। उसका चेहरा उदास हो गया। आँखें जैसे कुछ कहते हुए भी बन्द हो जाना चाहती हों। डाक्टर ने नमस्ते करके छुट्टी ली, पर शान्ता जैसे रुकना चाहती हों। उसने खंजन से जाने क्या-क्या धीरे-धीरे कहा। फिर मुझसे जैसे साहस करके कहने लगी, "दोपहर को उसका खाना मत भेजा कीजिये।" डाक्टर ने शान्ता को आवाज लगायी। वह मोटर स्टार्ट कर चुकी थीं और शान्ता किसी तरह खंजन से छुट्टी लेकर जल्दी-जल्दी मोटर तक बढ़ गयी, पर फिर लौट पड़ी। "इसकी टॉफी का पैकेट तो मेरे ही साथ चला जा रहा था, दूध गर्म करके, छानकर दीजियेगा, एक्सरे के लिए जरूर चले जाइयेगा।" शान्ता ने जल्दी-जल्दी कहा और वह लौट गयी।

दूसरे दिन शाम को जब मैं एक्सरे की रिपोर्ट लेने सिविल लाइन गया, तो पता चला कि मिस शान्ता अभी आयी थीं और डाक्टर को लेकर किसी टी.वी. स्पेशलिस्ट के यहाँ कुछ मशविरे के लिए गयी हैं। सम्भवतः घण्टे-दो घण्टे में लौटेंगी। मेरा मन बड़ा उदास-सा था क्योंकि पत्नी की हालत दिन पर दिन खराब होती जा रही थी। मैं वहीं घूमने लगा। अभी शाम हुई थी, सड़कों पर भीड़ की गरमाहट नहीं हुई थी, इसलिए किसी मित्र के भी मिलने की आशा नहीं थी। मैं अनमना-सा टहल ही रहा था कि बरोरा आता दिखायी दिया-बड़ा खोया-खोया-सा, उदास और हतप्रभ। मैंने रास्ता बचा जाना चाहा, पर उसने अपनी मोटर-बाइक खड़ी करते हुए मुझे बुलाया। मुझे फिर रात की सारी बातों का स्मरण हो आया और मैं लौटना ही चाहता था कि वह मेरे पास तक चला आया और मेरे कन्धे पर दोनों हाथ रखकर, कहने लगा, "लगता है, तुम बुरा मान गये, यार! अभी कच्चे हो इस दुनियाँ के लिए, वरना, उस दिन इतनी जल्दी भागने की जरूरत थी? यह तो एक संकोच-भर है, जो हटाने से हट जाता है, बढ़ाने से बढ़ जाता है, फिर शान्ता के लिए..." वह जैसे एक गहरी मुस्कराहट में डूब गया, "खैर, देखा जायेगा..." और वह मुझे पकड़कर काफ़े में ले गया।

शान्ता के बारे में ऐसी बात सुनकर मुझे दुख हो रहा था, पर कुछ ऐसा लग रहा था कि मैं किसी अपरिचित मानव-समाज में एक शिशु की हैसियत से घुसा हूँ। सोचा,

इससे कुछ जान ही लूँ, तो क्या हर्ज है? इसलिए चुप-चाप उसके साथ बैठा रहा। उसने मेरे लिये काफ़ी मँगायी और अपने लिये हिस्की। थोड़ी देर पत्नी की बात पूछने के बाद वह फिर शान्ता पर उतर आया। थोड़ा नशा भी शुरू था—उसका दुख और गहना हो गया और आँखों की रोशनी तेज़ पड़ती गयी—"तुमने सब चौपट कर दिया, यार! वर्षो का बना-बनाया खेल जैसे बच्चों के खिलौने-सा बिगड़ गया। काश, उस दिन तुम्हें मैंने रोक लिया होता!" वह माथे पर हाथ टेककर बैठ गया, "अब तो कोठी की ही शरण लेनी पड़ेगी।"

मुझे आश्चर्य हो रहा था, पर मैंने बात बढ़ाना ही उचित समझा, " कुछ समझ में नहीं आता, बरोरा! तुम्हारी बातें भी क्या अजीब होती हैं। मेरे वहाँ रहने से क्या होता?"

"कुछ नहीं, पर यह न होता, जो हो गया। तुम्हारे सामने भी तो सब-कुछ हो सकता था। शान्ता के लिए यह कोई नयी बात तो नहीं।"

"नयी बात? कुछ समझ में नहीं आता!" मैंने उतावली से कहा।

"यही या! कि उसे अनेकों से सम्पर्क रखने में कोई संकोच नहीं। वह आदी है। उसके जीवन का पहला विश्वास ही यही था।" उसका नशा कुछ और गर्म हो चला था, इसलिए उसे बोलने में अब प्रयास नहीं करना पड़ रहा था, " अपने अठारहवें वर्ष में यह एक ऐसे लड़के के चक्कर में फँस गयी, जिसके लिये यह और उसका एक मित्र एक ही से थे।"

मुझे जैसे किसी ने गरम सलाख से दाग दिया हो, "बस करो बरोरा, बहुत हो गया, कल तक तुम्हीं तो शान्ता के गुण गाया करते थे, आज ऐसा क्या हो गया? यह सब झूठ है—निरा झूठ। तुम महज़ मेरा मन खट्टा करने के लिए यह सब कर रहे हो।" मैंने एक आवेश में कह डाला। पर बरोरा नाराज़ नहीं हुआ, बल्कि एक अज़ीब सी दुखपूर्ण हँसी-हँसकर कहने लगा—

"सो तो अब भी कहता हूँ भाई! कुछ अजीब है ही यह लड़की। घर छोड़कर उनके साथ भाग आयी थी। मैं तो स्वयं देख चुका हूँ न इन्हीं आँखों से। इसलिए कहता हूँ। हर तरह उनकी सेवा करती थी। उनके दोस्तों को इण्टरटेन करती थी। उसी सिलसिले में तो मुझसे इसका परिचय हुआ और जब मुझे वह सब अच्छा नहीं लगा, तो मैनें इसे बताया कि स्त्री की आस्था एक ही पुरुष में होनी चाहिए। बेचारी पागल हो गयी इस एक़ बात पर। रात-दिन इसी एक आस्था में जीती-मरती थी। उसने सब-कुछ छोड़ दिया। उनका .ख्याल भी इसे पागल बना देता है—डरावनी, खूँखार, जैसे अभी-अभी प्राण त्याग देगी। पर ...उफ़।" बरोरा जैसे झूँझला उठा हो। उसकी बरोनियों पर बल पड़ गये और हाठ एक-दूसरे से सट गये।

मैंने उसे देखा, तो भय हुआ। फिर ध्यान से देखा तो जैसे घृणा की गहरी वेदना से मेरा मन तिलमिला उठा। जी में आया, शान्ता को अभी ढूँढ़ निकालूँ और पूछूँ" तुम्हारे यही सब करम हैं? मैं उठ खड़ा हुआ। बरोरा ने कहा, "जा रहे हो–जाओ! पर सुनों, एक बात याद रखना, कभी बरोरा और शान्ता की मित्रता की बात भी मत सोचना और शान्ता से पूछना तो तुम्हारे लिये जहर साबित हो जायेगा। वह अपने विश्वास की राह में पहाड़ को भी समतल मैदान मानती है। अब बरोरा अपने सारे पौरुष के बावजूद भी उसके लिये एक मच्छर से ज्यादा नहीं। और यह नर्सरी स्कूल की नौकरी? मैंने स्वयं ही काँटा बोया है अपनी राह में ।" और वह माथे पर हाथ रखकर बैठ गया।

मैं वहाँ से उठा, तो सीधे डाक्टर के पास गया। वहाँ शान्ता मिली। बड़ी देर से मेंरा इन्तज़ार कर रही थी। कहने लगी, "कहाँ रह गये आप? "और उठ खड़ी हुई। फिर मुझे रिपोर्ट देते हुए, पत्नी को शीघ्र भुवाली भेज देने की बात पर डाक्टर की राय बताने लगी – "केस बहुत बिगड़ गया है, भुवाली के सिवाय कोई आशा नहीं। बस महीने-दो -महीने की बात बच रही है। हार्ट तो कभी भी फेल कर सकता है।"

हम दोनों धीरे-धीरे सड़क पर चले जा रहे थे, तब तक बरोरा फिर सामने पड़ गया। मिस शान्ता ने रास्ता नहीं बचाया, रुकी भी नहीं, हिचकी भी नहीं और मुझसे बातें करती चलती रहीं। फिर मुझे रुकने को कह कर वह एक दूकान में घुस गयी और कई बिस्कुट के डिब्बे, दवा की शीशियाँ तथा एक छोटी मच्छरदानी लेकर निकली और मुझे देते हुए कहने लगी, 'खंजन ने बताया, वह वैसे ही सोती है, आज से उसका ठीक से इन्तजाम कर दीजियेगा। मच्छर लगते हैं–मलेरिया का बड़ा डर है। थोड़ा सँभालियेगा।"

मैं दवा सँभाल ही रहा था कि उसने रिक्शा बुलाकर अपने जाने की सूचना दे दी। मैं डर गया। कौन जाने, बरोरा नशे में उधर जाये? इसलिए मैंने उसे रोककर कहा, "मै भी साथ चलूँ, तो कोई हर्ज हैं?"

"नहीं नहीं, कोई ऐसी बात तो नहीं, पर आप सीधे घर जायें, तो अच्छा है। मैं चली जाउँगी।"

"रात तो ज्यादा..." मेरे मुँह से निकला ही था कि उसने बात छीन ली, "कोई ऐसा डर नहीं आप निश्चिन्त रहें।"

मैं लौटकर घर पहुँचा, तो बरोरा की बहशी आँखें मुझे बार-बार घूरती नज़र आने लगीं। रात को देर तक नींद नहीं आयी और काफ़े वाली बातें दिमाग़ में घूमती रहीं।

इसके बाद प्रायः शान्ता मिलती रही, लेकिन बातचीत में केवल हाल-चाल और तीमारदारी की शिक्षाएँ ही देती गयीं। उसका मुख्य काम खंजन से ही रहने लगा। स्कूल की बस से अब वह नर्सरी जाती और लौटते हुए मेरे घर पर ही रुक जाती। केवल इसलिए खंजन सड़क से घर तक अकेली कैसे जायेगी और पहुँचने पर उसे नाश्यता

कौन देगा, कपड़े कौन बदलेगा? प्रायः हफ़्तों मुझसे उसकी मुलाकात भी नहीं होती, न वह इच्छा ही प्रकट करती, न शिकायत ही करती।

खंजन भी जैसे हम लोगों की परवाह न करती। उसकी नन्हीं-सी दुनियाँ में रोज़बरोज़ एक नया खिलौना, नया आकर्षण देखा जाता कपड़ा-लत्ता, खाना-पीना, सब जैसे आसमान से आकर उसके पास गिर जाता है। मैंने एक-आध दिन खंजन से बातें करनी चाही, तो बस "मदर ने यह कहा है, मदर ने वह कहा है," इसके अलावा और कुछ नहीं।

मिस शान्ता से मैंने एक-आध बार कहा, " यह सब आप क्या कर रही हैं? नाहक कष्ट उठाती हैं। तो वह कुछ नहीं बोली। हाँ, दुखी बहुत हो गयी। मुझे संकोच हुआ, शायद मेरी इस बात से मेरे पिता होने का एहसास तो उसे छू नहीं गया, क्योंकि उसने जब भी मुझसे बातें की, खंजन को उससे अलग रखा, जैसे वह कोई ऐसा स्थल हो, जिसे छूते ही तेज़ दर्द होने की सम्भावना है।

एक दिन सुबह मैं सोकर उठा ही था कि बाहर बरामदे में शान्ता और खंजन की फुसफसाहट सुन पड़ी। खंजन कह रही थी " मदर, तुम तो बड़ी मदर होकर मसूरी जा रही हो, मुझे भी ले चलोगी?"

फिर शान्ता ने जैसे बड़े रूठने के स्वर में कहा, "तेरा बाप ले भी जाने देगा, बेटी? मैं यहीं रहूँगी। कोई नौकरी के लिए अपनी बेटी को छोड़ता है? चल, जल्दी कर, दूध ठंडा हो रहा होगा।"

मैं अचम्भे में पड़ गया, कैसी पागल औरत है! मुझसे तो बता देती। मैं बिस्तर से उठ खड़ा हुआ और धीरे-धीरे चौके की ओर गया, तो शान्ता दूध का गिलास और अण्डे लेकर पत्नी को देने जा रही थी। मैंने रोका, तो खड़ी हो गयी। देखा तो जैसे वह बड़ी उदास-सी लग रही थी। कुछ ही दिनों में कहाँ-की कहाँ पहुँच गयी है यह, जैसे कई बच्चों की माँ हो।

"आप कहीं बाहर जा रही हैं?" मैंने पूछा।

"नहीं तो, किसने बता दिया आपसे?" और कमरे की ओर बढ़ गयी। मैं उसे देखता-देखता कमरे में चला गया। पत्नी को आज बुख़ार तेज़ था। शान्ता ने टेम्परेचर लिया और मुझे फौरन डाक्टर के पास जा, उसे ले आने को कहकर, खंजन को लेकर वह स्कूल चली गयी। मैं दौड़ा, डाक्टर के पास चला गया; पर अब डाक्टर बेकार था। उसी दिन दोपहर के एक बजे के लगभग उसकी साँस बन्द हो गयी। मेरे लिये जैसे चारों ओर अन्धकार छा गया। कई दिनों तक जैसे मुझे पता ही नहीं चला कि मैं कहाँ हूँ। हाँ, इतना जरूर था कि शान्ता ने मेरे घर तार देकर माँ, बड़े भाई और भाभी को बुला दिया था। शान्ता रोज़ उसी तरह आती थी, पर घर में घुसते जैसे उसे संकोच होता

है। दरवाज़े से ही खंजन को आवाज़ देती और खंजन जैसे कुछ दुखी-सी दौड़कर उससे चिपक जाती और भाई की बच्चियों की एक बोझ शिकायत शान्ता से कह डालती।

एक दिन भाभी ने खंजन की चर्चा करते हुए मुझसे कहा, "अब तुम्हें भी घर ही चल कर रहना होगा। यह खंजन भी बड़ी बिगड़ती जा रही है। घर के प्राणियों में जैसे उसकी साँस फूलती है। रात-दिन उसी मास्टरनी की रट लगाये रहती है। तुमने तो इसे बिगाड़ ही दिया है!"

मैं उन्हें क्या समझाता, पर मेरा तो यहाँ रहना किसी भी तरह सम्भव नहीं था। खंजन की पढ़ाई की बात जरूर थी, सो वहाँ भी तो हो सकती है। मैं सोचने लगा कि शान्ता से बता तो देना ही चाहिए। मैं सोच ही रहा था कि बस की आवाज़ हुई और शान्ता खंजन की अँगुलियाँ पकड़े दरवाज़े पर आकर खड़ी हुई। मैं उठकर गया, तो कहने लगी, "जरा सुनियेगा तो।" मैं बाहर निकल गया। जैसे वह कुछ भूल गयी हो और उसका ख़याल कर रही हो। कहने लगी, "खंजन बहुत डरती है, न जाने क्या हो गया है, बड़ी उदास रहती है। बच्चों की बात-बात पर रोती है। कोई कुछ कहता तो नहीं इसे? और हाँ, कल रात तो मुझे बड़ा डर लगा। मैंने रात स्वप्न देखा कि यह बहुत बीमार है और इसे कोई उठाये जा रहा है। मैं चौंककर उठ बैठी और चपरासी को लेकर यहाँ तक आयी, पर आप सब लोग सो रहे थे, किसको जगाती? फिर लौट गयी।" शान्ता की बरौनियाँ भय के आँसू से भींग गयी थीं।

मेरी समझ में नहीं आया कि मैं क्या कहूँ पर उससे कहना तो था ही। आखिर कल ही नौ बजे तो जाना है मुझे यहाँ से। "हम लोग तो कल जा रहे हैं।" मैंने धीरे से कहा।

"खंजन भी?" शान्ता पर जैसे बिजली गिर गयी। फिर जैसे उसे किसी गलती का अनुमान हुआ हो, उसने अपने को सँभालते हुए कहा, "किस गाड़ी से?"

"नौ बजे सुबह।" मैंने जवाब दिया, "पर खबर देती रहियेगा।"

"जरूर, जरूर!" उसने बड़ी थकी आवाज़ में उत्तर दिया। मैंने देखा, तो पहली शाम वाली मुलाक़ात की रुआसी आँखें, स्थिर, निर्विकार चेहरा और मोहहीन तन्द्रा के सारे लक्षण जैसे साकार हो उठे हैं—वही उदासी, वही स्थितप्रज्ञता, जैसे मेरी पहचान जाग उठी। मैं कुछ कहता, पर उसने मौक़ा न दिया। घर की ओर लौटती हुई वहखंजन के फ्राक, स्कर्ट और चड्डियों का कलर-कम्बिनेशन समझाती रही, "सुबह गर्म पानी से नहलाकर कपड़े बदल दीजियेगा और फिर नाश्ते में बिस्कुट और मक्खन देना मत भूलियेगा। उसके खिलौने टूटने न पाएँ, खासकर वह स्प्रिंगमोटर तो उसकी जान है। देखिये, लड़कों से झगड़ने न पाये, वर्ना आदत बिगड़ जायेगी और किसी ने मार-पीट दिया, तो अलग परेशानी होगी। हाँ, उसकी आँखें कुछ मैली हो रही हैं। मैंने लोशन

का डिब्बा रख दिया है, उसे अपने ही हाथ से डालियेगा!...'' फिर वह जैसे कुछ रुकी। मैंने उसकी ओर देखा, तो मुझे कुछ दिखायी नहीं पड़ा। पर फिर सुना, कह रही थी, ''और हाँ, शायद वह मुझे याद करे, पूछे, रोये, तो देखिये, रोने न दीजियेगा; वरना आँखों पर बुरा असर पड़ेगा, कहीं और कुछ न हो जाये, किसी भी तरह बहलायेगा, किसी...''

फिर वह दीख नहीं पड़ी, जैसे आँसुओं के पर्दे में छिप गयी हो। मैंने इधर-उधर देखा, कहीं कुछ नहीं। वह चली गयी थी, पर मैं सोचने लगा, ''कुछ मेरी भी तो सुन लेती, शान्ता!''

कहानी के लिए नारी पात्र चाहिए

चाची को मेरी कहानी के स्त्री पात्र पसन्द नहीं हैं! उनका कहना है कि कहानियों में जिन स्त्री पात्रों को मैं चित्रित करता हूँ वे उच्छृंखल, सीनाजोर और मुँह-फट होती हैं। वे प्रेम ही नहीं करतीं, जबर्दस्ती अपने को प्रेम करवा लेती हैं। उनमें सामाजिक बन्धनों के प्रति आस्था नहीं होती। वह अपने प्रणयी के लिए दुनिया तक को छोड़ने के लिए तैयार हो जाती हैं। वे कोमल कम लगती हैं। उनके प्रेम में मौन का स्थान नहीं होता। वे मुहब्बत का इजहार करती फिरती हैं।

बाह्य चित्रण पर भी उनको आपत्ति है। उनकी नजरों में वह सब-की-सब बहुत तगड़ी, स्वस्थ और नौजवान होती हैं। उनका उभरा हुआ वक्ष, उनकी नशीली आँखें, उनके अटपटे, उलझे, लम्बे बाल, उनके होंठों की लाली और कपड़ों का बेढंगा जिक्र भी उन्हें अच्छा नहीं लगता।

हमारे प्रोफेसर महोदय भी नाराज हैं। यद्यपि उनका कुल साहित्य-ज्ञान रीति-साहित्य के घरौंदे की तरह का है। उन्हें नौजवान लड़कियों से पर्याप्त स्नेह है। वे स्त्री-शिक्षा, स्वतन्त्रता, सौन्दर्य-वर्णन और प्रेम-विरह-चित्रण के ही पोषक हैं। वे कक्षा में बेतरह मुसकराते हैं और कोशिश भी करते हैं, कि कम-से कम कक्षा का स्त्री-वर्ग तो उन्हें पसन्द करे ही। वह भावुक बहुत हैं, पर उनका कहना है, कि तुम्हारी कहानियों के स्त्री पात्रों में स्त्रैणता कम और पुरुषत्व अधिक है। वे आसक्ति को अनुराग से अधिक महत्त्व देती हैं। उनमें वासना अधिक है, रागात्मक चिन्तन कम। इसीलिए वे उतावली करती हैं तपतीं नहीं!

मेरी एक स्त्री मित्र की बातें भी आलोचना से भरी हैं। पहले जब वे पढ़ती थीं तो बामपक्षीय राजनैतिक दलों की सहयोगिनी थीं। उनकी एक बात मुझे अभी तक नहीं भूली है। कहा करती थीं, "स्त्री-पुरुष में यदि सांस्कारिक विचारों को छोड़ दिया जाय तो कुछ भी भेद नहीं है। यह सारे नियम, बन्धन पुरुष के अपने गढ़े हुए हैं। साथ ही, यदि स्त्री भी वास्तविक समानता का दावा करती है तो उसे मानसिक स्वतन्त्रता पहले अर्जित करनी होगी। पर उन्होंने आजकल एक सुपरिण्टेण्डेण्ट पुलिस से विवाह कर लिया है। कहते हैं, पति बड़ा दबंग आफिसर है और पत्नी सफल सहचरी। उनका कहना यों है—

"देखो, कहानियों में जब प्यार, मोहब्बत के ही जिक्र करना है तो उसके लिए एक विशेष वातावरण की जरूरत होती है। पार्श्व में सुकोमल टहनियों पर झूलते हुए नवविकसित फूल, तितलियाँ, मन्द, किन्तु गुदगुदाती हुई वायु प्रेम-संगीत में विभोर झरने, नीला आकाश, धरती और न जाने क्या-क्या। और यदि तुम्हें भूख, प्यास, तड़पन, विद्रोह और लाचारी लिखनी है तो फिर अनुरागमय जीवन की, और वातावरण की क्या जरूरत। लिखो न मशीन की तरह। क्योंकि जहाँ रोमान्स है, स्नेह है, फिर वहाँ अर्थ की भौतिक परम्परा को ले जाना विचारों-भावनाओं की परिपक्वता में खलल डालता है। पाठक, जो एक पारलौकिक रस-चिन्तन में उन्मुक्त रहता है, एकाएक धरती की तकलीफों से तिलमिला उठता है। तुम्हारी कहानी कोई विद्रोह के लिए थोड़े ही पढ़ता है। क्षण-भर को अपने को भूल जाना ही कहानी का मर्म है।"

मेरी आत्म-कहानी की स्त्री पात्र को तो शायद मेरी कहानियों के स्त्री पात्रों पर हमेशा खीझ बनी रहती है। जब कभी भूख और वेदना से पीड़ित पागल माँ बाजार में अपने बच्चों को बेचती नजर आती है तो वह पुस्तक ही पटक देती हैं। यदि किसी की स्त्री, जो पति के बुरे आचरण से परेशान हो गयी है, जो रात को शराब के नशे में उसकी सूखी हड्डियों पर डण्डे बरसाता है और जब वह उसे छोड़कर किसी मनोनुकूल पति की खोज कर लेती है तो हमारी पत्नी को बड़ा बुरा लगता है।

जब कभी कोई स्त्री अपने जनसेवी नायक के गले से लिपटकर कहती है, "मैं तुम्हारे साथ अपने को धधकती हुई आग में भी झोंक सकती हूँ। मैं तुम्हारे साथ समुद्र फाँद जाऊँगी, लड़ूँगी, विद्रोह करूँगी, इस समाज को बदलूँगी।" तो उसका जी तिलमिला उठता है।

इधर एक मित्र ने एक नयी समस्या खड़ी कर दी है। महामुनि भर्तृहरि के शृंगार शतक और फ्रायड के सिद्धान्तों की बात तो है ही, पर समाज के सामान्य जीव उनकी बहुत-सी बातों का प्रयोग अच्छा नहीं समझेंगे। जानने की बातें हैं कि स्त्री तथा पुरुष ही जीवन तथा संसार का निर्माण करते हैं। स्नेह, वात्सल्य और ममता दोनों के सहयोग से ही पैदा होती हैं। पर क्या स्त्री गाय है, जो हमेशा हरी दूब चाहती है, या पुरुष और स्त्री का मिलन यदि एकान्त में हो; तो वे वासनात्मक क्रिया-कलाप से बाज नहीं आ सकते, या काम ही जीवन का उत्प्रेरक है?

पर मित्र ने तो मेरी सारी कहानियों को, या यो समझिये कि अब तक के सारे साहित्य को खोखला ठहरा दिया है। उन्होंने कहा है कि, "तुम्हारी कहानियों की स्त्रियाँ एक ही आदमी के पीछे क्यों पड़ती हैं, क्या उन्हें दूसरे पुरुष नहीं मिलते? फिर तीसरे, चौथे, पाँचवें, छठवें...। उनका दावा है कि राग का क्षेत्र सीमित नहीं है। हाँ, वे भी हमारे प्रोफेसर साहब की तरह आसक्ति को घृणित और असांस्कृतिक बताते हैं। उनका

कहना है कि, इसीलिए तो हमारे पूर्व पुरुषों ने कहा है, कि राग अपरिमेय, असीमित है। आसक्ति तो एक ही तक बँधती है। उनका अपना निजी विचार है कि पुरुष-स्त्री का रागात्मक सम्बन्ध कहीं भी, किसी भी परिस्थिति में सम्भव है, चाहे वह कोई भी स्त्री हो, चाहे वह कोई भी पुरुष। उनका स्वयं का सम्बन्ध न जाने कितनी लड़कियों से है। वे दावे के साथ कहते हैं कि हर लड़की की यही दशा होती है। चाहे वह सामाजिक बन्धनों के डर से भले ही कहे कि मैं एक से प्रेम करती हूँ, एक की हूँ, विवाहित हूँ।

उनकी नाराजगी का सबसे बड़ा कारण यह है कि मैं अपने को सामाजिक उत्थान और प्रगति का लेखक समझता हूँ, फिर क्यों नहीं इन अत्यन्त यथार्थ; सामाजिक प्रक्रियाओं का उल्लेख अपनी किसी नारी पात्र द्वारा कराता।

मैं परेशान हो गया हूँ, सोचता हूँ अब यही करूँ। जहाँ जाऊँ, जिससे मिलूँ, हमेशा कहूँ, "मुझे कहानी के लिए नारी पात्र की जरूरत है।" अखबारों में विज्ञापन निकलवा दूँ, रेडियो से ब्राडकास्ट करवा दूँ, नेताओं के पास खत लिख दूँ, मित्र से राय ले लूँ, नोटिस छपवा डालूँ, पोस्टर बनवा डालूँ, और भी, जो हो सके करूँ कि मुझे सही नारी पात्र मिल जाये, जिसे सब लोग पसन्द करें।

सम्पादक एक बार पढ़कर लहालोट हो जायें। चाची, प्रोफेसर, स्त्री मित्र, दोस्त और पत्नी को तारीफों के पल बाँधने पड़ें। अब मैं ऐसे ही स्त्री-चरित्रों का निर्माण करूँगा जो एक होते हुए भी सार्वभौम हों। उसे जो पढ़े, उसे वही रस मिले। उसमें करुणा, कमजोरियाँ, सौन्दर्य और स्त्रीत्व तो मैं भर ही दूँगा। क्या कमी है, किसी फूल से कहूँगा, अपना रंग दे दो! लाजवन्ती से कहूँगा, तुम अपना गुण दे दो! किसी लता से कहूँगा, तुम अपनी कमनीयता दे दो! और यदि इतने से काम नहीं चलेगा तो नायिका-भेद उठाकर नारी के समस्त गुणों को, उसमें अन्तर्भूत कर दूँगा। उसकी कमर, उसके उरोज, उसकी आँखें, उसके बाल, उसके पाँव और उसका चेहरा भी, कहीं से चुरा लूँगा और वातावरण के लिए कालिदास का अभिज्ञानशाकुन्तल तो है ही। यदि इतने पर भी कमी पड़ी तो, किसी अमेरिकन मैगजीन से ट्वाइलेट्स और फैशनेबिल कपड़ों इत्यादि का विज्ञापन देखकर उसे अत्याधुनिक बना दूँगा। हाँ, ऊँचे दर्जे की शिक्षा की बात भी तो उठेगी, इसलिए थोड़े दिनों यूनिवर्सिटी की लड़कियों के हॉस्टल की खाक छानूँगा। मुझे पूरा विश्वास है, कि इतना करने के बाद, मैं सफल हो जाऊँगा।

लेकिन इतना सोचने के बाद भी मेरे मन में यह बात जैसी-की-तैसी बनी हुई है, कि मैंने ऐसे चरित्र क्यों बनाये। क्यों स्त्रियों को इस ढंग से चित्रित किया। क्या मेरा भेजा तो नहीं फिर गया था, जो साहित्य के माध्यम से मैंने इतने बड़े अन्याय किये और यदि सचमुच मैंने गलतियाँ की हैं, तो फैसले के लिए मुझे अपनी कहानियों की

ही सहायता लेनी पड़ेगी, जिनमें मैंने ऐसे चरित्र निर्मित किये हैं।

सबसे पहले हम सन्ध्या को ही लें। कितनी मासूम लड़की थी बेचारी। जब चाची पहली बार अपने मायके से लौटीं, तो उसे लेकर शहर आयीं। वह देहात की लड़की थी, पढ़ी-लिखी नहीं थी। चाची ने कहा हम इसे पढ़ाने ले आये हैं। धीरे-धीरे चाची ने उसे कपड़े बनवाये। उसके रहने और पढ़ने का प्रबन्ध किया। उसे शहर के काम अच्छे लगते थे। बरतन नहीं माँजना पड़ता था। आटा नहीं पीसना पड़ता था; इसलिए लगता था, जैसे यहाँ कोई काम ही नहीं है। वह उछल-उछलकर घर का सारा काम कर डालती। पानी देना, चाय बनाना, तरकारी काट डालना, खाना बना लेना, उसे बड़ा अच्छा लगता था। चाची आराम से बैठी बातें किया करती थीं। कभी मुहल्ले की स्त्रियाँ भी घर में जम जाती थीं, और चाची उन सब में, सरपंच बनकर टाँग पसारकर बैठ जाती थीं। रात को कभी कमर में दर्द, कभी सिर में दर्द। फिर सन्ध्या तो थी ही, काम करने के लिए!

सन्ध्या की उम्र हो चुकी थी। खाने-पीने की सुविधा थी। थोड़े ही दिनों में उसके हाथ-पाँव चिकने हो गये। शरीर में निखार आ गया। आँखों में एक रोशनी चमकने लगी! कपड़े-लत्ते ठीक से पहनने और अपने को सजाकर रखने की भी, उसे फिक्र होने लगी। देर तक शीशे के सामने खड़ी रहने में उसे आनन्द का अनुभव होने लगा। कभी-कभी वह स्कूल से लौटकर बगलवाली विजातीय सखी के घर ज्यादा देर तक रुक जाया करती थी। चाची ने कई बार उसे डाँट बतायी, पर वह बार-बार भूल जाया करती थी; क्योंकि उसकी सहेली का रिसर्च- स्कालर बड़ा भाई, गाने का बड़ा शौकीन था। वह प्रायः शाम को अपनी छोटी बहिन को गाना सिखाया करता था। सन्ध्या को उसका स्वर, उसका स्वभाव, उसके शरीर की सुन्दर गठन और बनावट, बड़ी लुभावनी लगती थी। वह अपनी सहेली के पास बैठी-बैठी घर की सुधि ही भूल जाती। एक दिन उसने कहा, "तुम भी गाना सीख लो!"

तब से सन्ध्या उसके बड़े करीब हो गयी। दोनों प्रायः मिलते, बातें करते और देर-देर तक मनोविनोद किया करते। जब यह सब चाची को ज्ञात हुआ, तो उनके क्रोध की सीमा न रही। उन्होंने सयानी लड़की पर हाथ छोड़ दिया। सन्ध्या बहुत रोयी और कई दिनों तक बिना खाना खाये पड़ी रही। चाची ने तय किया कि इसे हम गाँव भेज देंगे, पर सन्ध्या जाने को तैयार न हुई। जब उसके प्रेमी को मालूम हुआ, उसने किसी तरह सन्ध्या को अपने घर बुलाया, बातें कीं, और शादी कर ली। अब लड़का प्रोफेसर हो गया है, और सन्ध्या रिसर्च कर रही है। दोनों अत्यन्त स्वस्थ और सुरुचिपूर्ण जीवन व्यतीत करते हैं। साथ-साथ घूमते हैं, खाते-पीते हैं।

चाची को यह नारी पात्र पसन्द नहीं है। वह चाहती थीं, सन्ध्या में लिहाज होता, वह घर के कामों में अपने को खपाये रहती। मनमाना प्रेम न करती और जब कुछ दिनों

के बाद चाची एक अनजान पति कहीं से ढूँढ़ निकालतीं तो वह उसके साथ गृहस्थी जोड़ने में लग जाती। स्त्री को विद्रोह करने की क्या जरूरत, माँ-बाप हैं ही।

चाची सन्ध्या से नाराज हैं। सन्ध्या उच्छृंखल है, सन्ध्या उद्दण्ड है, पर सन्ध्या जो है, वह है। मैं चाची के अनुसार उसे समझा भी नहीं पा रहा हूँ और वह कह रही है, "तेरी कलम जुग-जुग जिये लेखक! तुमने नारी को जीवन और जागरण के प्रति सजग किया है।"

अब रही रमोला, जिसे आप सभी जानते हैं कि वह प्रोफेसर की शिष्या थी। उसकी बाहरी शकल-सूरत साफ बताती थी कि वह बड़े घर की है। इसीलिए मैंने उसे कहानी में साधारण कपड़े पहननेवालों और साधारण ढंग से रहनेवालों से भीतरी घृणा करते चित्रित किया। वह चाहती भी यही थी। लेकिन उसे जब पहले दिन प्रोफेसर ने अपने लेक्चर के दर्मियान कई बार देखा, तो उसे लगा जैसे वह उसकी ओर खिंच रहा है। उसने अपनी साड़ी का आँचल ठीक कर लिया। नीचे दृष्टि डाली, ब्लाउज देखा, और दोनों छातियों पर लटकती हुई वेणियों के फीते पर नजर डाली—जो उसकी साँस के उतार-चढ़ाव के साथ बार-बार हिलते वक्ष के साथ, उठ-गिर रहे थे। वे उसे बहुत सुन्दर लगे। सचमुच वह बहुत मासूम थी, पर उसने एक दिन प्रोफेसर की हत्या कर दी। "आखिर ऐसा क्यों किया तुमने रमोला!" मैं जब-जब पूछता हूँ, वह यही कहती है कि उस नीच प्रोफेसर ने मुझे अनेकों प्रलोभन दिये। मुझे पुत्री तक माना, मेरा आदर किया, मुझे सम्मान दिया और अन्त में एक दिन अपने घर रीतिकालीन शृंगारिक सूक्तियों का अर्थ समझाते-समझाते मेरा हाथ पकड़ लिया। मुझे खींचकर, अपने पास कर लिया। मैं समझती थी, वह बुरा नहीं हो सकता, जो आदमी अपने बाह्य जीवन में इतना सात्त्विक होने का दावा करता है, वह इतना नीच नहीं हो सकता। क्योंकि प्रोफेसर विवाहित था, लेकिन उसका यह व्यापार बढ़ता गया। उसने धीरे-धीरे मेरे स्त्री-मन को अपनी प्रेम और स्नेह से छलछलाती हुई मीठी-मीठी बातों से जकड़ लिया। वह कहता था, "रमोला! तुम तो मेरी प्राण हो, डियर! तुम्हारे बगैर मेरा अपना अस्तित्व ही नहीं है।"

मैं उसके साथ घूमने जाती और देर तक लौटती। फिर रात तक, उसकी प्रेममय वाणी में ऊहापोह होकर; उसके बाजुओं में खेलती रहती। उसने कहा था मैं तुमसे विवाह कर लूँगा। अन्त में एक दिन जब उसने एक होटल में मुझसे शराब पीने का प्रस्ताव किया, तो मेरा मन उसकी ओर से खिंचा। मुझे शक हुआ। मैं क्या समझती थी कि यह नर-भेष में राक्षस है, लेकिन उसने टाल दिया और गम्भीर हो गया। दूसरे दिन, इच्छा न होने पर भी, वह मुझे अपनी कार में टहलाने ले गया। मुझे पता नहीं था, वह कहाँ जा रहा है, पर वह चलता गया। अन्त में नगर के एक छोर पर, वह यह कहकर उतरा कि यह

मेरे मित्र का बँगला है। मैं उसके साथ गयी तो शाम बीत चुकी थी। वह मेरे साथ सीधे अन्दर घुसता चला गया। ड्राइंग-रूम में मैं रुक रही थी पर उसने कहा, "कोई बात नहीं चली आओ!" मैंने पूछा, "कोई स्त्री इस घर में नहीं है क्या?" वह हँसा, "तुम तो हई हो।"

मेरा मन घृणा से भर गया। मैं एक निश्चित अनिष्ट की भावना से भर गयी। फिर वह एक कमरे में मुझे बैठने को कहकर, अन्दर गया। थोड़ी देर में एक चौड़े मुँह और छँटी मूँछोंवाला आदमी कमरे में आया। उसके आते ही, कमरा एक अजीब-सी बदबू से, जिसमें शराब की घुटन थी, भर गया। मैं घबरायी, तब तक एक नौकर बोतल और गिलास लेकर घुसा। मैं उठना चाहती थी, पर उस आदमी ने नौकर को बाहर जाने के लिए कहते हुए, मेरे कन्धे पर हाथ रख दिया और बलपूर्वक मुझे अपनी तरफ खींचकर, अपने कड़े किन्तु बलशाली सीने में भींच लिया। मैंने घबराकर, उसे दाँतों से काट लिया। वह छोड़कर अलग हो गया, और जब मैं बाहर भागने को हुई तो उसने दौड़कर पकड़ना चाहा, पर कुर्सी से लड़कर गिर पड़ा। मैं बाहर गयी, तो प्रोफेसर भी गिलासें ढाले जा रहा था। उसने मुस्कराते हुए टूटी जबान में कहा, "आओ...रमोला...डियर!"

मैंने कहा, 'जी आती हूँ' और वहीं कोने में पड़े हुए लोहे के राड को उठाकर, अपनी पूरी शक्ति से उसके सिर पर जड़ दिया, वह चिल्लाया, फिर खामोश हो गया। मुझे जेल में पता लगा कि वह मर गया, तो मैं जी भरकर हँसी और हँसती रही।

प्रोफेसर के कथानुसार, मैंने अपने इस चरित्र से न जाने कितनी बार बातें कीं। उसे ऊँच-नीच समझाया। जेल की तकलीफों से डराया और विकृत मनुष्यों के जाल में पड़कर, भेड़ बन जाने की सलाह दी पर रमोला नहीं मानती। वह कहती है, "नहीं, तुमने ठीक किया है। मैं जेल जाऊँगी। मैं लड़ूँगी, मैं खून करूँगी। क्या मैं मोम की पुतली हूँ कि जो जैसे चाहे, मुझे इस्तेमाल करे। तुमने ठीक किया है, लेखक!"

अब मैं लक्ष्मी से पूछता हूँ, जिस पर मेरी स्त्री मित्र को बड़ा एतराज है। लक्ष्मी भी बड़े घर की लड़की है। उसे एक गरीब किन्तु प्रतिभाशाली लड़के से मोहब्बत हो जाती है। लेकिन समय की गति और उम्र के बढ़ाव के साथ-साथ पढ़ी-लिखी लड़कियों का यह कहना कि "पति तो सभी को मिल जाते हैं, पर धन, वैभव, ड्राइंग-रूम और मोटर का क्या होगा?" लक्ष्मी को मैंने इन आर्थिक प्रलोभनों में इतना सुलझा दिया, कि वह हमेशा प्रणय को धन की दृष्टि से देखने लगी। बाद में जब उसके माता-पिता ने मग्गामल के सुपुत्र जानकीनाथ से उसका विवाह तय कर दिया तो वह मन-ही-मन खुश हुई। पर जब वह ससुराल पहुँची और अपार धनराशि के बीच भी उसका जीवन, बड़े-बड़े तीखे अमानुषी काँटों के बीच छिदने लगा तो वह पागल की भाँति अपने उस

गरीब प्रेमी की याद करके रोया करती। उसका पति अत्यधिक खामोश, भोंड़ा और कुन्द दिमाग का है। वह रात-दिन सट्टेबाजी और कोठे-शराब से नीचे की बात नहीं करता। उसे रेस का भी शौक है। वह लक्ष्मी में विशेष रुचि नहीं रखता, क्योंकि वह तो घर की दीवारों में रहनेवाली लक्ष्मी है।

संयोगवश वह गरीब लड़का उसकी ही मिल में नौकर हो गया। और एक दिन कुछ व्यक्तिगत विचार-विनिमय के लिए घर पर आया। ऐसी अवस्था में लक्ष्मी अपने को रोक न सकी। उससे मिली, बातें कीं, और उन दोनों के रिश्ते फिर से जुड़ने लगे। सेठ ने जब इन बातों को जान लिया तो एक जाल का मुकदमा चलाकर, उस लड़के को जेल में बन्द करा दिया। लक्ष्मी ने घर से निकलकर अपने कीमती जेवरों को बेच डाला और उसकी जमानत की। फिर सेठ को डाइवोर्स कर, उससे शादी कर ली।

लक्ष्मी को कुछ भी समझाना मेरी ताकत के बाहर है, क्योंकि जब से वह मेरी कहानी में पात्र की हैसियत से आयी, तभी से वह अपनी राय और विचारधारा के आगे दुनिया को झूठा समझती है। वह मुझसे गुस्से में कहती है, "लिखो! लिखो!! नहीं तो तुम्हारी कलम तोड़कर फेंक दूँगी। तुम्हारा लिखना हमेशा-हमेशा के लिए बन्द कर दूँगी।" और जब मैं कहता हूँ, "लक्ष्मी! लोग मुझ पर नाराज होते हैं!" तो वह कहती है, "जानते नहीं, यह हारे हुए लोगों की कराह है, जो जीवन के आगे घुटने टेक चुके हैं। उन्हें भी कभी जीवन प्रिय था। उन्हें भी कभी परम्पराओं से विरोध था पर जब समय की कसौटी पर, उनसे बलिदान और उत्सर्ग की माँग की गयी, तो उन्होंने आँखें चुरा लीं। आराम ने इन्हें खींच लिया, और जीवन ने इन्हें पलायन दे डाला। मैं तो ऐसी ही रहूँगी, यदि तुमने एक अक्षर भी काटा तो ठीक नहीं होगा।" ऐसी अवस्था में मुझे कोई उपाय नहीं सूझता।

अपने मित्र को मैं कैसे खुश करूँ। उन्हें पठान कमील खाँ की भानजी, रसीदा बेगम के चरित्र में अस्वाभाविकता मिलती है। और यह रसीदा भी अजीब खामोश लड़की है। पठान चाहता है कि उसका एकमात्र बेटा उससे शादी कर ले, पर रसीदा इस प्रस्ताव को जानते हुए भी, पठान के लड़के से कभी भी मुहब्बत का इजहार या बयान नहीं करती। वह उसी घर में रहती है, क्योंकि उसका अपना कोई नहीं है। पठान ने उसे पुत्री की तरह पाला है और अब बधू बनाकर, घर की सारी सुख-सम्पत्ति उसके हवाले कर जाना चाहता है। पर लड़का है, कि उसकी तरफ देखता तक नहीं। रशीदा उसे चाहती है, उससे प्यार करती है, अपने को उस पर न्योछावर कर देना चाहती है, पर जबर्दस्ती नहीं। वह चाहती है, कि वह भार न बने। यह भी तय है कि वह उस घर से और उस लड़के से दूर होकर, जी भी नहीं सकती। बाहरी संसार की कोई भी वस्तु उसे आकर्षक नहीं लगती। वह उसके लिए प्राण तक देने को प्रस्तुत है।

पठान का लड़का एक दूसरी लड़की से मोहब्बत करता है, जिससे वह पहाड़ियों की छाँह में छिप-छिपकर मिलता है और बिना अपने बाप की राय के उससे शादी कर लेता है। पठान भी अजीब जढ़ी है। वह अब यह नहीं चाहता, कि लड़का घर में आये और लड़का भी इतना आत्माभिमानी, कि अपनी बात पर अड़ा रहकर, रात-दिन काम करता है, पिसता है पर घर नहीं जाता। होता यह है कि काम के आधिक्य और खाने की कमी के कारण उसे टी.बी. हो जाती है और वह मर जाता है। अब वह विधवा औरत, जो अब तक माँ हो चुकी है, अकेली हो जाती है। रसीदा उसकी देख-भाल करती है और छिप-छिपकर उसे खाना-पानी भी दे आती है। एक दिन, जब रशीदा को ज्ञान होता है, कि अपनी शादी के पहले वह विधवा एक और लड़के से प्रेग करती थी और वह अब भी उसे चाहता है तो रशीदा उसे बहुत समझाती है और उसकी उस लड़के से शादी करा देती है। स्वयं उसके बच्चे को लेकर, जीवनभर अपने प्रेमी के एकमात्र चिह्न की रक्षा और प्यार में, अपनी जिन्दगी खपा देती है।

अब मैं क्या करूँ। रशीदा भी एक लड़की थी, जिस पर उसके कुनबे के न जाने कितने छोकरे मँडराया करते थे। उसका अक्षुण्ण रूप और उभरता हुआ यौवन, एक गहन, मानसिक प्रेम की ज्वाला में सुलगकर जल रहा है। मैंने स्वयं कितनी कोशिशें कीं, और कहा कि ''रशीदा! यह जवानी, यह रूप, बर्बाद करने के लिए नहीं है रे! देख कहीं कोई मिल जाये तो शादी कर ले!'' पर वह कुछ बोलती ही नहीं। हाँ, इस तरह की बातें सुनकर उसके सुर्ख गालों पर आँसुओं की बड़ी-बड़ी बूँदें कतार बाँधकर लुढ़कने लगती हैं। मैं साफ देखता हूँ कि उसमें एक ऐसी ज्वाला है जो मानसिक कामवृत्तियों की तो बात ही दूर रही, किसी भी बात के लिए कुछ भी कहने की शक्ति अनायास ही छीन लेती है। रशीदा कभी-कभी मुझसे बड़े नरम स्वर में कहती है, ''तुमने ठीक ही किया है बिरादर! मैं तुम्हारी शुक्रगुजार हूँ।'' मैं कैसे अपने मित्र को समझाऊँ। क्या कहूँ कि वे मान जायें। कुछ समझ में नहीं आता।

पत्नी के एतराज की लिस्ट तो बनाना ही मुश्किल है। उसे सन्ध्या, रमोला, लक्ष्मी और रशीदा, सभी में कहीं-न-कहीं कमी मिलती है। उसने तो यह कहने की आदत ही बना ली है कि हमारे नारी पात्र अपूर्ण और खण्डित हैं। लेकिन मेरी नयी कहानी की जमुना ने तो जैसे उसका गला ही दबोच लिया है। उसका कहना है कि मैं इस कथा को ही नष्ट कर दूँ।

जमुना बारिन है। अभी गाँव में आयी है। उसकी पूर्व कथा यों है कि उसने सात लोगों से अब तक शादियाँ कीं और सातों को छोड़ दिया। यह हमारा बारी नौकर, उसका आठवाँ पति था, जिसे लेकर वह कलकत्ता भाग गयी। वहाँ जब बारी नौकर को ठीक से काम-धन्धा नहीं मिला और वे भूखों मरने लगे, तो वह एक-दूसरे मिल-मजदूर से मुहब्बत करने लगी।

एक दिन जब चुपके से उसका प्रेमी उसके पास आया, तो जमुना के भूखे और परेशान पति ने उस पर हमला कर दिया। प्रेमी ताकतवर था, फिर भी जमुना का पति काफी देर तक हाथा-बाँही करता रहा। अन्त में वह बेहोश होकर गिर पड़ा और जमुना ने उसे अपने प्रेमी के साथ मिलकर, चारपाई से जकड़कर बाँध दिया और बाहर से कोठरी में ताला लगाकर दोनों न जानें कहाँ चम्पत हो गये। बेचारे बारी ने उसी अँधेरे में अपनी साँसें तोड़ दीं।

मैं भी जमुना पर नाराज हूँ और पूछना चाहता हूँ कि, "जमुना, तुमने यह क्या कर दिया!" पर वह मुझे अँगूठा दिखाकर चल देती है। मैंने उसे बहुत आदर्श बताने चाहे, उसे एक सच्ची नारी की तरह चित्रित करना चाहा और कहा भी कि "अब तक जो हुआ, सो हुआ।" लेकिन उसने एक न मानी और बराबर आँखें मटकाकर कहती रही कि, "मैंने कुछ नहीं किया है लेखक! क्यों नहीं पूछता उन सारे लोगों से, जिन्होंने मुझे ऐसा बनाया। देखता नहीं, यह पण्डित, वह जमींदार का छोकरा और वह महाजन का छोटा भाई, सभी मेरे साथ सो चुके हैं, पर सब मुझे गाली देते हैं। और जब-जब मेरे पेट में बच्चा आया इन्होंने पंचायत करके उसे नाजायज करार दिया और मुझे गाँव से बाहर निकाल दिया।"

"मैं क्या-क्या गिनाऊँ। गर्म, नवजवान साँसों से लेकर ठण्डी मुर्दा साँसों तक की बौछार मेरे ऊपर हो चुकी है। एक ही रात की स्याही ने, पिता और पुत्र को मेरी आगोश में बाँधा है और मैं चुप रही हूँ; क्योंकि मैं जकड़ी हुई थी। मेरा हाथ, मेरा जीवन, मेरी रोटियाँ उन्हीं से चलती थीं। आज मैं आदी हो गयी हूँ। आज मैंने इन सबों को समझ लिया है। अब देखते न जाओ, मैं क्या-क्या करती हूँ!"

मैं थक गया हूँ। अब कुछ भी तो बस नहीं चल रहा है। इस औरत ने तो सचमुच मुझे बहुत जलील कर दिया है। आखिर समाजवाले मुझे क्या कहेंगे पर यह मानती ही नहीं और हमारे हाथ से निकली जा रही है। उसका कहना है, "लिखते न जाओ मेरी कहानी। देखूँ, तुम क्या-क्या लिख सकते हो!"

यह सारे-के-सारे और न जाने कितने नारी पात्र, पर एक भी मेरे बस के नहीं हैं, क्योंकि इनका अपना निजी अस्तित्व है। ये स्वतन्त्र हैं, इन्हें मेरे दिमाग ने नहीं बल्कि इन्होंने मेरे दिमाग को बनाया है। मैं क्या करूँ, चाची, प्रोफेसर, नारी मित्र, दोस्त और पत्नी तुम लोग मुझे क्षमा कर दो! यह सब तो अपनी जगह पत्थर की तरह स्थिर हैं। कहते हैं, हममें ताकत है, हममें गति है, हममें साहस है। हम शोले की तरह समाज की संकीर्णताओं पर बरसकर उसको नष्टभ्रष्ट करना चाहते हैं, लेकिन मैं तुम सबको वचन देता हूँ कि मैं हारूँगा नहीं। मैं ऐसे नारी पात्रों के चक्कर में हूँ जो तुम सबों के मन को भावे। इसीलिए तो, देखो न! मैंने पत्रों के लिए विज्ञापन तैयार कर लिया है।

कहानी के लिए नारी पात्र चाहिए!

—जो आम्रवल्लरी की भाँति तन्वंगी हो। मल्हार के कोमल स्वर-सी ध्वनि हो जिसकी, और छुईमुई-सा संकोच। पारलौकिक प्रेम में हर क्षण डूबी रहती हो—तपती हो, और कम-से-कम ब्याह के लिए माँ-बाप की आज्ञाकारिणी हो।

—जो पति की अन्ध-भक्त हो और नारी-धर्म की प्रतिष्ठा के लिए अपने को बलिदान कर सके।

—जो पुरुष-मात्र को एक ही निगाह से देखती हो।

—जो सामाजिक परिस्थितियों से मुक्त हो—ठीक कीचड़ में उगे कमल की तरह।

कृपया पत्र-व्यवहार कीजिये, धन्यवाद!

●

प्रिया सैनी

एक अरसे की असह्य खामोशी तोड़कर आज कुछ बात करना चाहता हूँ। अपनी प्रतारणा और दुःख सुनाना चाहता हूँ, क्योंकि अब यह भार दुस्सह हो उठा है। उम्र से टूटता हुआ, बीमार शरीर इसे ढो नहीं पाता। आश्चर्य होता है कि आखिर यह शरीर अब तक कैसे चलता रहा। इसकी प्राण-शक्ति तो उसी दिन उड़ गयी थी जब प्रिया को गर्भ के मरणान्तक दर्द में तड़फता हुआ छोड़कर मैं वहाँ से चला आया था। काश, वह अलगाव भी सम्भव हो पाता! तब से तो लगता है जैसे किसी ने कलेजे को चीरकर, उसे भीतर इस तरह बन्द कर दिया है कि हर क्षण वह टीसता ही रहता है। सोते-जागते क्षण-भर को भी वह टीस कम नहीं होती। जहाँ कहीं दुख और दर्द दिखता है, जहाँ कहीं भी अपमान और प्रतारणा दिखती है, मुझे लगता है कि कलेजे की वह सीयन ही टूट जायेगी। इसी कारण लोगों की उदास और आँसू-भरी आँखों में पागलों की तरह झाँकता रहता हूँ। संस्कार और अहम् को मैंने पहले ही चुपचाप दम तोड़ते देखा था और आपको यकीन नहीं होगा, बिना किसी के सहारे, अकेले ही, इन सबकी लाशें कन्धे पर लाद-लादकर, अन्धी खोहों में फेंका है। मुझे लगा था, जैसे प्रिया और मेरे बीच इन्होंने ही विनाश-लीला खड़ी की थी, वर्ना क्या ऐसा था जिसने मुझे इस सीमा तक विक्षिप्त कर दिया था। आखिर लड़के-लड़कियाँ इस संसार में पैदा होकर बढ़ेंगे और एक दूसरे के सम्पर्क में आयेंगे तो आकर्षण-विकर्षण एक स्वाभाविक मानवीय नियति है। रही बात अवसर और संयोग की तो वह कई बार बड़ी भूमिका अदा करते हैं वर्ना मेरे ही प्रिया के सम्पर्क में आने की गुंजाइश कहाँ थी। किसी प्रकार की पूर्व जानकारी अथवा पारिवारिक सम्बन्धों के बिना हम सहसा एक-दूसरे को उस दिन देखते ही रह गये थे। क्षणभर की अजीब-सी खामोशी के बाद, शायद उसे इस अस्वाभाविक स्थिति का ज्ञान हुआ था और उसने अपनी स्थिर दृष्टि हटाकर पूछा था, "कहिये, किससे मिलना है?"

"किसी खास व्यक्ति से नहीं, समझिये आप ही से..."

"मुझसे?" प्रिया बिना किसी संकोच के प्रश्न करती हुई, इस तरह हँसने लगी कि मैं झेंप-सा गया। मैं बहुत साहस और बल इकट्ठा करके बोला था और आशा करता था कि वह शर्म से लाल पड़ जायेगी, लेकिन वह नन्हीं गैलरी से एक ओर हटते हुए, मुझे अन्दर तशरीफ लाने और बैठकर बात करने का निमन्त्रण देते हुए, ऐसी लगी जैसे

मैं उसका कोई पूर्व-परिचित घिसा हुआ पारिवारिक सम्बन्धी होऊँ।

अन्दर बैठते ही मैंने कड़ी जमीन पर पाँव टिकाने का निश्चय कर लिया था, इसलिए तुरन्त काम की बातों पर उतर आया।

"आप यहाँ अपने पिता के साथ रहती हैं?"

"जी हाँ," वह एक तिपाई पर धीरे से बैठते हुए बोली, "आप यह सब क्यों जानना चाहते हैं? आप अगर अपना मतलब बता दें तो बातचीत में बड़ी सुविधा होगी।"

"मैं मनोविज्ञान का छात्र हूँ। आज के जीवन में संवेगों की परिवर्तित प्रकृति पर खोज कर रहा हूँ। बहुत-से युवकों और युवतियों से एक प्रश्नावली के आधार पर बात कर रहा हूँ और व्यक्तिगत रूप से उनके परिवेश की जानकारी के लिए उनसे मिल रहा हूँ।" मैं बात करते हुए लगातार कमरे के भीतरी दरवाजे की तरफ देखता जाता था कि शायद कोई प्रौढ़ा या बूढ़ी अभी आकर, एक अजीब-सी अपरिचय की सन्देहभरी दृष्टि से मुझे देखे।

"घबराइये नहीं," प्रिया आत्मीयता-भरी मुस्कान से बोली, "यहाँ कोई नहीं है। मैं भी न होती, लेकिन आज मेरा स्कूल बन्द है, इसलिए आपसे मुलाकात हो गयी। यानी मैं एक लड़कियों के स्कूल में इसी जुलाई से नृत्य सीखाती हूँ। माँ दस वर्ष पहले मर चुकी है। पिता आकाशवाणी में ठेके पर कलाकार हैं और तीस वर्षों से वहीं काम कर रहे हैं। एक छोटा भाई है जो कालेज में पढ़ता है। यह कमरा दो पीढ़ियों से हम लोगों के पास है। मेरे बाबा गाँव से भागकर आये थे और यहीं एक सेठ के यहाँ दरबान हो गये थे। यह मकान उसी सेठ का है और उसी की कृपा से यह कमरा और यह लम्बी छत्ती हम लोगों को तब से मिले हुए हैं। छत्ती इस कमरे के आगेवाले कमरे के पिछवाड़े तक चली जाती है, इसलिए उधर की खिड़कियाँ मालिक ने बन्द कराकर, हमारे लिये रसोई और नहान-घर बना दिया है और यह सामने एक चारपाईवाला, मेरा कमरा अलग से निकल आया है। मैं माँ के मरने के बाद से निरन्तर इसी में रहती हूँ। गर्मियों और बरसात में रात को इसकी खिड़कियाँ प्रिया जैसे एकाएक कुछ अजीब तरह से बेचैन हो उठी और उसकी बात का सिलसिला लड़खड़ा गया। लेकिन फिर तुरन्त ही, सिर झिटककर वह अपनी बात को बढ़ाने के लिए बोली, "आप मेरी बात समझ रहे होंगे--यानी मैं आपको परिवेश से परिचित करा रही हूँ।"

"लेकिन आप खिड़की की कुछ बात कह रही थीं, मैंने दर्द पर हलके-से अँगुली रखी और उसके चेहरे की ओर देखने लगा।

प्रिया दोबारा तनिक भी नहीं लड़खड़ायी, "बात इतनी-सी है कि गर्मियों में इस कमरे का दरवाजा बन्द रहने पर मेरी छत्ती एकदम सन्दूक हो जाती है। लेकिन बत्ती बुझाकर, जब मैं खिड़कियों के पल्ले धीरे-धीरे सामने झुका देती हूँ तो लगता है, मैं एक खुले

बरामदे में सो रही हूँ। दूसरी मंजिल पर रहने के कारण शान्ति भी रहती है और आराम भी है। आप तो देख रहे हैं यह इलाका कितना विचित्र है। सड़क के बीच से रेलवे लाइन और रात-दिन मोटरों, ट्रकों का रेला। कुलियों, मजदूरों और ठेलेवालों की भीड़। यहाँ आपको हर तरह के लोग देखने को मिल जायेंगे। वह दूर मिल का फाटक है, जहाँ हर दिन कुछ-न-कुछ तूफान होता ही रहता है। कई बार तो मेरी आँखों के सामने गोलियाँ चलीं। मार-पीट तो आये दिन की बातें हैं।''

वह साँस लेने को रुकी तो मैंने सोचा यह तेजी से खिड़की पर पर्दा डाल रही है—बात की बढ़ी हुई गति और अप्रासंगिकता मेरी समझ में बने अब तक के प्रिया के चारित्रिक बोध को खण्डित करते थे, इसलिए मैं परिवेश में अन्धाधुन्ध फेंके जानेवाले तथ्यों के प्रति सावधान होते हुए भी मिलावट से डर रहा था। ऐसे मामलों में एक बार भटक जाने पर पूरी मंजिल तक जाना और लौटकर फिर वहीं आना पड़ता है, जहाँ से शुरू किया हो। इसलिए मैंने फिर बात को पीछे खींचा।

''संगीत और नृत्य जैसी कलाओं में तो यह शोर-शराबा बहुत बाधा डालता होगा?''

''कहने के लिए ऐसा कहा जा सकता है, पर हमारी संगीत और नृत्य-साधना बहुत हद तक पेशे की मर्यादा से बँधी है। पिता पूर्णतः सन्त हैं, यानी वे कला को मनुष्य की श्रेष्ठतम भावनाओं की अभिव्यक्ति मानते हैं और मनुष्य का उनके यहाँ अर्थ है, गरीब, हारा, थका, दुखी'—प्रिया अटक रही थी, जैसे उसे इस बात का डर था कि मैं पूरी बात समझ नहीं रहा हूँ, इसलिए वह बात को और साफ करने लगी, ''शोर-गुल, दुख-दारिद्र्य को अलग करके इस मेरे प्यारे देश में शेष बचेगा ही क्या? इसलिए हम इस घर में कला-साधना में बाधित नहीं हैं, फिर भी, हम दैवी साधना आदि चमत्कारों से अलग हैं। नितान्त मौलिक स्तर पर हम सहज जीवन क्रम में जीते हैं। नृत्य पिता ने मुझ पर थोपा नहीं है, वरन् मेरी मर्जी के कारण ही वे इसमें निरन्तर मेरी सहायता करते हैं।''

प्रिया जरा-सी रुकी तो मुझे लगा, जैसे कोई एक ऐसा सपना टूट गया हो जिसे देखते जाने की याद अधूरी रह जाती है और जग पड़ने के लिए पश्चात्ताप होता रहता है, लेकिन सपने से परिवेश का क्या मतलब और मेरी तलाश परिवेश की थी। क्षण-भर को वास्तविकता का यह परिवेश असह्य लगने लगा। आज भी वह सब जैसा-का-तैसा मेरे मन पर अंकित है—किसी निर्जन, सम-दलान में बहती हुई छोटी-सी नदी की तरह-स्वच्छ जलधार और मधुर, धीमी ध्वनि का वह संस्कार जिसे सिर्फ प्रिया के चित्र के साथ ही जोड़ा जा सकता है।

मैं उठ खड़ा हुआ। स्पष्ट लगा, जैसे प्रिया संकुचित हो उठी है। शायद उसे लगा कि मैं उसकी बातों से ऊब गया, ''क्षमा कीजियेगा, मैं जाने क्या-क्या कह गयी। पहले

मैं बातचीत के अभीष्ट के समीप थी, फिर न जानें क्यों वह हाथ से छूट गया। शुरू मैंने वैज्ञानिक की तरह किया था, लेकिन!"

"लेकिन हैं आप कलाकार, व्यक्तित्व की मूल धारणाओं से अलग जो निर्मित अथवा अर्जित व्यक्तित्व होता है, वह आवेग की आँच नहीं बर्दाश्त कर पाता।" मैंने कुछ उदास और अनमने भाव से कहा।

"लेकिन आवेग..." उसने तनिक धीरे से कहा और पहली बार उसका चेहरा संकोच से लाल हो गया। क्षण भर हम बिना एक-दूसरे को देखे उसी तरह खड़े रह गये। कुछ अजीब-सा काल-खण्ड था यह--अकारण, अपरिभाषित यह आ पड़ा था और अनायास बिना जुड़े, टूटने का तीखा दर्द पैदा कर रहा था। मेरे पाँव उठ नहीं रहे थे और प्रिया एकदम मौन खड़ी थी। तभी पानी के नल से सहसा पानी गिरने की आवाज हुई और प्रिया एकाएक बोल पड़ी, "तीन बज गये।"

"पानी आने लगा।" मैंने कहा।

"सारे दिन नहीं आता। कण्डालों में भरना पड़ता है।" वह फिर चुप हो गयी जैसे आगे कुछ भी शेष नहीं रह गया, सचमुच था भी नहीं। मेरे पाँव उठते ही सब-कुछ समाप्त था। मेरी साँस फूलने लगी और घबराहट में मैं बोल पड़ा, "मैं चलूँ?" जरा-सी बात शेष थी जो सिर्फ इसी उत्तर से पूरी हो सकती थी, "अच्छी बात है!" लेकिन प्रिया एकदम चुप रह गयी। सब-कुछ जैसे एक तेज भँवर में चक्कर काटने लगा और एक अनबोला वाक्य--"कैसे कहूँ...।" मेरे कानों में भर गया। अब थोड़ी देर भी वहाँ खड़ा रह पाना मेरे लिये असम्भव हो गया, इसलिए, "मैं किसी दिन फिर आपसे मिलूँगा।" कहकर मैं घूमा ही था कि प्रिया बोल पड़ी, "नहीं, नहीं, मैं रहती ही कहाँ हूँ। सुनिये, देखिये...।" वह फिर रुक गयी। मैं लौटा तो वह जैसे आश्वस्त हो चुकी थी। कहने लगी, "सारे दिन तो स्कूल में रहती हूँ, यहाँ आप आयेंगे तो मुलाकात नहीं होगी। वैसे कोई बात नहीं, अपने काम के सिलसिले में आयें तो भाई मिल जायेगा। उससे बात कीजियेगा। मैं तो दिन डूबे ही लौटती हूँ। आप अपना पता छोड़ जायें तो मैं सूचित कर दूँगी।"

हम दोनों सहज धरातल पर उतर आये थे। मैंने बैग से अपना परिचय-पत्र निकालकर प्रिया को दिया। उसने उसे बिना देखे ही विदा में अपने हाथ जोड़ लिये और छत तक आकर मुझे जीने से नीचे उतरते देखती रही। नीचे उतरकर मैंने नमस्कार करते-करते कहा, "मैं प्रतीक्षा करूँगा।"

इतना कह लेने के बाद फिर मेरे मन में यह शंका हो रही है कि कहीं आप इसे कहानी तो नहीं मान रहे हैं। मेरी इच्छा और निवेदन है कि आप ऐसा न करें, वर्ना बीस तरह की बातें उठेंगी और कल्पना-यथार्थ, असली-नकली के चक्कर में फँसकर आप

अपनी ही मान्यताओं में उलझ जायेंगे, कहेंगे कि यह तो एकदम सिनेमाई है। एक शोध-छात्र बिना किसी जान-पहचान के किसी के घर में घुस बैठता है और वह लड़की भी कैसी है जो एक अपरिचित से इतनी देर अकेले बैठकर बात करती रहती है और बस इतने ही में ही बात यहाँ तक पहुँच जाती है कि वह उसे पत्र लिखने पर उतर आती है। सच पूछिये तो पूरी घटना में से मुझे भी यही सूत्र मिलते हैं और आज भी मैं सोचता हूँ कि वह सब कैसे हुआ, लेकिन उस समय तो मुझे बस एक ही बात याद थी कि प्रिया मुझे सूचित करेगी—क्या सचमुच ऐसा होगा, हो सकता है, हो, लेकिन नहीं भी तो हो सकता!... नहीं, नहीं, वह ऐसी नहीं जरूर होगा...जरूर...

मैं कई दिन तक पोस्टमैन को देखता तो एक उतावली और उकताहट से भर उठता। लेकिन सारी डाक में प्रिया की कोई चिट्ठी न पाकर उदास हो उठता। इस बीच मैं पुस्तकालय भी नहीं जा रहा था और सम्पर्क द्वारा प्राप्त सामग्री को व्यवस्थित करने में सारे दिन जुटा रहता। तभी एक दिन डाक में एक निमन्त्रण-पत्र देखकर मैंने उसे बड़े बेमन से खोला। वह मेरे घर से थोड़ी ही दूर पर स्थित, शहर के सबसे विख्यात लड़कियों के विद्यालय, मंजरी शिक्षा-निकेतन के वार्षिक जलसे का व्यक्तिगत निमन्त्रण था। यह व्यक्तिगत क्यों छपा हुआ है, मैं हैरानी में पड़ा हुआ कार्ड पढ़ने लगा। कार्यक्रम में 'विशेष' शीर्षक से लिखा हुआ था– प्रिया सैनी का 'इन्सान की खोज' नृत्य। नीचे प्रिन्सिपल का नाम छपा हुआ था और कोने में बहुत पतले अक्षरों में हाथ से लिखा था—प्रिया सैनी। साथ में एक और कार्ड था, जिसमें रात के खाने की दावत थी। सारी स्थिति के स्पष्ट होने में देन न लगी और मैं उस दिन की प्रतीक्षा करने लगा।

मुझे अच्छी तरह याद है, फरवरी की पाँचवीं तारीख थी। जाड़े के पैर उखड़ रहे थे और मौसम बेहद सुहावना होता जा रहा था। मैं ठीक सात बजे टहलते हुए कालेज के मुख्य द्वार पर पहुँच गया। ऐसा नहीं कि यह जगह मेरे लिये नयी थी, क्योंकि मैं तो रोज ही यहाँ एक नेपाली दरबान को ऊँघते बैठे देखता चला जाता था और यह परिचय इतना सामान्य हो गया था कि सुबह-शाम यहाँ कारों, मोटरों के हुजूम के बीच में से गुजरने में ही पूरी शक्ति लगा देनी पड़ती थी और यह पता ही नहीं चलता था कि कौन कहाँ जा रहा है, वर्ना प्रिया कभी तो दिखी ही होती और नहीं तो अगर उस दिन भी यह मालूम हो गया होता कि प्रिया इसी विद्यालय में पढ़ाती है तो मैं उससे मुलाकात करने का अवसर जरूर खोज निकालता।

मुझे यह देखकर आश्चर्य हुआ कि वहाँ कोई खास भीड़ न थी। फिर वह जलसा कैसा जिसमें स्कूल की छात्राएँ शामिल न हों। दरबान ने बताया कि जलसा तो दिन ही में खत्म हो गया। अब रात शहर के कुछ खास परिवारों की स्त्रियों और स्कूल के मालिकों के लिए नाच सिखानेवाली मिस साहब का कोई नाच होगा, जिसे अभी लड़कियों को नही दिखाया जा सकता।

मैंने जेब से कार्ड निकालकर उसे दिखाया। एक बार मुझे ऊपर से नीचे तक देखकर उसने छोटा दरवाजा खोल दिया। अन्दर कारों की भीड़ देखकर मुझे लगा, मैं कुछ देर से आया हूँ, इसलिए मेरे पाँव तेजी से उठने लगे। स्कूल-रंगशाला के मुख्य द्वार पर मैं कई स्त्रियों से घिर गया जो बार-बार मेरे कार्ड को उलट-पलटकर देखने लगीं। तभी एक अपेक्षाकृत कम उम्र की महिला ने तेजी से आकर मुझे संकट-मुक्त किया और प्रिया सैनी का विशेष अतिथि बताकर हाल के उस हिस्से में ले गयी जहाँ थोड़े-से अत्यन्त सम्मानित स्त्री-पुरुष बैठे थे। मैं बेहद संकोच में था। मेरी समझ में कुछ नहीं आ रहा था। तभी हाल में एक तेज झनझनाहट भर गयी। धीरे-धीरे रोशनी गुल होने लगी और अन्ततः अँधेरा छा गया। इससे मुझे कुछ राहत मिली और दर्जनों तरह-तरह की शंकाओं से भरी आँखों का निशाना बनने से छुट्टी मिल गयी।

शायद ही आपमें कोई ऐसा मिले जिसे सिर मुँड़ाते ही ओलों का ऐसा सामना करना पड़ा हो, जैसा मुझे करना पड़ रहा था। प्रेम की राह का पहला कदम ही ऐसा होगा, इसकी कल्पना मैंने नहीं की थी। एक ओर प्रिया से मिलने की उत्सुकता-आकुलता, वह भी उसका नृत्य देखने के बाद। दूसरी ओर शहर का सबसे सम्भ्रान्त लड़कियों का विद्यालय जिसके गौरव की कहानियाँ हर पढ़ा- लिखा सुनता-सुनाता है। मैं उभ-चुभ हो रहा था और उस पूरे माहौल में मेरी साँस घुटती जा रही थी इतने पर भी आगे सब-कुछ अनिश्चित था। जाने क्या मतलब है, प्रिया का। कहीं ऐसा तो नहीं होगा कि नृत्य खत्म होने के बाद भी उससे मुलाकात न हो। फिर तो मैं चुपके से खिसक जाऊँगा, वर्ना खाने की मेज तक पहुँचते-पहुँचते मेरी जान ही निकल जायेगी। मेरे सोचने की कड़ी दूसरी झनकार के साथ टूटी और घण्टी बजने के साथ साइक्लोरमा में बहुत दूर पर जलती सड़क-बत्ती के कारण गहरे, भूरे आकाश के आगे परदा खुल गया। लगा जैसे दर्शक-दीर्घा ही मंच में घुस गयी है, सिवा बायें कोने पर खड़े एक मकान की दूसरी मंजिल की खिड़की और दूर पर स्थित धुआँ उगलती चिमनी के, जो गहरे स्याह रंग की छायाओं की तरह उभर रही थी। पहले मैं कुछ भी समझ न पाया और दूर से उठते अकेले बाँसुरी के स्वर में खोया रहा, लेकिन जैसे ही सड़क पर साधारण जनों की छाया-आकृतियाँ तथा जुलूस आदि की मौन अभिव्यक्तियाँ उभरने लगीं और और खिड़की में एक सर्वथा नग्न, बेचैन मुद्रावाली छाया-मूर्ति अपने वस्त्र सँभालती हुई दिखायी पड़ी, मुझे पूरी सेटिंग समझ में आने लगी। यह तो प्रिया की अपनी छत्ती की खिड़की है तभी माईक से अत्यन्त सहज और धीमी आवाज में कमेण्ट्री होने लगी,—इन्सान की खोज, प्रिया सैनी की एक स्वनिर्मित भाव-नाटिका, जिसे वे विविध नृत्य-शैलियों का संगम कहने का आग्रह करती हैं और जिसमें उन्हीं के अनुसार शास्त्रीयता के संस्कार से उत्पन्न बाधाओं को तोड़ डाला गया है। नृत्य का अभिप्राय पूर्व-निश्चित

बन्धनों से सिद्ध नहीं होता, उनसे तो भाव-शून्य तथा आवश्यकताओं की पूर्ति कर सकनेवाले नर्तकों और नर्तकियों को इसलिए बाँधा जाता है कि आन्तरिक लय को वहन करने की मौलिक क्षमता उनमें नहीं होती, अन्यथा नृत्य एक मुक्त प्रक्रिया है; जिससे भावनाएँ अन्यन्त गहराई से प्रदर्शित की जा सकें।

—यहाँ 'इन्सान की खोज' का मतलब किसी ऐसे व्यक्ति की ख़ोज से नहीं है जो गायब ही गया है वरन् खोजनेवाला इस बात से ही अनभिज्ञ है कि वह क्या खोज रहा है। जिसकी खोज है, हो सकता है, वह नर्तकी के सामने अथवा उसके हृदय ही में हो, पर उसकी कोई पहचान नहीं है।... करुणा और आर्त्तनाद में डूबी यह नाटिका क़ई बार पूरी प्रदर्शित नहीं हो पाती। अभ्यास के दौरान प्रिया कई बार बेहोश हो चुकी है। हमारी कामना है कि वह आज पूरी-की-पूरी प्रदर्शित हो जाय।

तत्काल बाद जलतरंग की हलकी, धीरे-धीरे डूबती लहरी के साथ मंच पर बहुत भीनी गुलाबी रोशनी छा गयी। लगभग उसी रोशनी के हलके गुलाबी रंग में से जाने कैसे एकवसना प्रिया की आकृति उभर आयी और सारी दर्शक-दीर्घा साँस बाँधे, एकटक करीब डेढ़ घण्टे उस आकृति का नृत्य देखती ही रह गयी। अत्यन्त तीव्र और एकदम स्थायी गति का ऐसा मोहक, लययुक्त समावेश लगभग कल्पना से बाहर है। देर-देर तक प्रिया दर्शकों को सिर्फ देखती खड़ी रह जाती थी और मन करता था वह ऐसे ही खड़ी रहे। कुल मिलाकर यह प्रदर्शन अद्भुत था, जिसका विवरण दे पाना मुश्किल है। लेकिन एक बात मैं आपको यहीं बताये बिना नहीं रह सकता कि नृत्य के बाद मेरी मानसिक स्थिति एकदम बदल गयी थी। जाने कैसे मैं भीतर बहुत संजीदा और दृढ़ हो गया था और रोशनी होने पर बड़े ही उन्मुक्त भाव से लोगों को देख-परख रहा था। वह सारी थरथराहट और उलझाव मेरे भीतर से निकल गये थे। इसी बीच कुछ महिलाएँ मेरे पास आयीं, जिसमें सफेद बालोंवाली औरत को प्रिन्सिपल बताकर मुझसे मिलाया गया। उन्होंने तनिक मुस्कराकर कहा, "आप बड़े भाग्यशाली हैं। जाइये प्रिया को 'विश' तो कर लीजिये।" मैं कुछ भी समझ नहीं सका और दो लड़कियाँ मुझे मंच के पीछे एक छोटे कमरे में ले गयीं जहाँ स्त्रियाँ प्रिया को घेरे हुए थीं, लेकिन मुझे देखती ही सब-की-सब बाहर निकल गयीं। प्रिया दोनों हथेलियों को परस्पर बाँधकर इस तरह मुस्कराने लगी जैसे कोई नन्हीं-सी बच्ची हो। मैं जानता था, वह अपने नृत्य के बारे में मुझसे कुछ पूछेगी नहीं, इसलिए मैंने तुरन्त कहा, "बहुत अच्छा किया, आपने!"

"यह आप-आप क्या लगा रखा है? कोई सुनेगा तो क्या कहेगा? देखते हैं, यहाँ कोई पुरुष निमन्त्रित है, सिवा, प्रबन्ध-समिति के सदस्यों के परिवार के। प्रिन्सिपल बड़े कड़े मिजाज की, मगर अत्यन्त नये विचारों की महिला हैं।" प्रिया किसी की बधाई का उत्तर देने के लिए रुकी।

"लगता है उन्हें कुछ भ्रम है।" मैं बिना सोचे बोल गया।

"वह हमें मित्र समझती है—इसमें क्या बात है!" प्रिया तनिक रुष्ट होकर बोली, लेकिन उसमें गहरी आत्मीयता की झलक थी।

थोड़ी देर में ऐसा लगने लगा, जैसे हमारी मित्रता वर्षों पुरानी हो और हम एक-दूसरे से बात करते खाने की मेज पर जा बैठे। जाने कितने लोग प्रिया को बधाई देते रहे और वह मुस्करा-मुस्कराकर स्वीकार करती रही। पर पलभर को भी उसने मेरा साथ न छोड़ा। इस बीच कई बार उसने मेरा हाथ जैसे भूल से पकड़ लिया लेकिन तुरन्त बाद कुछ याद आने पर छोड़ दिया।

इस तरह मैं एक विशेष स्थिति में फँस गया था। ऐसा नहीं कि यह सब मुझे अच्छा नहीं लग रहा था, लेकिन पूरा वातावरण मेरे अपने पिछड़े हुए संस्कारों के विपरीत पड़ रहा था। उदाहरण के लिए वहाँ उपस्थित हर आदमी यह जानकर मेरी ओर आकृष्ट था कि मैं प्रिया का प्रेमी या मित्र हूँ। लोगों के दिल में जैसे एक खुशी थी और प्रिया उतनी ही आत्मीयता से मेरे साथ व्यवहार कर रही थी। निश्चय ही उसमें बनावट नहीं थी, लेकिन कहीं यह भाव तो जरूर था कि सारी आँखें हमें एक खास दृष्टि से देख रही हैं। शायद इसी कारण उन्हें ईर्ष्या तक न ले जाकर वह समादर और स्नेह अर्जित करनेवाले व्यवहार में अद्‌भुत दक्षता का परिचय दे रही थी।

हम अभी खाने की मेज पर ही थे कि प्रिन्सिपल महोदया तेजी से आयीं और प्रिया के कन्धे पर हाथ रखकर कहने लगीं, "मेहमान को अच्छी तरह खिलाना, प्रिया, और हाँ, सुनो!" वे तनिक झुककर बोलीं, "तनिक रुककर तुम स्टाफ-कार दूसरी ट्रिप में ले लेना। मैं ड्राइवर से कह दूँगी, अच्छा?" और वे मुझे बड़े स्नेह से विदा देकर चली गयीं।

खाने के बाद फिर प्रिन्सिपल महोदया से मुलाकात नहीं हुई, लेकिन प्रिया की ही उम्र की अनेक लड़कियों ने मुझे आ घेरा। इस बीच प्रिया वहाँ से खिसक गयी और उन लोगों ने बड़ी बेरहमी से मुझे खींचना शुरू किया। स्पष्ट ही वे मुझे प्रिया के होनेवाले पति के रूप में देख रही थीं।

—जरा ख्याल रखियेगा, यह कोई ऐसी-वैसी चिड़िया नहीं है। हजारों आँखें लगी हुई हैं।

—कुछ वर्जिश वगैरह अभी से कीजिये। प्रिया एक साँस में अपनी एड़ियों पर पच्चीस चक्कर लगा देती है!

और भी जानें कितनी और कैसी बातें कही गयीं जो पिन चुभने-जैसी थीं, पर आप जो इस प्रसंग के साक्षी हैं, सोच सकते हैं कि मेरी स्थिति क्या है। यहाँ तक कि मेरे मन में प्रिया के स्नेह का एक भी क्षण ऐसा नहीं है जिसे याद करके मैं ऐसी बातें सुनने

का सुख उठा सकूँ, इसलिए इन बातों ने उलटा मेरे मन को और भी गहराई तक उदासीन बना दिया। तभी मोटर का हार्न सुनकर लड़कियाँ वहाँ से भाग गयीं और मैंने देखा, सामने से कई गुलदस्ते सँभाले, प्रिया चली आ रही है।

''चलो, तब तक धीरे-धीरे सड़क तक चलते हैं। गाड़ी आ ही रही होगी और बहुत देर तक हम परस्पर एक-दूसरे से बगैर कुछ बोले चलते रहे।''

प्रिया ने मौन तोड़ा, ''क्यों एकाएक चुप हो गये? हाँ, तुम्हारे रिसर्च का क्या हुआ?''

स्पष्ट था कि प्रिया उस भँवर से बाहर निकल आयी थी जिसमें कुछ देर पहले वह मेरा हाथ पकड़कर अत्यन्त सहज भाव से उतर गयी थी। उस समय बच निकलने के सारे साधन—शिष्टाचार, सभ्यता और समाज उसके आस-पास मौजूद थे, लेकिन इस समय सारा प्रांगण सूना था, इसलिए अपने पहलेवाले सवाल को छोड़कर वह दूसरे पर इसलिए फौरन उतर आयी कि पहला उस व्यक्तिगत राग के भँवर में ले जाता। दूसरे पर तो बड़े मजे से बात हो सकती थी, लेकिन मैं सच्चे अर्थों में बेहद पिस चुका था और प्रिया के गुण, गौरव और सम्मान के आगे अपने को बेचारा पा रहा था।

''काम रुक गया है। वैसे पिछले काम को घर पर ही व्यवस्थित कर रहा हूँ।'' मैं बेहद संवेगहीन होकर बोल रहा था, जैसे मात्र बोलने अथवा शिष्टाचार के निमित्त। तभी कार का हार्न सुनायी पड़ा और दो डूबतों को तिनके का सहारा मिल गया।

ड्राइवर ने गाड़ी का दरवाजा खोला। प्रिया को पहले बैठाकर मैं बिलकुल अलग पिछली सीट पर बैठ गया। लेकिन अभी तक जो सामान्य लग रहा था, सहसा बदल गया और साधारण स्पर्श और गन्ध ने मुझे कुछ देर कर विभोर कर दिया।

''तुम्हें छोड़ती जाऊँ। ड्राइवर को अपने घर का रास्ता बताओ!''

एक मोड़ पार करके दस कदम पर मैंने गाड़ी रुकवा दी।

''अरे यह क्या?'' प्रिया जैसे चौंककर बोली।

''यहीं मैं रहता हूँ। तुम्हारे कालेज की दक्षिणी दीवार वह सामने है।'' मैंने उतरकर घर का फाटक खोल दिया।

प्रिया मोटर से उतर तो गयी लेकिन पल भर को ठिठकी-सी रह गयी।

''वह है ऊपर, दूसरी मंजिल पर मेरा कमरा।''

''वहाँ और...''

''नहीं, नहीं, मैं अकेला हूँ।'' मैंने उसी उदासी से बिना उसे ऊपर चलने का निमन्त्रण दिये कहा।

''मैं देख तो लूँ,'' और वह मुझसे आगे-आगे चलने लगी। मैंने जीने के ऊपर चढ़कर ताला खोल दिया। उसने अन्दर जाकर एक नजर आँगन पर डाली और सीधे कमरे में

जाकर, एक कुर्सी पर बैठ गयी। लेकिन फिर हमारे बीच वही पठार रेंग आया था और फिलहाल मेरी समझ में कुछ भी नहीं आ रहा था कि बात किस तरह शुरू हो। मैं सामने की कुर्सी पर बैठ गया, लेकिन जी में आ रहा था अपने बाल नोच लूँ और चिल्लाता हुआ नीचे भाग जाऊँ। मैं उठ खड़ा हुआ, तभी वह बोल उठी, उठ क्यों गये, दो मिनट बैठो।" फिर वहीं बैठ गया। उसने जरा-सी निगाह ऊपर उठायी तो मेक-अप पूरी तरह न साफ करने के कारण आम की फाँक की तरह की उसकी आँखें जैसे अथाह सागर की तरह करवट लेकर सामने के दरवाजे से फिरकर खिड़की को छूती हुई फिर सामने की छोटी टेबुल पर टिक गयीं।

"यह तो मेरे कालेज के एकदम पास है।"

मैं चुप रहा।

"तब तो मैं कभी-कभी जाऊँगी..." उसने फिर निगाह ऊपर उठायी।

फिर भी मैं चुप।

"क्यों, क्या यहाँ मेरा आना तुम्हें..." वह मेरी आँखों में सीधा देख रही थी, जहाँ पीड़ा और घुटन सहसा उमड़ आयी थी।

"अरे, यह क्या, तुम्हें हो क्या गया?" वह उठकर मेरे बिलकुल पास चली आयी। लेकिन मैं ऐसा कि "कुछ नहीं, कोई बात नहीं" कहता हुआ उठ खड़ा हुआ और फिर उसी तरह बिना बोले हम सामने सड़क पर खड़ी कार तक गये। उसे दरवाजा खोलकर बैठने का इशारा किया तो कहने लगी, "अकेले ही भेज दोगे, रात कितनी जा चुकी है।"

मैंने घड़ी देखी, साढ़े ग्यारह बज चुके थे। घर का फाटक बन्द कर मैं फिर उसकी बगल में जा बैठा। गाड़ी उसके घर की तरफ चल पड़ी। लेकिन इस बार वह कुछ चंचल थी और तरह-तरह की बातें कर रही थी। अनजाने उसके हाथ मेरे हाथों पर आ पड़ते थे लेकिन पहले की तरह हाथों को हटाने की तत्परता में कमी आ गयी थी। एक बार मैंने उन्हें हलके से थाम लिया और उसने उन्हें जैसा-का-तैसा छोड़ दिया। फिर बड़े आहिस्ते से तनिक और पास खिसक आयी। स्पष्ट लगा, जैसे उसका सारा शरीर सिहर गया है। मेरी स्थिति नाजुक थी, लेकिन आत्मविश्वास का जो शिशु मेरे अन्दर अभी-अभी पैदा हुआ था, वह हाथ-पाँव मारने लगा। प्रिया एकदम खामोश होकर तनिक आगे को झुक गयी थी और उसके लम्बे रूखे बालों में उसका चेहरा छिप गया था। मैंने धीरे से अपना बायाँ हाथ उसकी कमर में डाल दिया और जैसे ही मैंने तनिक बल देकर उसे अपने और समीप करना चाहा कार हार्न देकर रुक गयी। सहसा हाथ हटाना चाहा, लेकिन उसने कहा, "बैठे रहो!" फिर ड्राइवर से बोली, "जरा नीचे उतरकर घण्टी बजाओ!"

ड्राइवर उतरकर नीचे चला गया और वह सीधी बैठ गयी, फिर पल ही भर में जाने कहाँ क्या और कैसे घट गया कि वह मेरी भुजाओं में कस उठी। क्षण-भर के गहरे आलिंगन और चुम्बन के बाद वह तुरन्त मोटर का दरवाजा खोलकर नीचे उतर गयी यह सारा-का-सारा बिजली की एक कौंध की तरह बीत गया, एक हूक जैसे कलेजे को पार कर गयी, मैं अवाक्, स्थिर बना रह गया, जैसे काठ मार गया हो।

मुझे याद है उसका वह कातर और लड़खड़ाता स्वर, "उतरोगे नहीं?" लेकिन मैं जैसे ही दरवाजे पर झुका, वह स्थिति को समझकर खुद झुक आयी, "बैठे रहो।" उसने मेरा हाथ अपने दोनों हाथों में दबाते हुए कहा और तेजी से ऊपर चली गयी। ड्राइवर के लौटने, मोटर घुमाकर रवाना होते तक वह अपनी छत्ती की खिड़की खोल चुकी थी और रोशनी में एक बार फिर मुझे पूरी तरह दिख रही थी। मेरा कण्टकाकीर्ण शरीर भी कुछ आश्वस्त हो उठा था, इसलिए मुझे तुरन्त 'इन्सान की खोज' नृत्य-नाटिका का पूरा मंच-विधान याद आया, लेकिन सिर्फ एक पल के लिए। फिर तो जैसे कहीं, कुछ शेष न रह गया हो। मेरा पूरा संसार ही बदल गया था, जिसमें पल-पल समय बीतने के साथ मैं एक ऐसे एकान्तिक संसार में प्रविष्ट हो रहा था, जहाँ प्रिया के अलावा कुछ भी नहीं था। यहाँ तक कि मुझे पता ही नहीं चला कि मैं कब घर पहुँचा और कब अपना दरवाजा खोलकर अपने कमरे में दाखिल हो गया। उस कुर्सी की ओर मेरा ध्यान जरूर गया जिस पर अभी थोड़ी देर पहले प्रिया बैठी थी, लेकिन क्षणभर के लिए ही, और जैसे-तैसे कपड़े बदलकर बिस्तर में धँस गया।

सच पूछिये तो इस नाटकीय विकास की गति को मैं पकड़ ही नहीं पाया, क्योंकि इसके पहले कभी भी इस तरह के घटना-क्रम की कल्पना मैंने नहीं की थी। वर्ना आज अपनी खुशियों के संसार को असीमित विस्तार देने का अवसर था। प्रिया की कला से लेकर उसके पूरे व्यक्तित्व की जो झलकियाँ मुझे मिली थीं और उसमें जिस मोहक ढंग से मुझे प्रविष्ट कराया गया था, वह सारा-का-सारा इतना अद्भुत और रोमांचक था कि आज इतने दिन बाद उस सारे प्रसंग के तारतम्य पर विश्वास करना सहसा कठिन हो रहा है। आत्म-दाह में बार-बार भूनी गयी इस कथा-देह को इस तरह पहचानकर मैं उसी तरह स्तम्भित हूँ जैसे कोई बच्चा परी-लोक की कहानियाँ सुनकर होता है। आप जाने क्या सोचेंगे। कहीं ऐसा न हो कि आप प्रणय-लीला के इस भव्य पृष्ठभूमिवाले मंच पर परदा उठते ही मिथुन-युगल के कार में प्रवेश और गहन आलिंगन और चुम्बन के प्रज्वलित दृश्य से आगे की आशाएँ बना बैठे हों, इसलिए अन्ततः निराश होने के पहले ही मैं आपको सचेत कर देना चाहता हूँ, जिससे आप इसे पढ़ते हुए अपने विवेक को सदा जाग्रत रखें, क्योंकि वास्तविकताएँ ऐसी नहीं होतीं, न उनमें कोई ऐसी सर्वकालिकता ही होती है जो सदा के लिए और सभी जनों के लिए समान बनी रहे।

मैं विनोदी प्रकृति का आनन्दवादी होता तो फिर ऐसी कहानी में रखा ही क्या था और यदि कुछ होता भी तो उसका स्वभाव इतना भिन्न होता कि आप शायद प्रिया को पहचान भी नहीं पाते। लेकिन मेरी स्थिति ही भिन्न थी। एक मेधावी छात्र होने के कारण गाँव के एक साधारण किसान के घर में पैदा होकर मैं वजीफों से पढ़ता हुआ अब मनोविकारों के प्रसिद्ध विद्वानों के साथ अन्वेषण का काम कर रहा था, लेकिन मेरा जीवन व्यावहारिक दृष्टि से आज भी उन्हीं संस्कारों और बन्धनों में बँधा हुआ था, जिनमें इस देश के बहुसंख्यक किसान बँधे हुए हैं। मैं लड़कियों से दूर भागता रहा था और उनके सम्पर्क में मुझे बेहद घबराहट महसूस होती थी। कुछ निश्चित आदर्शों और बन्धनों में निरन्तर अपने को साधते रहने के कारण मैं बेहद अन्तर्मुखी हो गया था। इसलिए प्रिया के साथ मिलन में जो एक महत्त्वाकांक्षा का भाव मुझे उसके घर पहले दिन मिला था वह स्कूल के जलसे के दिन स्वतः जाता रहा और मैं फिर अपनी उसी पुरानी खोल में वापस चला गया इसलिए जो हो गया था, उस पर भी सहसा विश्वास कर लेने में मुझे बराबर हिचक हो रही थी। कहीं ऐसा तो नहीं कि यह सब एक सपना था, 'इन्सान की खोज' नृत्य-नाटिका का ही विस्तार।

मैं रात-भर करवटें बदलता रहा। सुबह देर से उठा और प्रिया से मिलने की आकुलता अनायास मन को बेचैन करने लगी।--स्कूल जाते समय तो वह इधर से होकर जा सकती थी। फिर जाने कितने और किस-किस तरह के विचारों में मैं डूबता-उतराता रहा। कभी प्रिया पर क्रोध आता तो कभी उसकी लाचारियों पर ख्याल दौड़ जाते। और इसी ऊहापोह में जाने कैसे मुझे नींद आ गयी और मैं गहरी नींद में सो गया यह ध्यान ही न रहा कि मैंने दरवाजा खुला छोड़ रखा है।

करीब तीन बजे किसी के सिर पर हाथ रखने से मैं एकाएक जगा तो प्रिया को अपने पास बैठे देखकर चौंक पड़ा, "कितने बज गये?"

"यही साढ़े तीन होंगे।" वह अपनी घड़ी से निकालने के लिए उठी और सामने की कुर्सी पर बैठ गयी।

"कब से सो रहे हो?" उसने कुछ अजीब-सी गम्भीरता से पूछा।

'मैं उठा ही कहाँ। रात नींद ही नहीं आयी। सुबह उठा तो बड़ी देर तक सोचता रहा कि शायद तुम इधर होती जाओ और इसी में जाने कैसे गहरी नींद आ गयी और सोता ही रह गया।"

"वैसे ही बिना चाय-नाश्ता के।" वह जैसे चिन्ताग्रस्त हो उठी, "अब उठो और जल्दी से तैयार हो लो! चलो कहीं चाय पीते हैं।"

हम जल्दी-जल्दी तैयार होकर पास ही के एक रेस्तराँ में जा बैठे और बड़ी देर तक बातें करते रहे। इतनी थोड़ी-सी मुलाकात ने अब तक हमें एक नन्हें-से बिन्दु पर

तड़पने के लिए अकेला छोड़ रखा था, लेकिन इस बातचीत के बाद जैसे हम एक व्यापक जन-समुदाय के बीच आ खड़े हुए थे। ऐसी सहजता, ऐसी सादगी और दृढ़ता मैंने इसके पहले किसी स्त्री में नहीं देखी। झिझक और डर तो जैसे प्रिया जानती ही न थी।

रेस्तराँ से उठने पर उसने बताया, ''एक गम्भीर समस्या मेरे सामने आज सहसा आ गयी है, जिस पर तुमसे बात करना जरूरी है। कल तक इन्तजार करके ही बताऊँगी।''

लेकिन मेरे बहुत जोर देने पर कहने लगी, आज जब मैं हाईस्कूल की लड़कियों का क्लास ले रही थी, मुझे प्रिन्सिपल ने एक चिट लिखकर बुलाया। जानते ही हो यह कैसा स्कूल है। नगर-सेठों की महिमा से इस विद्यालय में सारी सुविधाएँ मौजूद हैं और हम सब यूनिवर्सिटी के वेतनमान पर नियुक्त हैं। हाँ, तो जब मैं प्रिन्सिपल के कार्यालय में पहुँची तो वहाँ सेठ घिनावन, मंजरी ट्रस्ट के अध्यक्ष चार-पाँच लोगों के साथ मौजूद थे। सारी टेबुल पर रात की नृत्य-नाटिका की तस्वीरें फैली हुई थीं और मेरी तारीफ के पुल बँधे हुए थे।

'मिस मिड्ढा मुझे बेहद प्यार करती हैं। सच्चे अर्थों में वह नेक और विद्वान् महिला हैं। उनकी सारी शिक्षा लन्दन में हुई है। सच बात तो यह है कि अगर वे न होतीं तो इस जगह पर मेरी नियुक्ति ही न हो पाती। सेठ अपनी किसी चहेती सिनेमा की एक्स्ट्रा को ले आना चाहता था। लेकिन व्यावहारिक प्रदर्शन में जब वह कूल्हे मटकाने लगी तो मिस मिड्ढा दोनों हाथों से अपनी आँखें बन्द करके बैठ गयीं।

''बहरहाल, आज मिस गिड्ढा ने हँसकर मेरा स्वागत किया और उपस्थित लोगों से परिचय कराया। उनमें एक सिनेमा-फोटोग्राफर, एक कोई ऐसा ही अभिनेता तथा एक डाइरेक्टर और दूसरा नृत्य-विशेषज्ञ था। मैं तो, तुम जानते हो, धनिकों को महत्त्वपूर्ण मानती ही नहीं और प्रचार-प्रसिद्धि की बात तो यहाँ तक कि मैंने दसियों ऐसे मौकों को स्वीकार नहीं किया, जब मुझे फिल्मों में नृत्य के लिए बुलाया गया। पिता मेरी इस बात से बेहद खुश होते हैं और कहते हैं—बेटा, ऐसे लोगों के लिए नाचना क्या जो नृत्य का आनन्द नहीं ले सकते?''

मेरे मन में सहसा सन्देह हुआ कि यहाँ बात कुछ और ही दिखायी पड़ती है। तभी फोटोग्राफर महोदय ने मिस मिड्ढा से रंगशाला में रोल देखने की बात उठायी। मैंने क्लास होने की बात कही तो मिस मिड्ढा पल-भर को रुकी रह गयीं, फिर जाने क्या सोचकर बोलीं, ''चलो, अपना करतब अपनी आँखों से तो देख लो!''

हम सब थोड़ी देर तक रील देखते रहे, लेकिन मेरे कान तो उन चारों पेशेवरों पर लगे थे जो सेठ घिनावन को मनमाना उल्टा-सीधा समझा रहे थे।

—कमाल है, सेठ जी! क्या चीज है।

—क्या लोच है!

—बस जरा-सा कसर है, कपड़े या तो और झीने कर दिये जायें या सीक्वेन्स में कहीं से बरसात लाकर भिगो दिये जायें।

फोटोग्राफर चहककर बोल रहा था, "सेठ जी, मुझे तो मालूम ही नहीं था वर्ना इसी में वह उभार लाता कि लोग कटकर रह जाते। फर्स्ट-क्लास मनीस्पिनर...।"

"मैं बीच में ही उठ खड़ी हुई और मिस मिड्ढा भी अपने को रोक नहीं सकीं। लेकिन वहाँ से चलने के बजाय उन्होंने प्रदर्शन रोक देने की बात जोर से कही और लोगों से कहा—बस देख लिया, प्रिया ने! वह अब क्लास लेने जा रही है। मैं भी चल रही हूँ। आप लोग सेठ जी को पूरा दिखाकर आयें!"

'रास्ते में मिस मिड्ढा बहुत चिन्तित होकर बोलीं, "मुझे लगता है, सेठ जी कोई प्रस्ताव तुम्हारे सामने रखेंगे, लेकिन मेरी ओर से तुम निश्चिन्त रहो। मैं सदा तुम्हारा साथ दूँगी। हाँ, इतना तो मेरे सामने आ ही गया है कि ट्रस्टियों तथा नगर के सारे धनिक लोगों को यह नृत्य-नाटिका दिखायी जायेगी और इसके लिए बड़े पैमाने पर विज्ञापन तथा दान के रूप में धन एकत्र किया जायेगा। सेठ जी का अनुमान है, दस लाख रुपये सिर्फ एक प्रदर्शन में इकट्ठा कर लेंगे। चूँकि इसकी तैयारी स्कूल-वाद्यवृन्द के सहारे छात्राओं और स्कूल के साधनों से हुई है, इसलिए स्कूल की सहायता के नाम पर किसी ऐसे प्रदर्शन को रोक पाना मेरे लिये मुश्किल होगा।"

"लेकिन मेरे लिये तो कुछ भी मुश्किल नहीं है, मिस मिड्ढा मैं एक गरीब बाप की बेटी हूँ और इस गौरव का ध्यान मुझे हमेशा बना रहता है। मैं हरगिज नहीं नाचूँगी।"

शायद उन्हें मेरी बात अच्छी लगी। वे बड़े स्नेह से मेरा सिर सहलाने लगीं और कहने लगीं, "यह तो पहली बात है, बेटी, मुझे तो आगे कुछ और आशंकाएँ हैं। फिर भी घबराना नहीं, देखा जायेगा।"

हम बात करते हुए बहुत दूर निकल आये थे और अब घर पहुँचने में देर हो रही थी, इसलिए प्रिया ने कहा, "मुझे घर तक छोड़ दो। जो भी होना होगा, एक-दो दिन में सामने आ जायेगा, फिर निर्णय लेना होगा। वैसे अपनी तरफ से मैं इस बात पर दृढ़ हूँ कि नौकरी छोड़ दूँगी, क्योकि यह एक ऐसे चक्कर की शुरुआत है जहाँ से अपने व्यक्तित्व को बचा पाना मुश्किल है। मैं अच्छी तरह समझ रही हूँ कि यह सब कहाँ तक जायेगा। मेरा मतलब यह नहीं..." जैसे वह मुझे समझाने के लिए रुकी हो, 'कि मैं नाचना नहीं चाहती या मुझे खुले मंच पर नाचने मे हिचक है। मैं तो सड़कों के किनारे, चौराहों पर भी नाच सकती हूँ, मजदूरों और किसानों के बीच भी नाच सकती हूँ, क्योंकि मेरे जीवन और नृत्य दोनों का मन्तव्य उनके जीवन से जुड़ा हुआ है। वैसे,

मैं निरी बावली, कला क्या जानूँ? हाँ, उस पीड़ा को, उस दुःख को, उस महानता और गौरव को जरूरी जानती हूँ जिनमें मेरे करोड़ो देशवासी जीते हैं। नाचती हूँ तो उन्हीं की हो जाती हूँ। मेरी सारी अन्तःप्रेरणा उन्हीं की है, इसलिए मेरे नृत्य में सब-कुछ संघर्षमय जीवन-प्रवाह को—नये सृजन और आमूल परिवर्तन को ही समर्पित है...'' प्रिया बोल रही थी और मेरे सामने 'इन्सान की खोज' के नृत्य-चित्र जैसे अपना अर्थ खोल रहे थे।

—तुम कठोर-से-कठोर पहाड़ों के हृदय को काट देते हो...

—तुम असीम जलप्लावन को अपने बाहुबल से बाँध देते हो...

—तुम्हीं सृष्टि हो।... तुम्हीं वेग हो। तुम्हीं गति हो।... तुम्हीं जीवन हो!—मेरे जीवन, मेरे प्रिय, मेरे प्राण!...

मेरी आँखों से एक गहरे अन्धकार का पर्दा हटता चला गया था और रात प्रिया के नृत्य की एक-एक मुद्राएँ लययुक्त छन्द की तरह स्वतः मेरे हृदय में उतरती चली गयी थीं...वह आह्वान, वह तड़प, वह अमिट प्यास, वह आलिंगन, वह विछोह और वह प्रिय को पा लेने की भयंकर निष्ठा... मैं जैसे अपने में ही खो गया था।

आज इतने दिनों बाद यह सब आपसे कहते हुए, मुझे लग रहा है कि मैं अपने को फिर भूल रहा हूँ! आवेग और भावना के जिस प्रवाह से बाहर रहकर मात्र घटनाएँ बताने की मेरी प्रतिज्ञा थी, वह टूट रही है और यह सब सोचकर आज भी मुझे आश्चर्य होता है कि उस रात ऐसा क्या हो गया था कि मैं प्रिया के नृत्य को चित्रलिखित-सा देखता रह गया था—एकदम मुग्ध और अचेत होकर। मेरे आगामी जीवन में आग लगा देनेवाला वह कथ्य मेरी समझ में उसी समय क्यों नहीं आया? लेकिन ऐसा तो मैं आज सोचता हूँ। उस दिन तो सहसा पूरे नृत्य को समझकर और प्रिया को एक हद तक पहचानकर जैसे गहरे पानी में मेरे पाँव टिक गये थे। लगा, जैसे मैं एक सम्पूर्ण नये मानव-संसार में आ गया हूँ जहाँ सहजता, निष्ठा और सौन्दर्य मूर्त होकर मेरे सामने साकार खड़े हैं।

मैं कुछ देर प्रिया के पिता से बात करके चलने लगा तो उन्होंने प्रिया को आवाज दी। बहुत कहने पर भी मुझे कुछ खाकर ही वहाँ से आने दिया गया। पिता स्वयं नीचे तक मुझे छोड़ने आये और बार-बार मुझे किसी दिन फिर आने का निमन्त्रण देते रहे।

अब हमारी मित्रता पूरी तरह बाधाहीन हो गयी थी। प्रिया पहले से ही बहुत निर्भय थी और सामाजिक पिछड़ेपन को आँख देना पसन्द न करती थी। अब मैं भी कुछ मुक्त हो गया इसलिए हमारा मिलना-जुलना इस सीमा तक बढ़ गया कि मेरा घर प्रिया का दूसरा घर बन गया और मैं रोज ही प्रिया के साथ उसके घर, उसे छोड़ने जाने लगा। चुम्बन और आलिंगन अब हमारे प्रेम-प्रदर्शन और आत्म-सन्तोष के मुख्य साधन बन

गये थे, लेकिन बस इतना ही, इसके बढ़ने की न मैंने कोशिश की, न मेरा अनुमान है, प्रिया को वह सब अभी मान्य ही होता।

इसी तरह दिन गुजर रहे थे कि एक दिन प्रिया दोपहर को ही स्कूल से वापस आ गयी। बेहद उदास और शिथिल, उसके तन-बदन पर थकान के भाव स्पष्ट लक्षित हो रहे थे। मैंने उससे पूछा तो कहने लगी, "वही हुआ जो होना था। आज सेठ जी पूरी तैयारी से आये थे और उन्होंने दोनों प्रस्ताव एक साथ रखे। स्कूल की सहायता के लिए नगरपालिका के थियेटर में प्रदर्शन तथा एक लघुफिल्म, जो स्कूल की ओर से घिनावन उत्पादन की पहली कला-फिल्म होगी। सारी स्टेशनरी, काण्ट्रैक्ट तथा कायदे की कार्यवाही पूरी हो चुकी है, बस मेरे हस्ताक्षर की जरूरत थी। चूँकि यह पूरी तैयारी मैंने स्कूल में की है इसलिए उस पर सम्पूर्ण अधिकार स्कूल का होगा। सेठ जी उत्पादन-व्यय के बदले लाभ में आधा ले लेंगे।"

"और तुम्हें क्या मिलेगा?"

"मैं तो बस एक वस्तु मानी गयी हूँ--स्कूल का जीवन ही मेरा जीवन है। मुझे वे देश-देशान्तर में विख्यात करके नारी-जाति का गौरव बढ़ाना चाहते हैं और दिखा देना चाहते हैं कि भारतीय नृत्य में कितनी क्षमता है। मैं विदेशों में सम्मानित हूँगी और सेठ जी मेरे साथ अमेरिका-लन्दन की यात्रा करेंगे।..." कहते-कहते प्रिया उठ बैठी और जोर से हँसने लगी। मैंने उसे इस तरह हँसते पहले कभी भी न देखा था इसलिए आशंका हुई और एकाएक मेरे मुँह से निकल पड़ा, "यह क्या हो गया तुम्हें।"

'मुझे गहरा धक्का लगा है। इसलिए नहीं कि मुझे कुछ भला-बुरा कहा गया बल्कि इसलिए कि हमें कितना नाचीज, कितना हीन समझा जाता है! पिता बचपन से ही बताया करते थे कि पैसेवाले एक जगह पहुँचकर समाज के सारे मूल्यों को चकनाचूर कर देते हैं और हर चीज का, यहाँ तक कि मनुष्य के मन का भी दाम लगा देते हैं। हम उनके लिए कुछ भी नहीं हैं। उनके घरों में पले कुत्तों के समान इज्जत पाने के हकदार भी नहीं।

"जानते हो, मेरे लिये ड्रेस-डिजाइनर भी साथ लाया गया था और निर्देशक महोदय दूर से ही मुझे देखकर उसे समझा रहे थे। योजना यह है कि मैं नयी लहर की फिल्म के लिए नाचते-नाचते नंगी हो जाऊँ...।"

वह दोनों हाथों से मुँह छिपाकर बच्चों की तरह फूट-फूटकर रोने लगी और बीच-बीच में उफ्-उफ्... कहती रही।

मैंने उसे सँभाला। बड़ी देर तक समझाता रहा और सोचता रहा कि सारी बातें समझने के बाद भी स्त्री, स्त्री ही है—कमजोर, भावुक और एक हद तक बेवकूफ भी। इसलिए मैंने कहा, "तुमने मना क्यों नहीं कर दिया?"

"और क्या मैं हाँ करके आयी हूँ। यही नहीं कि मैंने सारे कागजात फेंक दिये, वरन् कालेज की नौकरी से इस्तीफा भी दे दिया है।" वह कुछ सँभल गयी और हैण्डबैग से रूमाल निकालकर आँखें साफ करते-करते फिर बोलने लगी, "मैं उन लोगों के दुस्साहस और अविचार के कारण दुखी हूँ। बिना मुझसे पूछे, बिना अनुमति के वह यहाँ तक बढ़ गये।"

'लेकिन अभी कुछ देर पहले तुमने इन लोगों के चरित्र के बारे में कुछ कहा था। यदि तुम ज्ञान के स्तर पर चीजों को इस सीमा तक समझती हो तो फिर इस कदर दुखी होने की क्या बात है? तुम्हारे लिये तो यह अपनी समझ बढ़ाने और उसे पुख्ता करने का अवसर होना चाहिए था।" मैं बहुत सतर्क होकर डरा-डरा-सा बोल रहा था।

'सो तो हुआ है, वर्ना इस तरह उस दलदल से निकल सकने की ताकत मुझमें कहाँ से आती?" वह जैसे-जैसे स्वाभाविकता की ओर बढ़ रही थी, मेरी घबराहट कम होती जा रही थी। तत्काल उससे मुक्ति पाने के लिए चाय के लिए पूछा।

वह हाथ-मुँह धोकर बाहर निकलने के लिए तैयार हो गयी। मेरे कलेजे से एक बोझ तो उतर गया, लेकिन न जाने क्यों एक उदासी और बेचैनी मेरे अन्दर समा गयी। अब तक मैं यह सोच ही नहीं पा रहा था कि प्रिया के जीवन में वह कोना कहाँ है, जहाँ वह एकदम दूसरी स्त्रियों की तरह है—वैसी ही बेवकूफ और भावुक। इसलिए हर समय मैं सतर्क होकर व्यवहार करता था और हमेशा इस बात का ध्यान रखता था कि कहीं मेरी कोई बात उसे बुरी न लग जाये। एक प्रकार का आतंक ही समझिये इसे, लेकिन उसके इस बच्चों के-से रुदन ने जैसे मुझे उदास कर दिया था। यद्यपि यह मेरे प्यार के लिए अधिक अनुकूल स्थिति की शुरुआत थी, फिर भी धारणाओं की लीक छोड़कर चलने की एक कसक मन को कहीं साल रही थी। बहरहाल, मैं हमेशा की तरह उसके साथ बना रहा और वैसा ही व्यवहार करता रहा जैसा पहले करता था। लेकिन मेरी आवाज कई बार कुछ ऊँची और मुक्त हो जाती थी और मैं कई बार उसकी बातों से आगे जाकर उन्हें काट भी देता था और ऐसे मौकों पर न जाने क्यों वह मुझसे तनिक और सट जाती थी और कई बार मेरे हाथ पकड़कर चलने लगती थी। एक ताप मेरे हृदय में पहले ही जन्म ले चुका था लेकिन आप देख रहे हैं कि वह जैसे दबा-दबा धधक रहा था। आज वह जगह-जगह फूटने और सुलगने लगा। मैं कई बार उसके हाथ जोर से दबा देता और वह सी करके रह जाती। एक बार तो मैंने जरा सूना देखकर उसकी कमर में हाथ डालकर उसे अपनी तरफ दबा लिया। वह एकदम अवाक् थी। साफ लग रहा था, उसका सारा शरीर थरथरा रहा है। थोड़ी दूर पैदल चलने के बाद वह धीरे से बोली, "अपने कमरे चलो, मेरा जी जाने कैसा हो रहा है।"

हम बेसुध-से पूरे तीन घण्टे के लिए उस कमरे में बन्द हो गये। मुझे अच्छी तरह याद है और याद की ही बात क्यों कहूँ उन तीन घण्टों का पूरा वृत्तान्त, जो काफी दिनों बाद मैंने लिखकर उसे दिखाया तो वह शर्म से लाल पड़ गयी थी। मैंने उससे पूछा था, "ठीक है न? कहीं मैंने अतिशयोक्ति तो नहीं की?" वह बोली, "नहीं" और बेहद शर्माने लगी। मैं अनायास ही नाराज हो गया और कहने लगा, "यदि तुम कोई उत्तर नहीं देती तो मैं इसे फाड़कर फेंक दूँगा।" इस पर उसने हाथ बढ़ाकर वह कागज मेरे हाथ से छीन लिया था।

"तुमने कितना अच्छा लिखा है। मुझे तो जैसे रोमांच हो आया।" और हम फिर उसी पहले दिन के से एकान्त में चले गये थे। धीरे-धीरे जाने कैसे हमारी पूरी अकांक्षा का केन्द्र देह का वह एकान्त ही बन गया था। हम सहसा सारी दुनिया से कटकर, सहज ही अतल प्रेम-सिन्धु में डुबकियाँ लगा जाया करते थे।

आज जाने क्यों ये विवरण एक बोझ की तरह मन पर भारी पड़ रहे हैं और लगता है हमारी बातचीत के गन्तव्य को वे धुँधला कर देंगे, इसलिए उन्हें छोड़ जाने के लिए मैं माफी चाहता हूँ। हम दोनों खुद जीवन की इस नयी शुरुआत के थोड़े दिनों बाद इस पर सोचने और बात करने लगे थे कि हम जीवन के स्वाभाविक प्रवाह से अलग होकर शायद देह से ज्यादा उलझ रहे हैं लेकिन कोई सम्भव रोक हमारे सामने नहीं आ पाती थी और अब तो हम आपस में इस वैयक्तिक प्रसंग पर खुलकर बातें करके आनन्द लेने लगे थे।

इस बीच एक दिन प्रिया ने सुबह तड़के ही आकर बताया कि बिरजू महाराज के सम्मान में नगर में एक जलसा हो रहा है, उसमें मुझे नाचना पड़ेगा। प्रस्ताव पिता लाये हैं, जिनसे नगर-प्रमुख और मिस मिड्ढा ने निवेदन किया है। ...लेकिन सुनो!... जैसे वह थोड़ी चिन्तित और परेशान हो, मेरे तो पाँव थरथराते हैं। आज घर मैंने पैरों पर थोड़ा बल दिया तो मेरा ही शरीर मुझे बोझ की तरह लगा। कैसे, क्या होगा, वह भी, 'इन्सान की खोज'।

मैंने कहा, "थोड़ा कोशिश करके देखो, अभी से थसमसाने से तो होने से रहा।"

इधर उसने एक नृत्य अकादमी में अच्छे पारिश्रमिक पर दो घण्टों का काम ले लिया था। इसलिए समय होते ही वह उठ खड़ी हुई, लेकिन बेहद उदास और खोयी हुई। कहने लगी, "मुझे नीचे तक छोड़ो।"

लेकिन मैं उसके साथ अकादमी तक चला गया और यह समझाकर लौटा लिया कि वह वहीं, आज ही से थोड़ा अभ्यास शुरू करे। लेकिन वहाँ अभ्यास तो दूर रहा वह अपना काम भी पूरा नहीं कर पायी और बीच ही में वापस आ गयी। कमरें में घुसते

ही फूट-फूटकर रोने लगी। मेरे बहुत समझाने और पूछने पर कहने लगी, मैं कैसे करूँ, कहाँ पाऊँ, सब-कुछ खो गया है—शरीर ही नहीं, उन अनुभूतियों की लय ही मेरे प्राणों से छूट गयी है। वह कोई जादू था क्या, बताओ, बोलो?... वह मेरी कोट का कालर पकड़कर विक्षिप्त की तरह रोने और विफरने लगी।

मैं हताश और हक्का-बक्का था, फिर भी उसे बाँहों में सँभाले रहा, तुम्हारी तबीयत ठीक नहीं है, आराम करो सब ठीक हो जायेगा। घबराने से नहीं बनेगा। अभ्यास से सब-कुछ सम्भव है।''

लेकिन वह नहीं, नहीं, कहती रही और रोती रही, अभ्यास तो सिर्फ रूप दे सकता है... तुम नहीं जानते, तुम नहीं समझते कि मात्र पाँवों की थाप और अंग-संचालन की कुशलता से अच्छा नृत्य नहीं हो सकता—वह भी 'इन्सान की खोज' जो मेरे प्राणों का संगीत है और मैंने, और मैंने' वह बेहोश हो गयी लेकिन कुछ अस्फुट बुदबुदाती रही, तुम कहाँ हो, तुम कौन हो,... कैसे हो...?

मैं बेहद परेशान हो गया। सच कहूँ तो थोड़ी ऊब भी मेरे मन में हुई और लगा कि यह सब क्या है। डाक्टर भी बुलाऊँ, तो कैसे, इसलिए खुद जो बन पाया करता रहा। करीब आध घण्टे बाद उसने आँखें खोलीं और मेरा हाथ अपने हाथों में ले लिया। 'मैं ठीक हूँ, घबराओ नहीं।' वह कुछ देर बाद उठ बैठी और फिर थोड़ी देर के बाद बिल्कुल सामान्य लगने लगी। जैसे उसने इतनी देर में कुछ पा लिया हो। लेकिन मेरे लिए जैसे किसी रहस्य की दुनिया के दरवाजे खुल गये हों। मैंने बातों-बातों में उससे पूछा, 'तुम बेहोशी में कुछ बुदबुदा रही थी।'

'नहीं तो!' ऐसा नहीं किंचित् मुस्कराने का प्रयत्न करते हुए कहा, 'वैसे ही कुछ बोल गयी हूँगी।'

'नहीं, नहीं, ऐसा नहीं हो सकता, जरूर कोई ग्रन्थि है। आखिर मैं मनोविज्ञान का छात्र हूँ, इतना तो समझ ही सकता हूँ।'

मुझे उस समय भी आश्चर्य और दुःख था और आज तो जैसे यह कहने तक में शर्म आती है कि मैं प्रिया की शारीरिक और मानसिक स्थितियों को देखते हुए अनायास ऐसे सवाल करने पर उतारू हो गया था, लेकिन जैसे मुझ पर कोई बन्धन ही नहीं रह गया था और रह-रहकर एक ऐसी मसोस मेरे भीतर उठती थी कि मैं सवालों की झड़ी लगा देता था।

'जरूर कोई भयंकर अन्तर्द्वन्द्व है जिसने तुम्हारे पूरे जीवन को अपनी मुट्ठी में ले रखा है, वर्ना बाप-रे-बाप... इतनी अतिरिक्त शक्ति जो 'इन्सान की खोज' में दिखायी पड़ती है—कहीं किसी स्त्री में देखी जा सकती है।'

वह चुप बनी रही और अब मुझे उसका न बोलना जैसे चिढ़ाने लगा। एक अजीब स्थिति की सृष्टि स्वतः होने लगी जो अब मेरी कोशिश पर भी मेरे वश में नहीं रह सकी और सर्वथा स्वतन्त्र अस्तित्व धारण करती चली गयी।

अब दिन इसी तरह बीतने लगे। प्रदर्शन में उसका भाग लेना सम्भव नहीं हो पाया। हमें यह जानकर बेहद खुशी हुई कि प्रिया के गर्भ में शिशु है। कितनी विचित्र थी वह खुशी जिसकी कल्पना मात्र से हम दोनों इतने उद्वेलित थे कि दोनों की आँखों में आँसू आ गये थे। पर उसी बीच में जाने कैसे यह प्रश्न आ गया कि, "तुम बहुत-सी बातें मुझसे छिपाती हो, उसका मतलब है कि तुम मुझे अपने पूरे अस्तित्व से प्यार नहीं करती। कोई और है... हमारे बीच..." मैं तेजी से उसे अलग करके उठ रहा था और वह मुझे पकड़े हुए थी, "सब बताऊँगी, सब..." वह सिसकते हुए बहुत दयनीय स्वर में बोल रही थी।

मैं जैसे आशा की एक किरन पा फिर सदय हो जाता कि शायद आगे की बातें अब सामने आयेंगी। अपने को रोकता, समझाता, उसे भुलावा और भरोसा देता, ठगता, झूठ बोलता, जिससे वह अपने जीवन में किसी और व्यक्ति का होना स्वीकार कर ले पर चाहता था कि यह झूठ हो। वह नट जाये और चिल्ला पड़े कि क्या बेवकूफी की बातें करते हो, मेरे जीवन में तुम्हारे सिवा कभी कोई नहीं आया।

अजीब विडम्बना का जीवन था वह! लगता जैसे हम उसी रहस्य की भँवर में तिल-तिल टूट रहे हों। लेकिन इसी के साथ एक नयी बात हमारे बीच में यह पैदा हो गयी थी कि पल भर भी हमारा अलग रहना मुश्किल हो गया था। कभी बिना यह ख्याल किये कि रात कितनी गयी है, मैं उसका दरवाजा खटखटाता और वह तत्काल उसे खोल देती जैसे उसे मालूम रहता था कि मैं आऊँगा और वह जागती, इन्तजार करती बैठी रहती। जरा-सा भी अनमने भाव से जुदा होने पर मैं पल-भर भी उससे अलग नहीं रह पाता था। कभी-कभी तो इतनी उतावली और घुटन होती थी कि मैं रात-रात भर प्रिया के नाम पत्र लिखा करता था और सुबह उसे देने उसके घर चला जाता था, जबकि हमारे मिलने-जुलने अथवा साथ रहने पर कोई रोक नहीं थी। इन पत्रों में ऐसी ही बेवकूफी की बातें होती थीं जिन्हें पढ़कर वह बेहद रोती थी। फिर मैं उसे समझाता और पत्र की बातें भूल जाने को कहता और झट पूछता, 'बताओ, वह खिड़की का क्या प्रसंग है?'

"कोई खास बात नहीं, कभी बता दूँगी", उसने एक दिन जैसे ही कहा, मैंने उसके बाल पकड़कर खींच लिये। वह बिस्तर पर गिर पड़ी तो मैंने उसका गला दबाया, "बोलो बताती हो कि खत्म कर दूँ तुम्हें? मेरे पूरे जीवन को जलाकर मजा ले रही हो।" लेकिन वह कुछ नहीं बोली। अपने को छुड़ाने का भी प्रयत्न नहीं किया। फिर मैं उसे छोड़कर

उससे लिपट गया और फूट-फूटकर रोने लगा, "मेरी प्रिया! बताओ! कहो, प्रिया! वर्ना मैं मर जाऊँगा! मुझे लगता है, तुम सिर्फ मेरी नहीं हो, वर्ना तुम मेरे मन के इस दुःख को कैसे सहती? आखिर तुम्हें हुआ क्या है? मैं सच कहता हूँ, मैं तुमसे नाराज नहीं हूँगा, तुम्हारे बिना मेरा जीवन एक ऊसर धरती के समान है, फिर क्यों छिपाती हो?"

लेकिन जब वह इतने पर भी कुछ न बोलती तो मैं गालियों और बुरे शब्दों पर उतर आता।

स्थिति दिन-पर-दिन जितनी गम्भीर होती जा रही थी हम दोनों उतने ही एक-दूसरे से अभिन्न होते जा रहे थे। एक दिन सुबह की वह आयी और आते ही कहने लगी, "तुम जिस बात से इतने परेशान हो वह एक घटना मात्र है। मेरे घर के सामने जो सूती मिल है न, वहाँ आये दिन हड़ताल-धरना होता रहता है। एक दिन रात ऐसे ही एक घटना घटने के समय एकाएक फायरिंग होने लगी। मैं चौंककर जग पड़ी, तभी क्या देखती हूँ कि एक परछाहीं मेरी खिड़की के अन्दर आ रही है और मैं उठूँ-उठूँ कि सीढ़ियों से पुलिस के लोग घर में हाजिर। मैं इतनी डर गयी थी कि मेरे कण्ठ से आवाज ही नहीं फूट रही थी और मेरी छत्ती के बन्द दरवाजे के बाहर की आवाज से जान पड़ा कि पुलिस किसी आदमी की तलाश में है। मेरे मन में एकाएक आया कि अगर यह आदमी जो मेरे कमरे में है, पकड़ा जायेगा तो इसी पर सारा इल्जाम लग जायेगा, जबकि हो सकता है, सही अपराधी कोई दूसरा हो...।"

"क्यों नहीं, क्यों नहीं..." मैंने व्यंग्य में उसकी बात काटी। "वह भला कैसे अपराधी हो सकता है जो आपके बिस्तर पर सारी रात बिताये! मुझे धोखा देती हो, झूठ बोलती हो?" मैं और भी जाने क्या-क्या बकने लगा और वह मूर्तिवत् चुपचाप सुनती रही।

मैं बोलता जा रहा था, "वह रात-भर आपके कमरे में रहा न! कोई सड़ा हुआ, अपराधी मजदूर रहा होगा, जिसके लिए आपने अपनी अनुभूति का सारा खजाना ही खाली कर दिया। अब समझ में आया आपका नाटक! ऐसा भी तो हो सकता है कि वह आपका पुराना दोस्त रहा हो!"

मैं चुन-चुनकर कड़े शब्दों का प्रयोग कर रहा था और वह एकटक मेरी ओर देख रही थी और उसकी आँखों से आँसुओं की धारा बँधी हुई थी। एकाएक ऐसा लगा, जैसे वह अभी उठकर चली जायेगी और फिर कभी नहीं मिलेगी। फिर मैं कैसे रहूँगा, क्या करूँगा? उफ् मैं अन्याय कर रहा हूँ, अपनी प्रिया को नाहक ही सता रहा हूँ। हो सकता है, वह तुरन्त कमरे में भाग गया हो। "बोलो प्रिया, कहो न कि वह तुरन्त कमरे से भाग गया। तुम चुप क्यों हो गयी, मेरी रानी!" मैं विक्षिप्त होकर कराहने लगा।

प्रिया उठ खड़ी हुई और कहने लगी, "मैं समझ नहीं पाती कि क्या करूँ जिससे तुम्हें सन्तोष हो। अगर मैं मर भी जाऊँ तो तुम पागल की तरह सड़कों पर घूमते फिरोगे। बताओ, बोलो मैं क्या करूँ?"

वही पुराना सवाल, "तुम मुझे बताओ, ऐसे जिससे मैं उन स्थितियों को प्रत्यक्ष देख लूँ। न जाने क्यों मेरा कलेजा रह-रहकर चटखने लगता है, जैसे वह अभी फट जायेगा और मैं खून उगलने लगूँगा। मैं पागल हो जाऊँगा, प्रिया, पागल.... ।"

सब-कुछ असह्य हो उठा था। मैं खुद समझ नहीं पाता था कि क्या ऐसा हो जिससे हम सुख और शान्तिपूर्वक रहे। जो मैं पूछता था उसका एक उत्तर मेरे पास पहले से होता था, लेकिन मैं उसके विपरीत उत्तर चाहता था और पहले से मन में रखे उत्तर के लिए जिद करता था। वह उत्तर मुझे पागल बना देनेवाले दुख का कारण बन सकता था। मेरी मन्शा होती थी कि प्रिया एकदम दृढ़तापूर्वक स्पष्ट मना कर दे। फिर भी मैं कई बार उसे बाध्य करता कि वह वही कहे, जो मैं चाहता हूँ।

इतना ही नहीं, मैं लम्बी प्रश्नावलियाँ बनाकर उसे देता और सिर्फ 'हाँ' या 'ना' में उत्तर माँगता। उत्तर पाने पर भी मैं उससे लड़ता-झगड़ता, चूमता, प्यार करता, रोता और इसी पूरे दौर में किसी समय हम फिर उसी दैहिक एकान्त में जा धँसते, लेकिन मेरे प्रश्न उसका पीछा न छोड़ते और बीच ही में कई बार अलग-अलग होकर, एक दूसरे से बड़ी देर-देर तक कुछ भी न बोलते।

आधा-निराश की एक अजीब धूप-छाँह हमारे ऊपर छायी हुई थी। अभी लगता जैसे बादल छँट गये हैं और सुनहरी धूप छायी हुई है पर उसी में से तत्क्षण काले बादलों का एक रेशा घुमड़कर सारे आकाश को आवेष्टित कर लेता और ऐसा प्रलयंकारी तूफान वेगवान को उठता कि लगता किसी भी समय कुछ-का-कुछ हो जायेगा।

उधर प्रिया के शरीर में तेजी से परिवर्तन आने लगे थे और सामाजिक मान्यताओं को लेकर वह कुछ चिन्तित भी थी। उसके पिता दो-तीन बार मुझसे मिल चुके थे और चाहते थे कि कुछ सामाजिक संस्कार हो जायें तो वह हम सबके लिए अच्छा होगा। लेकिन प्रिया चुप थी। वह मुझे लेकर चार-पाँच दिनों के लिए वाराणसी जाना चाहती थी। उसके मन के किसी कोने में यह बात थी कि थोड़ा हेर-फेर से, मिलने-जुलने से मेरा मन बदल जायेगा। रिसर्च पर हाथ लगाने की बात वह रोज ही करती थी, लेकिन वह बात जहाँ-की-तहाँ धरी रह जाती और हम पुरानी समस्या में उलझ जाते।

बहरहाल, बरसात के उतरते दिनों में हम सारनाथ पहुँचे थे और सचमुच हम बेहद खुश थे। घण्टों हमने तथागत की विभिन्न मूर्तियों को देखने में बिता दिये। इधर-उधर घूमते रहे और शाम शहर चले गये। फिर देर से लौटे और टूरिस्ट होटल के अपने कमरे में बन्द हो गये। एकाएक कुछ हलके बादल उठकर तेजी से बरसने लगे जिससे उमस से परेशान प्रिया खुश हो उठी थी। मैंने उसकी साड़ी खोलकर अलग कर दी और बहुत आहिस्ते-आहिस्ते प्यार के रास्ते पर बढ़ने लगा। कंचन की तरह दमकता उसका सुगठित शरीर धीरे-धीरे अनावृत्त होने लगा। पतली कमर से ऊपर निरन्तर, साधारण

चौड़ाते सानुपातिक शरीर पर खिले, गोल उरोजों के लिए ठीक उतनी ही जगह थी जितनी किसी कैनवास पर दो कदम के फूल आँकने के लिए जरूरी हो। इसलिए उनकी गोलाइयों के ऊपर कबूतर की गर्दन की मानिन्द उसके गले की दो रेखाएँ कन्धे के आकार से मिलकर भुजाओं पर उतर गयी थीं जो सुनहरी रोमावलियों के बाद निरन्तर चिकनी और रक्ताभ होती गयी थीं। मैं चित्रकार नहीं हूँ वर्ना लाल कुई की छोटी-बड़ी पत्तियों के मेल से ही उसकी अँगुलियों की रचना कर देता। कमर के नीचे वह एक ऐसे दृश्य-चित्र की तरह थी जो किसी को अनायास 'अद्भुत' कहने को बाध्यकर देता। गर्भावस्था में नाभिस्थल से नीचे की ओर उन्मुख, हलकी, भूरी रोमावलि, पेडुओं की उठान के कारण कुछ और उजागर हो गयी थी, जिससे दोनों जानु-प्रदेश और नितम्बों में जाने कहाँ का लावण्य आ बसा था। मुझे पहली बार दिखा कि प्रिया एकदम बदल गयी है।

वह बेहद खुश थी और हर क्षण सहयोग कर रही थी। इस बीच बादलों में कड़क हुई, खिड़कियाँ खड़खड़ा उठीं और बन्द कमरे में लगा जैसे बाहर बरसात तेज हो गयी है। प्रिया ने कहा, "खिड़की खोल दो!"

"और यदि कहीं वह अन्दर आ जाये तो!"

प्रिया जैसे धक् से रह गयी। उसके हाथ ढीले पड़ गये।

"फिर किसे चुनोगी?"

प्रिया एकटक मेरे चेहरे में देखती शिथिल पड़ी रही। मैंने अपनी वाणी में थोड़ा और जहर घोला, 'नाराज होकर नहीं कह रहा, प्रिया "बोलो, अगर ऐसा हो तो तुम क्या करोगी।" उसका चेहरा बेहद मलिन हो गया लेकिन वह कुछ भी नहीं बोली।

मैं जैसे आँवें में भुन रहा था, "इसी तरह उसने भी धीरे-धीरे कपड़े उतारे होंगे! क्यों, कुछ बोलो!" मैंने उसे बाँहों में भरकर अपनी ओर करते हुए कहा, "क्यों चुप हो गयी? कुछ बोलो, अच्छा इतना ही बताओ कि कपड़े उतारे थे या नहीं?"

"हाँ, हाँ, हाँ,....करीब चिल्लाते हुए वह मेरी बाँहों से निकलने की कोशिश करने लगी तो मैंने उसे जोर से झिटक दिया। वह बिस्तर से नीचे फर्श पर जा पड़ी और एक अजीब-सी कँपकँपी उसके हाथों में होने लगी, जैसे उसके प्राण निकल रहे हों। मैं घबरा गया, जल्दी-जल्दी उसे सहलाने लगा, उसके चेहरे को चूमने लगा, "अब कुछ नहीं पूछूँगा, प्रिया, कुछ नहीं, कभी नहीं!" तभी मुझे उसकी... 'हाँ... हाँ' कहने की बात याद आ गयी और फिर तो जैसे मेरा अस्तित्व ही जलकर राख हो गया हो।

एक झटके से मैं कमरे से निकला और उस बरसती-गरजती रात में बिना यह सोचे कि मैं कहाँ, किस तरफ जा रहा हूँ, चलता चला गया। कई बार पाँव जैसे बँध-से गये, प्राण तड़प-तड़पकर रह गया लेकिन मैं रुका नहीं। कई महीनों इधर-उधर भटकता रहा। गाँव में रहा। फिर बंगाल चला गया। लेकिन इस लायक नहीं बन पाया कि वापस

प्रिया के नगर जाऊँ। उस दिन बरसात में रात-भर भींगने से ही शायद मुझे एक ऐसी खाँसी ने पकड़ लिया जिससे कई बार खून की कय भी हुई पर मैंने कायदे से उसका इलाज आज भी नहीं कराया।

मुझे लगता है, मेरी इतनी सारी परेशानियाँ आपको बेवजह लग रही होंगी और आप ऊब रहे होंगे। लेकिन कभी-कभी जीवन की गाड़ी ऐसे ही फँस जाती है। सब-कुछ जलकर राख हो जाता है और आदमी, चाहते हुए भी, कुछ कर नहीं पाता। कुछ वैसा ही समझकर आप इस दुखभरी कहानी को भूलने के पहले इस पत्र को भी पढ़ लें तो कम-से-कम घटनाओं का पूरा क्रम तो जान ही जायेंगे। कहानी न सही, इसे एक व्यक्ति की आप-बीती भी मान लेंगे तो मेरा जी हलका हो जायेगा।

हाँ, छह महीने बाद जब मैं प्रिया के शहर आया तो कमरा खोलने पर जो बहुत-सी चिट्ठियाँ मिलीं उन्हीं में प्रिया का यह पत्र भी था :

मेरे प्रिय,

तुम्हारे ही लिये मैं वह सब नहीं कहना चाहती थी जो तुम मेरे मुँह से सुनने का अथक प्रयत्न कर रहे थे। मैं जानती थी कि तुम किसी भी उत्तर से सन्तुष्ट नहीं होगे। हो सकते तो मैं प्राण देकर भी तुम्हें सन्तुष्ट कर देती। मैं अन्धी नहीं हूँ, मेरे प्रिय! जब तुम मेरे पाँव पकड़कर बिलख-बिलखकर रोने लगते और कहने लगते कि, "बताओ प्रिया, विश्वास मानो, मेरा प्यार घटेगा नहीं इससे।" और तरह-तरह से प्यार करके मुझे बाँहों में लेकर, अर्ध-विक्षिप्त की तरह अपना माथा मेरे सीने में रगड़ने लगते थे, तब, तुम विश्वास नहीं करोगे, मैं रात-रात भर यह सोचती बैठी रह जाती थी कि मैं क्या करूँ, जिससे तुम्हें सन्तोष और सुख मिले, क्योंकि मेरे लिये तो तुम्हारे बगैर एक पल भी जीना दुर्लभ था। तुम नहीं होते तो तुम्हारे वस्त्रों की महक मेरे मन-प्राण में बसी रहती और मैं तुम्हारी चीजें व्यवस्थित करते-करते तुमसे बातें करती रहती। मात्र यह सोचकर मैं डर जाती थी कि तुम दो-चार दिनों के लिए बाहर चले जाओगे तो मेरा क्या होगा। लेकिन साथ ही मैं यह भी जानती थी कि मेरे मन की इस धारणा के पीछे तुम्हारी यह विक्षिप्तता और परेशानी ही शायद मुख्य हो उठी थी वर्ना हम अत्यन्त स्वाभाविक और स्नेहमय जीवन के लिए प्रणीत थे।

मुझे अच्छी तरह याद है, जब तुम्हारे लगातार कोंचने, सिर पटकने, दिनों खाना न खाने से ऊबकर मैंने यह मान लिया कि वह आदमी रात भर मेरी छत्ती में रह गया था तो तुम कितने उद्विग्न हो उठे थे और अपनी कमीज नोचकर फेंक दी थी। सब्जी काटने का चाकू मेरे सीने में चुभाने जा रहे थे। मैंने तुम्हारी मनःस्थिति समझ ली थी। तुम अपनी प्रिया को अछूती, कमल की तुरत प्रस्फुटित ऐसी कली के रूप में ही स्वीकार कर सकते थे जिसे सूर्य तक ने स्पर्श न किया हो। तुम्हारी सारी प्रकृति और अहम्

इस बात से चोट खाये हुए सर्प की तरह तड़प रहे थे कि एक अपरिचित, जाने कौन और कैसा व्यक्ति मेरी छत्ती पर रात भर कैसे रह गया! तुमने जाने कितने सवालों से मुझे घेरा है।–तुम चिल्लाती क्यों नहीं? तुमने पिता को क्यों नहीं जगाया?–तुम उसे बचाना ही चाहती थी तो उसे वहीं छोड़कर बाहर क्यों नहीं निकल गयी?... उसने जरूर तुम्हें पकड़ा होगा?... उसका हाथ कहाँ लगा था–यहाँ...? ...यहाँ?... बत्ती तो बुझी रही होगी, वह कैसा था... कितनी उम्र थी, उसकी... जरूर वह चारपाई पर बैठा होगा? ... अच्छा संकोच कर रही हो तो सिर्फ हाँ या ना में उत्तर दो।... वह भी नहीं तो सिर हिला दो...। सच कहूँ तो मैं डर गयी थी कि कहीं तुम कुछ और सुनकर प्राण न दे बैठो, इसीलिए मैंने पुलिस के सामने दिये जानेवाले बयान की तरह एक बयान निश्चित करके अपने को पत्थर बना लिया था। लेकिन आज वह सब-कुछ समाप्त हो गया है। मुझे भी सन्तोष है कि मैं तुम्हारे पुत्र की माँ हूँ और जाने क्यों मेरे कलेजे में तुम्हारी कमी से उत्पन्न होनेवाली जलन अपने-आप कम हो चली है। जब जलन उठती है तो बच्चे को सीने से लगा लेती हूँ और वह अपने से ही शान्त हो जाती है।

हाँ, इतना जरूर है कि सड़क पर, खासकर जहाँ मजदूर हों, गरीब हों, अभावग्रस्त लोग हों, कोई जुलूस हो, धरना हो, घिराव हो, मैं देर-देर तक खड़ी रहती हूँ और लोगों के चेहरे देखती हूँ, फिर सहसा अपने पागलपन पर अपने ही को कोसने लगती हूँ। रात के उस अँधेरे में मैंने कुछ भी तो नहीं देखा था। यहाँ तक कि मैं यह भी नहीं बता सकती कि उसने कैसे कपड़े पहन रखे थे। उसकी उम्र... जरूर वह पूरी तरह जवान था। उसकी जाँघों का कसाव और दाढ़ी के बालों की चुभन मुझे पूरी तरह याद है। उसके बदन से निकलती हुई कच्चे दूध की-सी महक की मादकता तुम्हारे साथ इतने गहरे और लम्बे सम्बन्धों के बाद भी मैं नहीं भूल पायी। उसके रूखे किन्तु बलिष्ठ बाँहों के लोहे से कसाव में इतनी कोमलता थी कि एक ओर जहाँ मेरी साँसें घुटने को हो रही थीं, वहीं इस बात की भी प्रबल इच्छा बनी रह गयी थी कि वह सहसा इतनी बढ़ जाये कि मैं बेहोश हो जाऊँ।

तुम पूछते हो कि वह दोबारा जरूर आया होगा? यही तो वह तड़प है जिससे मैं पूरे एक वर्ष जूझती रह गयी थी। काश, वह आया होता। तुम बार-बार कहते थे कि–"ऐसा कैसे हो सकता है कि वह ऐसी हालत में शरण पाकर भी तुम्हारे-जैसी को भूल जाये? साफ है कि या तो वह मर गया या दूसरे ही दिन पुलिस ने उसे गोली मार दी।–जानते हो तुम्हारा यह वाक्य मुझे तीर की तरह बेधता चला जाता था। कई बार तो यह इतना असह्य हुआ कि मैं किसी बहाने उठकर बाहर चली गयी थी।

आज मैं तुमसे कुछ छिपाऊँगी नहीं। अब तुम्हें जीवन के इस निर्मम सत्य को जानना ही चाहिए, क्योंकि अब इसे झेलने की सामर्थ्य तुममे आ गयी है। जानते हो,

तुम्हारे अन्तर्द्वन्द्व और दुख को देखकर मैंने कई बार अपने को नष्ट कर लेने की ठानी, पर सदा इस एक खयाल ने मुझे पीछे खींच लिया कि तुम्हारा क्या होगा। तुम जितनी गहरी पीड़ा में हो, उससे किसी कदर कम दुख मेरे हृदय में नहीं है। ऊपर से तुम्हारी हालत और सवालों ने छेद कर उसे छलनी कर डाला है। लेकिन मैं कारण हूँ इसलिए दोष का भान मुझे अधिक होना चाहिए, लेकिन वह मुझमें कत्तई नहीं—मैं दोषी नहीं हूँ। मैंने अपने अन्तर को नहीं छला है। हाँ, अगर दुनिया इसे नैतिक दृष्टि से बुरा कहती है तो मैं अपनी मानवीय स्वाभाविकता को वैयक्तिक एकांतिकता मानकर, उस सुख को दिल ही में छिपाये रहूँगी, लेकिन यह जोर देकर कहूँगी कि चाहे मेरे ही उदाहरण द्वारा सही माना जाये, ऐसी परिस्थितियों को झूठी नैतिकता से मुक्त मानवीय, प्रकृति का अंश जरूर समझा जाये! तुम्हारे साथ होने पर उसकी खोज मद्धिम पड़ गयी थी, पर सड़क पर—लोगों के बीच एक चेहरे की पहचान मेरी सदा समस्या रही है। आज वह बहुत तेज है, यहाँ तक कि तुम्हारी सम्भव उपलब्धि को भी उसने दबा लिया है।

दिसम्बर की, गहरे अँधेरे में ठिठुरती एक रात, मैं अपनी छत्ती का दरवाजा अन्दर से बन्द करके, छत्ती की खिड़की के एक पल्ले को खोले रात देर तक सोने की चेष्टा कर रही थी। ठीक सामने मिल है। फाटक पर आज सवेरे से ही बड़ा जमाव था। तेज रोशनी में मुझे सब- कुछ स्पष्ट दिखायी पड़ रहा था। माइक की आवाज इतनी तेज और परस्पर एक-दूसरे से लड़ रही थी कि कुछ भी साफ सुनायी नहीं पड़ता था। बीच-बीच में कई बार हाथापाई और झगड़ा भी होता था पर पुलीस बीच-बचाव करके उसे छुड़ा देती थी। करीब ग्यारह बजे होंगे। मुझे तनिक झपकी आने लगी थी कि धाँय-धाँय गोलियाँ चलने की आवाज से मैं रजाई खिसकाकर उठ बैठी। लोग बेतहाशा इधर-उधर भाग रहे थे और पुलीस उन पर गोलियाँ चलाती हुई, उन्हें खदेड़ रही थी। तभी कुछ लोग ठीक मेरे घर के सामने से भागकर गुजरने लगे और देखते-देखते कोई तेजी से छत्ती की खिड़की के अँधेरे में धँसकर अन्दर आया। चारपाई से लड़कर मेरी रजाई पर लुढ़क गया। नीचे रजाई में मेरी फैली हुई टाँगें दब न गयी होतीं तो मैं उछलकर खड़ी हो जाती। मैंने चिल्लाने की कोशिश जरूर की, लेकिन जैसे मेरा गला ही रुँध गया था और कोई हाथ बड़े हलके से मेरे मुँह पर टिक गया था।... मैं अभी चला जाऊँगा ... कृपा करके चुप रहिये। डरिये नहीं! वह उठकर अलग खड़ा हो गया। मैं भी उसी ओर उतरी, क्योंकि स्विच वहीं था। और जैसे ही मैंने उधर हाथ बढ़ाया फिर वही हाथ बढ़कर मेरे हाथों पर आ गया और इस बार दूसरा हाथ मुझे कुछ दूर करने के लिए मेरी नाभि पर इस तरह पड़ा कि मैं सिहर उठी और इधर-उधर हटने के चक्कर में एक स्टूल से लड़कर उससे इतनी सट गयी कि उसकी तेज गर्म साँसों से मेरा चेहरा जलने लगा।... मैं अभी चला जाऊँगा, घबराइये नहीं! चुपचाप सो जाइये, मेरे पास

पिस्तौल न होती तो मैं इस तरह छिपने के लिए आपको परेशान न करता। खतरा है। तभी मेरी सीढ़ियों पर भारी जूतों की आवाज सुनायी पड़ी। मैं डर के मारे थर-थर काँपने लगी और सोचने लगी कि अब क्या करूँ–इसे कहाँ छिपाऊँ? उसका हाथ पकड़कर चारपाई के नीचे घुसने का संकेत करने लगी पर वह तनिक और पीछे हटकर खिड़की से जा लगा और नीचे झाँककर भागने का उपाय करने लगा। तब तक दरवाजे पर दस्तक पड़ने लगी और पिता के उठने, दरवाजा खोलने की आवाज के साथ मुझे पसीना छूटने लगा। मैं बार-बार हाथों से संकेत करके उसे चारपाई के नीचे घुसाने की कोशिश करने लगी, लेकिन वह खिड़की से लगा, अडिग खड़ा रहा।

दरवाजा खोलकर पिता की कड़ी आवाज में पूछ रहे थे, "कहिये, क्या बात है?"

"यहाँ ऊपर कोई आदमी भागकर आया है, क्या?"

"नहीं तो।"

"जरूर आया है।"

"तो देख लीजिये! मैं तो दरवाजा बन्द करके सो रहा था! आपकी आवाज पर जगा हूँ।" साफ लग रहा था कि अब वे लोग कमरे में आ गये थे।

"सेक्योरिटी आफिसर को गोली मारकर भागा है। मैं तो उसको अच्छी तरह पहचानता हूँ। पूर्बिया है। मैनेजमेण्ट से कितनी बार कहा गया कि इससे जान बचा लीजिये, लेकिन उन लोगों को न जाने क्या मिलता है कि रोग पाले रहते हैं और परेशानी हमारी होती है। हाँ, साहब, यही कमरा है, आपके पास?"

"बस", पिता ने कहा।

"और उधर...।" सिपाही ने मेरे दरवाजे पर डण्डे से ठोका। वह कूदकर खिड़की की छत्ती में जा बैठा। मैंने हाथ के सहारे उसे रोक रखा था और मेरे कान कमरे में होनेवाली बात पर लगे थे। पिता कह रहे थे, "पीछेवालों से जुड़ा है।"

"आप करते क्या हैं?"

"आकाशवाणी में हूँ।"

"अच्छी बात है, साहब। आपको तकलीफ हुई।"

"कोई बात नहीं। आपको अपना काम तो करना ही है।" पिता ने उनके जीने से उतरने पर घर का दरवाजा और मैंने अपनी छत्ती की खिड़की का पल्ला एक ही साथ बन्द कर लिया और सोचने लगी कि अब क्या किया जाये मन में आया दरवाजा खोलकर पिता को सारी बातें बता दूँ लेकिन पुलीसवालों की बात सुनकर मैं बेहद डर गयी थी। कहीं वे नाराज न हों... फिर क्या करूँ...!

वह धीरे से बोला, "आप चुपचाप सो जायें, मैं पुलीस के यहाँ से हटते ही चला जाऊँगा।"

"ठीक है, समझ लो मैं सो रही हूँ।"

"आपको तकलीफ हो रही है। मैं अभी देखता हूँ।" उसने बढ़कर छत्ती की खिड़की खोली तो वही मार-धाड़, इधर-उधर भाग-दौड़, फिर भी वह आगे बढ़ा और जैसे ही खिड़की पर चढ़ा मैंने उसे फिर हाथ से रोक दिया, "बाहर अभी बहुत खतरा है।" मैं बढ़कर खिड़की बन्द करने की कोशिश में इस बार उसके दोनों हाथों के बीच, उसके ठीक आगे आ गयी और अब मेरी गरदन पर पीछे और बालों पर उसकी अपेक्षाकृत कम गर्म साँसों का भार कुछ भिन्न गति से पड़ने लगा। अब मैं और भी तेजी से काँपने लगी, इस कदर कि मेरा खड़ा रहना भी सम्भव नहीं रह गया। ऐसे में खिड़की की ऊपरी कुण्डी का बन्द होना पूरी तरह असम्भव हो गया और मैं पल्ले पर ही झुकी रह गयी। तभी मुझे पीछे से कुछ दबाव महसूस हुआ और खिड़की बन्द करते-करते उसकी बाँहें मेरे गालों पर पल भर को सटी रह गयीं। वह ऐसी मजबूत और गर्म बाँहें थीं कि मैं अपना सिर वहाँ से हटाने के बजाय उसी पर टिका बैठी। फिर मुझे मालूम नहीं कि क्या हुआ, जैसे एक स्वप्न, जिसमें रह-रहकर टीस और रह-रहकर मादक गन्ध--एकदम ताजा फूलों के बीच, जैसे सब कुछ मसल-कुचलकर भी बेहद लुभावना, किसी गहरे मानववादी कलाकार के 'जिन्दगी' शीर्षक चित्र के लिए सब-कुछ एक साथ उपलब्ध करा देनेवाले भाव, रंग, वातावरण, लय, छन्द–सब-कुछ। कह नहीं सकती, यह कैसा फलित था, कैसी नियति!

लेकिन सुबह उठने पर जैसे प्रलयंकर बाढ़ का पानी उतर गया था। शेष थीं बस स्मृतियाँ, शरीर का अवसाद और बेहद मिजा हुआ बिस्तर। मैं बड़ी देर तक सब-कुछ देखती रही। कहीं कुछ भी नहीं था। सब-का-सब पुराना, वही जो पिछले पच्चीस वर्ष से देखती जा रही थी। उठने को हुई तो पाँव लड़खड़ाने लगे। तनिक जी कड़ा करके खड़ी हुई तो लगा, मैं रोज की तरह बाहर नहीं जा सकती। सब-कुछ बदलना होगा, सिवा इस नाशवान देह के जो आज न जाने क्यों मुझे रोज से ज्यादा कोमल और लुभावना लग रहा था। शीशे में देखा तो गालों पर काले दाग आ गये थे। जल्दी-जल्दी हलका-सा क्रीम लगाया और पीछे मुड़ी तो खिड़की नीचे पैरों की पूरी छाप–एक बार जी धक् से हुआ, फिर एक कपड़े का टुकड़ा उस पर डालकर मैं बाहर निकल गयी। तुम्हें जानकर आश्चर्य होगा कि उस निशान को आज भी मैंने सँभाल रखा है।

आगे का दृश्य तुमने मेरी नृत्य-नाटिका 'इन्सान की खोज' में देखा है। अपनी ओर से उसमें अपने मनोभावों को चित्रित करने की मैंने पूरी कोशिश की है। ऐसा कुछ भी बाकी नहीं है जिसे मैं शब्दों में कह सकूँ। लेकिन मुझे इस इस सब के लिए कोई खेद नहीं है–कोई आत्मदंश नहीं। हो सकता है, मेरी जगह पर कोई दूसरी स्त्री होती तो उसे होता पर मैं एकदम सहज रूप में स्वीकार करती हूँ कि मेरे साथ जो कुछ हुआ

उसमें सर्वथा शरीक थी— मन-प्राण ही नहीं, शरीर से भी। यह इसलिए कह रही हूँ कि मेरा सत्य यही है। मैं बाधित अथवा आवृत सत्य के लोक में अब तुम्हें नहीं ले जाना चाहती। तुम मुझे प्राणों के समान प्रिय हो, लेकिन मैं तुम्हें और दुख नहीं देना चाहती। इन्सान की खोज तो मेरे लिये जीवन के सत्य की खोज है, इसलिए मैं कैसे कहूँ कि मैं आत्मदंशित हूँ। झूठ, मिथ्या अध्यात्मवादिता और शुद्धत्व के सिद्धान्त से मेरा कोई वास्ता नहीं। मेरे यहाँ तो शिक्षा और जीवन में कोई अन्तर ही नहीं है। विचार-आचरण के मेल की हालत यह है कि मेरे लिये विचार से अलग होना मछली का जल से अलग होना है। जीवन की वास्तविकताओं को समझनेवालों के हाथ स्वतः एक ऐसी कुंजी आ जाती है कि संसार के ज्ञान को देख लेना उनके जीवन की सहज प्रक्रिया बन जाती है। मुझे तुमसे ऐसी आशाएँ नहीं थीं। समझती थी तुम मेरे देश की दुखी जनता के पुत्र हो, तुम्हें सत्य के पास लाना सहज होगा।

आशा है, तुम्हारे सवाल अब उत्तरित हो गये हैं। यदि इससे तुम सहजगति पा सको— लेकिन मैं यह क्या कहने लगी। हो सकता है तुम्हारे लिये यही सहजगति हो। फिर भी अपनी ओर से कहूँगी कि तुम अपने को कष्ट मत दो, जो मैं जानती हूँ, मेरे साथ होने पर सम्भव नहीं, इसलिए यह कहने में मुझे कोई हिचक नहीं है कि अब से हम एक-दूसरे से सदा के लिए अलग हैं—पूर्णतः अपरिचित और कभी एक-दूसरे से भूलकर भी मिलने की कोशिश अथवा उसका विचार न करेंगे।

अलविदा,

तुम्हारी प्रिया।

प्रेम का कुछ ऐसा ही बेतुका मर्म है जिसे तर्क और समझ से नहीं बाँधा जा सकता वर्ना ऐसा क्या था जो सुलझ नहीं सकता था। लेकिन मैंने उसे जब-जब सुलझाने की कोशिश की, उलझन बढ़ती ही गयी और अन्ततः वह सुर-भरा तार टूटकर अलग हो गया। प्रिया की 'इन्सान की खोज' जारी है, लेकिन देखिये न मेरे लिये ऐसा क्या बाकी है जिसकी खोज करूँ? प्रिया के पत्र ने सब-कुछ पूरा कर दिया है। मेरा आत्मदंश अब एक अन्तहीन, सहज पीड़ा की तरह मेरे शेष जीवन का आधार बन गया है।

●